心若能静
红尘亦桃源

Heart in Arcadia

一娴 著

作家出版社

图书在版编目（CIP）数据

心若能静，红尘亦桃源 / 一娴 著. -- 北京：作家出版社，2015.8

ISBN 978-7-5063-8228-1

Ⅰ. ①心… Ⅱ. ①一… Ⅲ. ①散文集 - 中国 - 当代 Ⅳ. ①I267

中国版本图书馆CIP数据核字（2015）第197994号

心若能静，红尘亦桃源

作　　者： 一　娴
责任编辑： 袁艺方
装帧设计： 深圳市亚洲铜设计顾问有限公司
出版发行： 作家出版社
社　　址： 北京农展馆南里10号　　**邮　　编：** 100125
电话传真： 86-10-65930756（出版发行部）
86-10-65004079（总编室）
86-10-65015116（邮购部）
E-mail:zuojia@zuojia.net.cn
http://www.haozuojia.com（作家在线）
印　　刷： 三河市华业印务有限公司
成品尺寸： 160×230
字　　数： 200千
印　　张： 23.75
版　　次： 2015年10月第1版
印　　次： 2015年10月第1次印刷
ISBN 978-7-5063-8228-1
定　　价： 32.00元

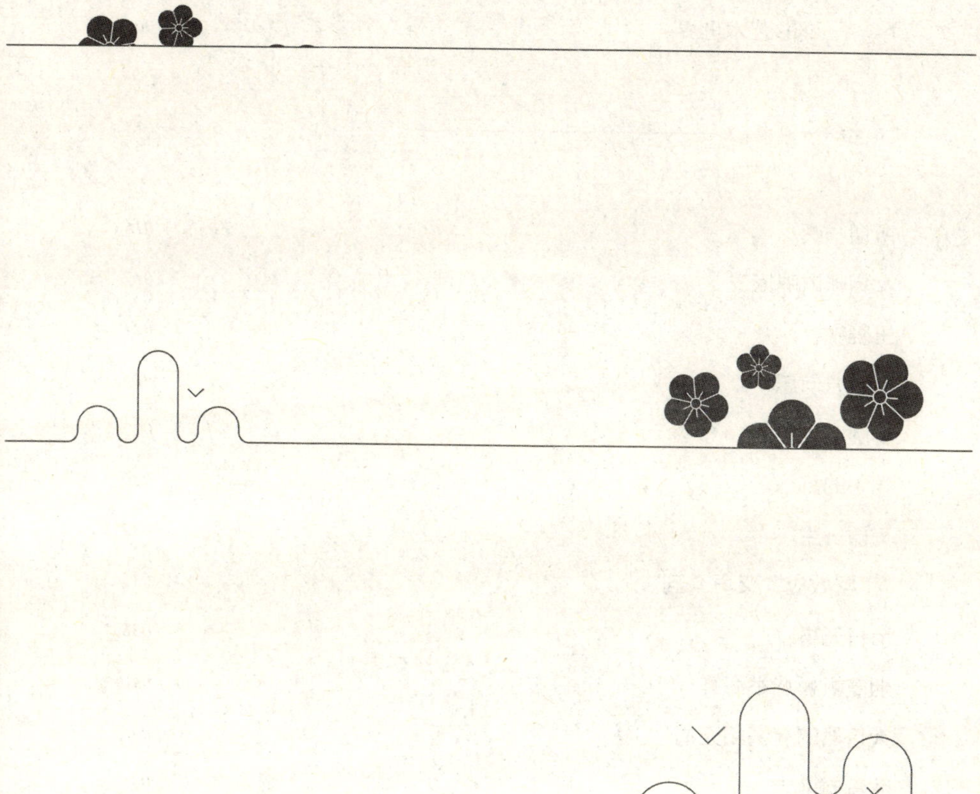

目　录

序：
一娴的艺术世界

李以建

写作难，写作也不难。

从某种意义上说，只要有一定文化程度的人，都懂得写作，尤其是在当今互联网已经成为人类生活中不可或缺的条件之一，写作似乎显得更加容易，也更加廉宜了。网站的专栏、论坛、微博、微信，可谓俯拾皆是，人人都可自称为写手，或写作人。然而，写作并非易事。绝大多数人的写作，仅仅是为写而写，尽管有的笔耕不辍，甚至几近著述等身，但其写作却始终与艺术无缘，作家这顶桂冠永远不会落到他或她的头上。事实上，写作之难在于能否达到艺术创作的境界，能否构筑起真正的艺术世界，这往往是评判一个人是否能跻身于作家的基本准则。因此，呕心沥血动用一切艺术手法来构筑并拥有自己的世界，是每一位作家孜孜不倦所追求的。

以此看一娴，她属于擅长写作的。她是中国评论网特邀的时政评论员，尤以评析世界形势和两岸关系见长。她定期为网站平媒撰写专栏，关注在美华人华侨。担任过论坛的坛主，其微博粉丝众多。但是，一娴之所以能成为一名旅美作家，却是凭借她数百篇与众不同而短小精悍的散文随笔，才构筑起属于自己文字创作的艺术世界。

一娴的世界不大。纵观她的散文，没有厚重宏大的历史记忆，也没有艰涩深刻的哲理反思，她的目光更多都驻留在自己生活的周遭：温馨的家，丈夫和女儿，房子后院的小动物，菜园子里的瓜果蔬菜，小店的美食，周末的购物，以及那些她曾亲自走过的地方，亲眼看到的景象。就是这些发生在身边的生活琐事、小场景、小情趣，一娴尽能信手拈来，皆成文章，且不事雕琢，自然天成。尤为难能可贵的是，在她的艺术世界里难以寻觅到政治评论的生硬痕迹。她的散文，仿如大家闺秀的风雅谈吐和低声呓语，世间的一切政治权力纷争均不入法眼，功名利禄更视为无物，唯有那午后的阳光和夜间的细雨、那烛光中的杯影和远处飘来的巴赫，才是她的人生寄托和精神所在。

一娴的世界虽不大，却蕴藏丰富，能见微知著，映现出大的世界。她的散文犹如在阳光透视下的一颗颗晶莹剔透的小水珠，你可以由此窥探到广袤无垠大自然的五彩缤纷，体味到大千世界的无穷变化。

就以她笔下那组“后院传说”而言，一娴的后院，“种了不少香草，罗勒、迷迭香、薰衣草、紫苏、薄荷等等”，还有各色奇花，以及蔬菜瓜果。她不仅享受种植栽培的乐趣，而且物尽其用，“南加州气候温和，香草们一年四季都能生长，鲜用或晒干，烹饪、调酒、沏茶皆宜”。小小的天地里的一花一叶、一草一木，到了一娴的散文里，更增添了历史的气息和文化的意蕴。从《香草美人和香草君子》，读到屈原的《离骚》和民族英雄文天祥；从《翡翠珠与佛珠》，悟出“只要知性修心，宁静和快乐其实无处不在”。从《加州罂粟花》，“花语是希望”，看到“希望是生命中最积极的动力。没有希望，生命便没有意义”。用自己栽种的玫瑰，制作的《玫瑰花糖》，道出中国古代的“以花入馔”之习，更是赠人玫瑰，《手有余香》。

如果说，一娴的后院布满奇花异草，生命的表征四处勃发盎然，是静态的大自然；那么，穿梭于其间的那些小动物，则带来鲜活的神奇变化，堪称生命精灵的小天堂。这一动一静，动静的交叠，再添加上一娴赋予它们的个性和故事，于是组成了富有传奇色彩的艺术世界。在一娴的心目中，它们都是富有灵性和情感的生命存在，同人类一样拥有在大自然生存的权利。无论是作为后院卫士的科迪，还是像狮子王似的苏摩，或是邻家的莉莉，以及那只被遗忘而患上孤独焦虑症而镇日狂吠的“牛仔”，它们都是人类的好朋友，更是“美国梦”中不能缺少的组成部分。在一娴的眼里，它们都拥有属于自己的名字和身份，具有独特的个性，同样用生命演绎自己的故事。凭借勇力，挫败群雄，成了糖水瓶霸主的蜂鸟吉米；峣峣者易折的保守派鲍伯；松鼠阿帕奇；不懂得做窝的小鸟小丫；憨笨和聪明的哀鸽；迷恋啃吃那片“仙草”的彼得兔；它们在后院留下的身影无不投射出一娴的宽容和博爱。她心仪世界著名的童话作家、英国的碧翠克丝·波特（Helen Beatrix Potter），深受其影响，因此观察和描写小动物，不是以主人的姿态采用俯视的角度，去审视评判；而是以平等的身份，贴近地聆听它们的内心诉求。有些篇章采用的拟人化手法，更令你仿如步入真实的童话境地。

其实，一娴的世界不小。表面上，她所捕捉的似乎都是小事，记叙的只是一己的感触和情绪；事实上，她的思路相当开阔，文化知识的空间更大，尤其是她那些跳跃式的链接和比较，经常跨越欧美亚三大洲，纵横在东西方文化大背景中。比如《随想莫吉特》，这篇文章仿佛不经意地同你聊起那毛毛细雨中的小城，那一对年轻的恋人，那一杯莫吉特。她带你进入海明威的世界，又步入张爱玲的内心，从人生的初恋到那无人可以承载的"心长焰短"的爱。这一切都如同手中那杯莫吉特一样，因人而异，因地而异，让你品尝出人世的沧桑、人性的百态、人生的无常。与此类似的，还有《想起布拉格春天的小雨》、《雨夜微思》、《端午的沉思》，更多的篇章都收列在"走在路上"，如《罗曼蒂克的湖区》、《凝固的奏鸣曲》、《夏威夷的雨》、《小威尼斯》，不胜枚举。

能够谙熟这种跨地域和文化的比较，在散文创作中运用自如，这同一娴的人生经历和知识积累密切相关。她读中文出身，大学毕业后在北京研究古典艺术，对传统文化耳濡目染，之后她相夫教女，随其丈夫在德国、香港和美国长期居住，因而对欧美亚，乃至东西方文化都有比较深刻的了解。迁徙流动的生活，带给她宽阔的视野；不为稻粱谋的悠闲，让她能游刃于书山学海；东西方文化的自然熏陶，给予她独特的人生品味；这无疑是上苍和命运的特殊眷顾。

一娴的文章素朴平白，诸多的事与物都只是淡淡地提起，缓缓地叙来，复又轻轻地放下。她的行文如流水般的自然、随意，笔锋常随着她的情感变化和思绪的跳跃而前进，看不出刀刻斧凿的痕迹，也无缜密的技巧逻辑，但却分明深蕴着某种意味，因为它能强烈地吸引读者跟随着她一直往前走。比如《玉貔貅》，记叙了作者与丈夫一起逛街购物，买到一个自己喜欢的玉貔貅。从出门到返回，一路走一路写，找不到重笔落墨之处，没有曲折迂回的故事，更没有故弄玄虚的悬念，仿如一位发小或闺蜜在你面前絮絮叨叨地聊起她的那些事，普通且平直，说着说着，就结束了。可是，你却不觉得啰嗦烦厌，反而会耐心地一直听完她的叙述。再如《在冬暖夏阳的日子里》，写周末去参观盖蒂博物馆，从观画展，想到拍照纪念，又想到“重要的不是拍画的本身，而是想记录那种惊喜的心情”，随后思绪又跳到禅宗的空无境界，认为“无须一味刻意地追求缘分，也不必勉强处于空无的定境”。文章虽短，却峰回路转，没有任何预设性的构思和隐藏的主题，巧妙的是，作者信笔而行，不论走到哪里，最后都能拉回来，完成一个圆。《土拨鼠和快乐人生》更是如此。周日打高尔夫球，先想到预示春天来临的土拨鼠，然后仰望蓝天上战斗机拉出的白色气流，感受到人生的变化和消逝，最后再投入挥杆的快乐之中。乍看如同一笔流水账，但细究之下，却发现，其实这种无忧无虑地玩耍，心无挂碍地享受人生，正是生活的真谛，正所谓：“若无闲事挂心头，便是人间好时节。”当然，这种叙述技巧甚难把握，其间的分寸须拿捏得恰到好处，稍有不慎，就真成了琐事堆砌的流水账。

读一娴的散文，会令你感到轻松、悠闲、惬意和自然。你看到的是自然美好的世界，你享受到的是阳光沙滩，你听到的是令人心醉的音乐，你尝到的是美酒和佳肴。在她的艺术世界里，你不用担忧必须面对那种艰深难解的奥秘，也不用顾虑会被那些警世名言所棒喝，更不用害怕遭到沉重而苦难的历史的折磨，或是来自精神深处分裂式的压抑。因为一娴的世界是女人味十足的世界，温柔，平和，优雅，多情，偶尔还夹带上一丝淡淡的忧愁。

面对众声喧哗、世事纷扰的世界，她能以“一闲对百忙”，以不变应万变，以静制动，这是一种人生态度，也是一种修养的境界。更何况，这不是那种百无聊赖、无所事事的闲，也不是慵懒消沉的闲，而是“于门前蒹葭白露中漫步，望窗外霏霏雨雪沉思”的“闲”。《红尘亦桃源》是一娴近几年创作的散文结集，也是她执着的艺术追求的结晶。它不啻给予我们一种启迪：置身于红尘滚滚的现实世界，若你的心是清静无染的，纵然外界变幻莫测，也不会目迷五色，更可以将此红尘转为修心养性的世外桃源。诚如《维摩诘所说经》所言：“直心是道场”，对艺术的追求应作如是观。

2015 年 3 月 28 日

所谓一娴

所谓一娴

中国有俗语："一闲对百忙"。

纷繁红尘大千世界，天下熙熙天下攘攘，糊口揾食追名逐利，是为忙，百忙。

忙有百样，闲亦个个不同：

枯坐发呆，百无聊赖，是闲。
灯下敲棋，对影邀舞，是闲。
门前蒹葭白露中漫步，望窗外霏霏雨雪沉思，是闲。

嵇康洛阳打铁，分文不取，享受的是从心中迸出四溅的火花铁星。"越名教而任自然"，把庄子诗化，打铁化。这种闲的境界，前无古人后无来者。

陶潜东篱采菊，"心远地自偏"，那种超越繁忙"人境"、逍遥自由的闲，由内心而出的天籁，"纵浪大化中"，无人可以企及。

终不如拈花一笑……

每每深夜掩卷，遐思无限，虽不能至，然心向往之。故取一闲，名一娴。

2013 年春写于洛杉矶

女猫咪歌唱家

应先生家的猫我也见过，我是指那只胖胖的波斯猫。懒洋洋地趴在沙发上，一只蓝蓝的眼睛望着我，一只黄黄的眼睛望着应先生。我其实并不喜欢猫，每次应先生说起猫，我总是仔细地听着，但是出门后就忘了个精光。老马兄说的钟点猫，我已经没印象了。

后想起我也曾短暂地养过一只猫。那是刚来香港的时候。本来打算养一只狗，跑了十几家宠物店，已经看好了，不料回来一打听，说是社区里不许养狗，无奈只得作罢。女儿不甘心，提出改养猫，我一听心里就不愿意，架不住女儿百般恳求，只好答应。到铜锣湾一家宠物店，挑中了一只猫，什么猫已经忘记了，反正不是波斯猫。店主自称是猫的外婆，把猫抱在怀里，一口一个我外孙女如何如何乖，又交代了种种侍候的方法，听得我的心不断地往下沉，感觉是找了一份菲佣的工作。

交了钱，领了猫咪，买了猫窝猫粮猫食盆猫磨爪的玩具，路上按猫咪外婆的交代，拐到宠物医院给猫咪体检打预防针。宠物医院窗明几净，和人看病的诊所差不多，护士小姐说话细声细气，对猫咪的态度好像还比对我的好一点，因为我不会说广东话。半小时以后，护士抱着猫咪出来了，先说打过预防针了，然后说猫咪有跳蚤，已经配了药，又说猫咪有一点金钱癣，也配了药了。我一听急忙问，这癣会不会传染给人？答曰：会。然后交代，要按时来复诊，抱过猫咪要洗手，要经常洗床单被套等等。我听了差点晕倒，急忙出来和女儿商量，咱把猫咪送回她外婆家好不好？女儿不答应，先生自然站在女儿一边。无可奈何，只好抱着猫咪上车。身上只觉到处都一丝一丝地痒起来，在我的坚持下，先生掉转车头，又去买了一个猫笼。

回到家里，猫咪不肯待在笼子里，连声抗议，我耐心地做了半天思想工作，见她渐渐安静下来，才松了一口气，心想这只猫咪还算乖。谁知到了睡觉的时候，灯一关，猫咪就开始大叫，先生说不管她，叫一会儿就自己睡了。我信以为真，竖着耳朵等她安静下来。谁知猫咪全无睡意，长声短声高音低音，有时慷慨激昂，有时婉转幽咽，弄得我心惊肉跳，又想着全家不得安睡，又想着不知道明天邻居会不会去管理处投诉。快天亮时才好不容易睡着了。早晨起来，送走睡眠不足的老公，坐着发了一会儿呆，见女儿和猫咪都睡得很香，安慰自己说，过几天就好了。女儿放假，一觉睡到中午，猫咪有夜生活，一觉也睡到中午。等她们吃过喝过，女儿逗猫咪玩，猫咪在笼子里上蹿下跳，一副活泼可爱的样子。不料一会儿运动完毕，猫咪倒头又睡，先是蜷着睡，后改为仰面朝天，摊手摊脚地睡。我对女儿嘀咕，这猫咪的睡相真难看。女儿说，睡着了，人和猫都一样的。又说，猫咪昨晚叫累了，不如把她放出来，也许就不叫了。我说猫咪在她外婆家不也睡笼子吗？我们的笼子比她外婆的笼子还大还舒服，等过两天癣治好了就放她出来吧。

猫咪这一觉睡到日落西山。晚上侍候先生女儿猫咪吃过饭，给猫咪洗澡上药，然后把笼子放在沙发边，女儿一边看电视一边逗她玩。一家子倒也其乐融融的样子。不料好景不长，夜深人静关灯睡觉，猫咪清清嗓子就开始唱将起来，时而引吭高歌时而浅吟低唱。怎么办？我说是不是关了灯太暗了，猫咪害怕？先生就笑，说没听说猫会怕黑的。一家人不得睡觉，又不敢把笼子提到阳台上，怕吵邻居，只好放在厨房里，关上门。但是没有用，猫咪的歌声依然极富穿透力地传进卧室，敲打着我们的耳膜。直到拂晓。

就这样，猫咪白天养精蓄锐，晚上兴致勃勃地开独唱音乐会。三天后，先生第一个坚持不住，抱怨睡眠不足，我趁机旧话重提，要送猫咪回她外婆家。这次女儿虽不大情愿，看着老爸老妈的黑眼圈，也就没有反对。于是收拾收拾行李，抱着猫咪上了车。车到铜锣湾，猫咪外婆第一眼看见我们，大声打招呼："好耐冇见了！"（好久不见！）第二眼看见她的外孙女，越发大声："噢哟，点解你返来啦？"（你怎么回来啦？）猫咪一见外婆，立刻娇声大作。在猫咪的诉苦声中，我向猫咪外婆汇报了猫咪的现状和表现，猫咪外婆一听就不高兴了，"点会甘架？我概外孙女冇可能得乜也金钱癣。我日日抱她，亲她，点解冇染到？各个姑娘赚你地钱啦！"（怎么会这样？我的外孙女不可能会得什么金钱癣。我天天抱她，亲她，怎么没有传染到？那个护士赚你的钱啦！）说着抱起猫咪脸对脸地就狠狠亲一口。猫咪一边撒娇，一边得意洋洋地斜眼看着我。我一时不知道说什么好，先生见状急忙上来解围，说是猫咪好好想外婆啦，虽然没有得什么金钱癣，但是得了想家的病啦，一阵嘻嘻哈哈，讨价还价，猫咪外婆终于勉强同意收下猫咪，她一边把猫咪放进原来的笼子，一边说，"本来是唔好退回来的啦，但是你地唔爱猫，我唔舍得外孙女受苦啦。"说着还瞪了我一眼，我立刻感到心虚气短，仿佛自己成了虐待动物的凶手似的。抬头看看猫咪，在小小的笼子里悠然自得的样子，看都不看我一眼。老天，我想我好歹侍候她吃喝拉撒，洗澡搽药，做了三天免费的菲佣，却成了虐待动物的嫌疑犯了，心里好不是滋味。

这事过了好几年了，本来也忘了。读了老马兄的钟点猫，才想起我曾经也养过一只猫，老马兄说钟点猫的前世是一个政治家，我这猫咪呢，她的前世一定是一个被外婆、媒体和听众惯坏的女高音歌唱家。

2006 年写于香港

玉貔貅

昨晚看书到半夜，早上睡到自然醒，一看已经十点了。真正是睡懒觉。

起来收拾停当，和先生一起到九龙香格里拉 Cafe kool Had brunch 吃 brunch（早午餐），那里的巴马火腿和焦糖炖蛋是我最喜欢的。

后来去花墟买盆花，过年不在香港，没有买年花。但是先生说想去买一件唐装，就是中式对襟布纽的那种衣服，问怎么想起来买唐装，答是要参加一个春茗会，通知一律着唐装。这种衣服应该是到裕华国货买，上海滩当然更好，不过那得定做，时间来不及。于是直奔佐敦裕华国货总店。那一带很少有大型停车场，足足绕了七八圈才找到一个停车位。一小时 16 元，先生用八达通交了 2 小时的费用，问说用不着那么久吧，先生说那里有“钵钵头”啊。先生把我喜欢的陶的土的石的木的一类的罐子瓶子统称为“钵钵头”。

进门先直奔服装楼层，帮先生挑了件两面穿的真丝团花“褂子”，我管那叫褂子。一面黑色一面明黄，穿黑的那面，袖子翻出一截黄的。售货员小姐不停地夸。我在边上说，我怎么看你怎么像北方的地主老财啊，先生笑说，为什么是北方的呢？我说，南方的地主老财应该是白白胖胖的，北方的地主老财是黑黑瘦瘦的，比如周扒皮……哈哈哈，我们一起笑，小姐也跟着笑，但是我猜她一定不知道什么是周扒皮。

然后上楼，先看瓷器，没什么喜欢的东西，有一些据说是晚清和民国的，不知真假，而且大都是粉彩，我不喜欢粉彩。然后去看紫砂壶，再去看玉器，先生比较信任裕华国货，认为不会有假货，我想这可不一定呢。看来看去看中一个玉雕的貔貅，成色还可以，有两条腿和肚子是紫罗兰，做工也算好，背上的鳞片都雕刻得很精细。想起来有一次看见先生的办公室门后有一对貔貅，说过也要弄一个貔貅放在家里，还被先生纠正，说不能说“弄”，按香港人习惯要说“请”。于是就对先生一本正经地说，“我想请一个貔貅回家。”话没说完自己先绷不住笑起来了。

貔貅（读皮修音）是什么啊，传说貔貅就是“龙生九子，各个不同”的九子之一。据说貔貅专吃金银财宝，因为没有肛门，所以吃进去的金银财宝就都存起来了。民间认为貔貅可以镇宅免祸，最要紧的是能招财进宝。这都是到了香港才知道的。从小我们受的教育是不要相信迷信的，但是在香港你可不能对人说这是迷信，入乡随俗吧。先生去付款，“请”了这匹玉貔貅回家，售货员小姐特别交代，今年貔貅的方位是在西南方，一定不要搞错啊！西南方，记住了，不可能搞错！

最后到地下超市买食品，裕华的食品超市有不少好东西，优质的各地土特产品。买了一大瓶泡药酒的天津高粱酒，一小竹篓天目山笋尖，一包贵州原木香菇，涪陵榨菜，泡蒜用的潮州米醋，还有茶籽精油做的香皂，等等，林林总总买了一大堆。交款时，小姐夸说裕华的货品是真东西，绝对不会有假货。我心想，可上次裕华还卖过红心蛋呢，不过没说出来，想想也不是他们的过错，谁会知道还有那样的黑心人制造红心蛋呢？

回到家里，先把玉貔貅拿出来把玩一番，然后摆在酒柜里，正好是西南方，心里对它念念有词，希望它认真履行职责，镇宅免祸，努力招财进宝，也不枉我把它请回来，它算有了个归宿，我也算有了个富婆梦。

2006 年写于香港

没有方向感

去看一个医生朋友，不知怎么就迷路了。最后好不容易才找到，当然是迟到了。向朋友道歉，朋友是女的，很理解地说，没事，我也经常迷路。

都说女人缺少方向感，好像没法反驳。周围的女朋友常常有这样的事发生，还有不会看地图的呢。不好意思说别人，就说自己闹的笑话吧。

上街，进商店购物，出来一边走一边和先生说话，一抬头看见先生一脸坏笑，就知道一定是又走错方向了，赶紧回头，先生跟在后面还要笑：奇怪，为什么一出门就向左转。其实我也不知道为什么，就是很自然地就向左转了。

以前刚到北京的时候，坐公共汽车，买票，说到哪儿哪儿，售票员把钱推回来说，坐反了，下一站下去。周围常常有哧哧的笑声。挺不好意思的，下一站讪讪地下去。

后来到北京有段时间了，还是搞不清楚东南西北。出门问路：大爷，请问去哪儿哪儿怎么走啊？大爷说：往东往南再往东再往南。我就糊涂了，抬头望太阳，心里一片茫茫然。太阳高高地挂在天上，可到底是从哪儿升起的，又从哪儿掉下去的呢？没办法，只好走到下一个路口再问，一般至少要问两三次或者更多，才能找到地方。

后来会开车了，在北京感觉挺好的，虽然也经常走错路，但北京的街道方方正正的，走错了，掉头回来就是了，慢慢就淡忘了自己没有方向感的事了。这些年走过许多地方，像北京这样方正可爱的地方是再也没有见过了。

再后来到了德国，重新考了驾照，一上路就知道麻烦了，上高速公路倒没什么，路标指示得很清楚，放马开就是了。麻烦的是在城市里，道路不但不方正，弯来斜去，最要命的是有很多单行线。要是走错了路，根本不可能调头，只能硬着头皮往前开。于是就不知道开到什么地方去了，只好停下来看地图，问路，有时要历尽波折才能回到家。

所以出门一定先看地图，做足功课，第几个路口往左转，第几个路口往右转。回来时，把地图倒过来拿着依样画葫芦，这样就不容易迷路了。有一次一个男的朋友搭我的车，回来时他看见我倒着拿着地图认路，一路上就忍着，到了地方才哈哈大笑，说简直笑死我了，你要倒着看地图才知道方向？哈哈，真不知道你们女人是怎么回事。我也觉得很可笑，但是没办法，不这样就是搞不清楚方向。

男人不知道女人怎么回事，女人也不知道男人怎么回事。在德国的时候，经常开车到欧洲各地旅行。每到一个城市，我看先生就是大概看一下地图，开过来开过去就很容易找到地方。有时候一边开一边还自言自语，说一些“刚才左转弯就不会错了”之类的话。我就弄不明白，他怎么知道左转弯不会错？我早就不知道哪里是哪里了。男人还有一个毛病就是不肯问路，愿意自己东看西看地找。不过他们总是找得到的，所以不便批评他们。

在伦敦的时候，看见朋友的车上有GPS（好像叫卫星定位指路系统？），出门时只要输入想去的街道的名字，系统就会做指路明灯。每到路口，一个悦耳的女声就会说：“Turn right！”（向右转！）或者“Turn left!”（向左转！），按着指示开，根本不会迷路。这东西真好啊！真令人向往啊！可惜香港没有。

回家来到网上搜索一番，得到一些资料，据说：斯坦福大学的研究发现，虽然女性有比较好的左右脑联机，在很多方面胜过男人。但是，“全脑”运作也有短处：女性对视觉空间和方向感的能力比不上男性，比如男人开车及把车停在狭窄小巷的技巧要比女人高明。男人看地图的能力和辨别方向的能力要比女人强。这其中的一个原因是把握方向感的地方在右脑，而女人的那一部分已经用作语言表达了。

原来如此！

上帝常常在打开这扇门的时候，关上那扇门。

2006年写于香港

春暖花开

周末，朋友们约聚会。

十几天前不慎跌了一跤，腰有点扭伤，因此一直没有出门。看到外面春光明媚，阳光灿烂，相约的朋友中又有很久未见的朋友，心里高兴，就答应了。

从中环码头坐船到愉景湾，烟霞笼照着维多利亚港。一路上海风拂面，空气中弥漫着醉人的温暖。船到愉景湾，那被称为是香港的世外桃源的地方，岛上碧海蓝天，红花绿树满眼，景色极其迷人，不禁想起诗人海子的诗《面朝大海，春暖花开》：

从明天起，做一个幸福的人
喂马，劈柴，周游世界
从明天起，关心粮食和蔬菜
我有一所房子，面朝大海，春暖花开

从明天起，和每一个亲人通信
告诉他们我的幸福
那幸福的闪电告诉我的
我将告诉每一个人

给每一条河每一座山取一个温暖的名字
陌生人，我也为你祝福
愿你有一个灿烂的前程
愿你有情人终成眷属
愿你在尘世获得幸福
我只愿面朝大海，春暖花开

每每想起这首诗，总是想，这样纯美温馨的诗，这样真诚善良的诗人！怎么能想象不久之后诗人就离世而去呢？也许，“愿你在尘世获得幸福”一句里，可以感受到诗人的一颗依依惜别之心，愿诗人在天堂安息！

有时又想，每个人大约都有过这样的心路。因为有追求有欲望，所以人生不如意事常十之八九。可是不如意又如何？放不下又如何？风儿依然向前吹着，太阳依然升起落下。自己的心路，只有自己能改变。所谓自在在我心，那么无论面朝大海还是背朝大海，也许就都能保持一份春暖花开的心情。

有许许多多春暖花开的记忆：儿时住家附近有一口环绕着野花的池塘，夜夜听着蛙鸣入睡；后来离家求学，抱着书也抱着一颗年轻的心走在校园的林荫道上，和路边一丛丛绚丽的三角梅、热烈的凤凰花相伴；到了北京，常常着迷于紫竹院湖边垂柳那一层朦胧的沉浸在春风中的嫩绿；再后来去了欧洲，在摇曳着春天的音符、微波荡漾的莱茵河边晒太阳……在春暖花开中周游世界，爱家人，爱所有的朋友，关心柴米油盐，做一个平凡的人。人生不如意事十之八九，可若是把另外那十之一二放大，注满心胸，充盈每一个角落，就能做一个平凡而幸福的人。

那天，朋友们一起喝茶聊天，在春天明媚的阳光下，顺着海边散步，傍晚又坐船到一个离岛的小渔村吃海鲜，喝酒，畅谈。朋友们的交游都很广，话题很多，且都是性格爽朗心胸开阔之人，其中还有一个朋友堪称幽默大师，令大家不停地捧腹，最后尽兴而归。

直到半夜才回到港岛的家，玩得高兴，也累到了，腰椎隐隐作痛，第二天疼痛加重，便不得出门，在家休息，虽如此，早晨起来推开窗，看维多利亚港湾蓝蓝的天蓝蓝的水，来来去去忙碌和悠闲的船只，心情仍然如春暖花开般地快乐！

2007 年写于香港

端午的沉思

端午的阳光下，想起遥远的汨罗江。想起那位峨冠博带、长袍翻卷的诗人，和那颗孤独寂寞、悲怆绝望的灵魂；想起他“呵而问之”的《天问》，和他“忧愁幽思”而作的《离骚》……

浪漫和清高的诗人是不宜做官的，虽然诗人的情操被千古传颂，虽然他的思想带着我们今天看来是有局限的忠君思想，但是扭曲的朝代是永远不能容忍正直、清高和浪漫。诗人的忠诚和忧患，最终只能付诸于盈满泪水的汨罗江。

遥远的汨罗江两千年来清澈而又浑浊，昔日的楚国早已不复存在，历史翻云覆雨着。年轻的一代，已经难以理解那样的诗魂和傲骨了。某地某时，当老师讲解屈原的时候，就有学生提出异议，不是说要珍惜生命吗？为什么要自杀呢？那个楚王值得忠诚吗？楚国秦国现在不都是中国吗？……老师叹口气，说，那是历史，你们要好好地读历史，读懂历史。

历史又是什么呢？培根说过：读史使人明智。读史可以认知过去，更好地把握现在和将来，所谓“以古为鉴，可知兴替”。可是历史有时又是任人打扮的小女孩，朝一时暮一时。强者或者随意涂写，抽取自己需要的部分，或者索性就让弱者患上集体失忆症。

读过的最惊心的关于集体失忆症的描写是马尔克斯的《百年孤独》：“……开始从记忆中抹去童年的印象，然后会忘掉事物的名称和概念，最后会认不出人，甚至失去自我意识，变成一个没有过去的白痴。”集体失忆必然导致集体失去自我。

自我都没有了，谁还会像屈原那样上下而求索地忧国忧民呢？

两千年过去了，汨罗江依然缓慢地流动着，那江心坠落的佩剑和沉默的石头，仍然令我们遥想和怀念，追寻和拥抱那个风雨中的伟大灵魂。

如今，无论史学家对屈原有何种争议何种看法，对普通人来说，那些并不重要。屈原已经成为一种符号，一种象征，他是一个伟大的诗人，有一颗伟大的灵魂，他的《离骚》，既是美好的象征世界，也是充满污浊的现实世界，他用毁灭的方式展现了对美好家国情怀的苦苦追索，激励后人。

屈原死了，我们还活着。我们抱着诗人厚重的诗集，遥望汨罗江，上下而求索。

遥远的汨罗江，民族和人民修远的漫漫长路……

2007 年写于香港

美丽一生

在网上看见一则笑话。说的是男人用情的专一。因为男人十八岁的时候，喜欢十八岁的女人，二十岁的时候，喜欢二十岁的女人，三十岁的时候，喜欢二十岁的女人，四十岁的时候，喜欢二十岁的女人……八十岁的时候，喜欢二十岁的女人。九十岁以上的男人喜欢多少岁的女人，没有说，估计答案不会改变。

结论是，男人们其实是很专一的。

这笑话也不是没有一点根据。

有科学家研究，女人一生中，最美丽的时候是十八到二十四岁。男人喜欢最美丽的时候的女人，很自然。从生物学来说，生命最基本最重要的是生存和繁衍。女人十八到二十四岁，可以说是最适合养育后代的，生命的密码，让十八到二十四岁的女人最具青春活力，最美丽。

但这只是美丽的一种，即青春美。对女人来说，除了青春美，还有成熟美，健康美，智慧美……

有一种女人，年轻的时候闭月羞花，但是岁月很容易就使她黯淡无光。有一种女人，年轻的时候并不漂亮，但是随着时光的流逝，渐渐显出成熟的美丽光彩。有一种女人，看上去平淡无奇，却因着她的智慧让人品出隽永的美丽。健康女人的美丽，不用说，是最容易让人感受到的。

有一种通俗的说法是女人的外在美由内在美而长存。这种说法，也有科学家做研究。有科学家认为，性情是可以改变面貌的，除了遗传的原因外，雌激素高的女人，皮肤和相貌都会较雌激素低的女人来得好。所以，经常维持正面的心理素质，有助于女人平衡内分泌代谢。换言之，情绪急躁、愁眉苦脸的女人，体内的雌激素的分泌会降低，长此以往，必然导致内分泌紊乱，导致皮肤暗哑，进而影响容貌。因此，乐观和自信的女人，脸上一定是洋溢着迷人的光彩。

内在美的另一方面是智慧。人是有社会性的。男女相处，不会仅仅停留在生物学的层次上。所以女人需要智慧，仅仅是外表美丽的人，也许终不免让人产生审美疲劳，而智慧，却能源源不断地给美丽以足够的滋养。智慧来源于读书和感悟，后者更为重要，感悟不一定从读书来，读书却非感悟不可，否则就可惜了那些文墨书香了。

懂得感悟的女人，或风情万种，或优雅淡定，总会有智慧的男人读得懂，在女人的每一个阶段。有一次和朋友喝茶，说起这些，有朋友说，自己美丽就好了，不一定要男人读得懂。古话说“女为悦己者容”，其实女为自己容最好！不必为他人活着，这样最轻松。

想想也很对！

男人们呢？其实男人也一样，上帝在这方面很公平，只不过评述男人不用美丽这个词罢了。

对女人来说，青春美丽都是转瞬即逝的，但是智慧和优雅却是可以长久追求的。热爱生活，感悟生活，爱护自己，滋润自己，美丽一生吧！

2007 年写于香港

“丁蟹效应”又再杀到
——香港趣事

标题是香港报纸的文章标题。觉得很有趣，写下来做个记录。

“丁蟹效应”又称“秋官效应”。1992 年 10 月，香港无线电视播放由郑少秋主演的电视剧集《大时代》。故事讲述由郑少秋饰演的丁蟹，经常在股票市场的熊市中借着抛空恒生指数期货而获取暴利，正好当时香港股市暴跌，股民损失惨重。因此有了“丁蟹效应”一词。此后十几年，几乎每次郑少秋主演的电视剧播放的时候，股票市场都会有显著下跌。

下面是网上找来的关于郑少秋各次电视剧播出使股市下挫的资料：

1992 年 10 月播放《大时代》，反映香港股市走势的恒生指数于 4 日内下跌 598 点。

1994 年 11 月播放《笑看风云》，恒生指数总共累计下跌超过 2000 点。

1996 年 9 月播放《新上海滩》，恒生指数下跌 300 点。

1997 年 6 月播放《天地男儿》，恒生指数下跌 735 点。

1997 年 12 月播放《江湖奇侠传》，恒生指数总共累计下跌 5324 点，跌穿 10000 点水平。

1999 年 6 月播放《神剑万里追》，恒生指数下跌 1176 点。

2000 年 9 月播放《世纪之战》，恒生指数于首播日下跌近 700 点，七日内共下跌 1715 点。

2003年10月播放《非常外父》，恒生指数于首播数日上升100多点，但最后累计下跌501点。

2004年3月播放《血荐轩辕》，恒生指数于三日内共下跌550点。

2004年10月播放《楚汉骄雄》，恒生指数于首播日下跌近198点。

2005年3月播放《御用闲人》，恒生指数亦出现过明显的下跌。

2006年4月播放《潮爆大状》，恒生指数在首播日急升258点，5年来首次升破16000点水平，播放中期曾升穿了16900点，可是后期回落至16600点水平。

2007年2月回放《御用闲人》，在农历新年后开市恒生指数两日内共下跌600点。

2007年3月回放中的《御用闲人》，恒生指数于2月23日创下的20844点历史高位，反复下跌超过2000点或超过一成。于2007年3月6日，更下跌777点。至2007年3月14日，甫开市即急跌530点，中午更跌595点，当日以18838点收市，全日共跌496点。

2007年5月播放《谜》(主持)，在5月14日首播当日，恒生指数一度冲破21000点，成交额亦创出新高，达960亿元，收市报20979.24点。然而之后指数反复下跌，截至2007年5月30日，恒生指数跌至20293.76点，累计跌幅约700点。

……

呵呵，蛮惊心的吧？

当然这在经济学上应该还是属于巧合，但是股民们认为也太巧合了一点。不过也不要以为这是纯粹的八卦哦，连外资投资机构都专门进行研究呢，著名的跨国证券公司里昂证券也曾在 2004 年 3 月发表过有关的研究报告，使这一现象得到其他国家投资者的认识。

可能是和一系列的因素有关吧，也可能是股民担心真有这一现象出现，赶紧抛出手中的股票，也可能是大户借此造淡，也可能正好周围经济投资环境不妙……总之，很有趣。

今天，郑少秋主演的新剧《香港传奇——荣归》即将播出。所以香港报纸会有“丁蟹效应又再杀到”的文章登出。剧中郑少秋饰演内地地产集团大老板，据说有部分股灾剧情。电视预告出来，港股前天应声下跌，昨日上升。香港股民已在网上展开热烈讨论，连郑少秋都说：“係喔，听完这個统计我都有啲惊惊吔。”（是啊，听了这个统计我都有点怕怕的。）郑少秋还说，希望他的剧播出后不会对股市有太大影响，如果真的跌的话，希望大家可以趁低吸纳。

赶紧去算算还剩下多少钱啊，准备低捞哦。

我写这篇小文的时候，港股正在下跌，节节下跌……

到底如何，这周便可以见分晓，写一小文记以为证。

2007 年 7 月 18 日写于香港

节日无事

今天是国庆节，香港国庆只放一天假，赶上周日，周一补假一天。

早上起来，就听见窗外轰隆轰隆，抬头一看，几架直升机拉着国旗和香港区旗飞过维港上空。呵呵，庆祝国庆！

据说黄金周有四十万旅客自由行来香港。但只要不去铜锣湾，不去海洋公园，不去迪士尼公园，不去昂坪 360，就感受不到拥挤，不过也感受不到多少节日气氛。

中午和朋友一起 have brunch，就是那种早午饭一起吃的意思，适合假日的懒人。边吃边海阔天空聊一气，把身边大大小小的话题当作茶点品一番。

互相告别出门，看见一辆鲜黄的跑车停在酒店门口，几个人在拍照。定睛一看，原来是兰博基尼，流线型的车身，两个粗大的排气管骄傲地翘着。这种车是数得着的名车，产自意大利，手工打造，开起来性能不用说了，提速非常出色，百米四秒！可惜这种车在香港英雄全无用武之地，香港弹丸一样小，路窄车多，这么酷的车，只好用来摆谱。想当年，轰动陆港两地的江洋大盗张子强，就是开着一部这样的车。那年他从内地偷运炸药到鲤鱼门，藏在偏僻的小渔村外。一日开着兰博基尼去藏炸药处视察，正好警方的例行巡逻直升机飞过，张子强做贼心虚，见到直升机飞来，掉头就走。警察在天上看下来，这样偏僻的地方，一辆鲜艳的黄色跑车行踪诡秘，立刻起了疑心。香港有几辆兰博基尼？所以张子强马上就进入警方的视野。以至后来有人评说张子强道行还太浅，一部兰博基尼就把他断送了。

然后去花墟买花，旺角的花墟是港人最爱去的地方之一。什么时候去，都是人来人往，尤其是春节，逛花墟是港人过年必做的一件事。花墟的花来自世界各地，每天都有许多卡车运来各种鲜花，在这里批发零售。很喜欢逛花墟，除了买花外，还可以看到许多各种各样的美丽的插花、盆花、盆栽等等，每次去，都要先把花墟逛一遍，边走边欣赏，有的叫不出名字，就去问花主，长了不少见识。买了些插花和盆花，回家着实忙了一阵。

晚上维港照例放烟花，去年前年都是在港岛这边看，每次交通管制，看完要等很久才能回来，觉得很麻烦，今年就不去看了。海那边的夜景烟花最美，倒是说过好几次去拍些照片，可是一打听，说是摄影发烧友们，中午就去尖东广场占据位置了，从中午一直等到晚上九点十五分？算了，我这么懒，又怕挤，根本发不起烧来，于是打消念头，晚上在家看电视就好。九点十五分，烟花准时开放。真的很美丽啊！湾仔璀璨的灯光，天上缤纷的烟花，水中闪烁的倒影……因为有了维港的倒影，香港的夜景烟花显得格外美丽。直到这时，才真正感受到节日欢快的气氛。

节日无事，细细碎碎地写一篇流水账。

2007 年写于香港

烟霞帆板选举海鲜

好容易告别了炎热的夏天，盼来了秋高气爽的日子，周末驾车去香港船湾水库郊游。

晴空万里，但是有烟霞，远眺的能见度不是很好。来香港之后才知道关于天气的描绘里还有“烟霞”这个词。不过我至今不明白烟霞到底是什么？肯定不是雾，因为如果是雾，太阳出来后就会散去，烟霞则不会。也不是污染，因为在海边海风应该会吹去污染的？

但是我很喜欢烟霞这个词，让我想起美丽、朦胧……以及一切有关的情感。

烟霞笼罩下的船湾宛如仙境。我们租了自行车，沿着大坝行驶，一边是淡水的船湾水库——全球首个在海中兴建的淡水库；一边则是赤门海峡，再远处就是烟波浩渺的南中国海。一片片美丽的帆在海上飘动，令人心旷神怡。

船湾是香港水上运动的基地之一。香港人的骄傲奥运帆板冠军李丽珊（当然也是中国人的骄傲），据说就在船湾水上中心训练过。李丽珊已经退役并结婚生子了，她最近一次成为大众视点，是她推着婴儿车说，在香港，养育一个孩子成人并成材需要港币四百万元，由此引发了一场不大不小的讨论。

除了帆板，还有很多人在玩滑水、独木舟等，望着他们在海上飞翔般的快乐身影，我说，能不能也去报名学玩帆板啊？先生听说，笑着答道，你就骑自行车吧你啊！只好很无奈地笑笑！

一会儿饿了，就去找饭吃，途经大美督村公所，看见一大幅竞选的广告，想起香港区议会选举正在如火如荼地准备进行中。这个广告上的候选人争取的是连任，所以他的支持者可以贴这么大的广告，把村公所的字都遮住了。在任的掌握资源比较多嘛，不在任的，就只好到路边墙上做广告了。当然，路边墙上也是必须经过批准的，香港的市容管理得很严格很有效。

香港区议会选举是回归以来的第三届了。香港特区的特首是由中央任命的，但是区议会，却是选民一人一票选出来的。香港居民，只要年满十八岁，居住在香港满七年，取得香港永久居民身份，就可以登记为选民。据统计，这次选民登记，已经超过三百三十万人了，创历史新高。香港人口在七百万左右，除去十八岁以下的人口及非永久居民，三百三十万是很可观的数字，这充分显示了香港市民的参政意识不断高涨。谁还能说香港人只关心经济不关心政治呢？香港是比较完善的法制社会，以及比较成熟的公民社会。尤其是前者，应该说是民主选举不可或缺的条件。

中午到渔村布袋澳吃海鲜，吃我最喜欢的粉丝蒜蓉蒸扇贝，全世界的蒸扇贝，只这处最好吃，别处的我试了很多次，已经不再尝试了。另外还吃了花蛤，边吃边怀念起青岛的花蛤，那也是全世界最好的。记得去青岛时，连吃好几天胃都安然无恙，香港的花蛤吃不到半斤，晚上胃就隐隐不舒服，还不敢说，怕挨批评以后吃不着。自己悄悄找药吃了，再喝一杯葡萄酒，算压住了。水土和水土还真不一样！

相机只拍了几张，就无缘无故地不工作了，最近它老是这样，回家捣鼓捣鼓又自己好了，莫名其妙，我心里很有意见，抱怨它也不听，只好写在这里。

2007 年写于香港

大自然的有情和无情

——世纪海啸历险记

感谢主！在经历了世纪海啸后，我们今天凌晨平安回到香港。

26日早上八点，我正在阳台上看书，忽然感到震动，持续了几分钟，当时还以为附近哪里有小震，没有在意。九点，我到海边晒太阳，约在九点四十分，下海游泳。当时天气非常好，晴空万里，但是下水时，浪打在身上，感觉好像很有力度，心里有点奇怪，心想，可能是涨潮的缘故吧。游了一会儿，忽然觉得海水的颜色变了，本来是湛蓝透明的海水，一下子变成了绿色，水中充满了细沙，混混浊浊的，然后一下子海水就没顶了，我忽然感觉不对，就赶紧上岸了，但当时还是以为是涨潮，没有想到其他，后来才回想到其实就是海啸前的暗涌到了。就在我离开沙滩十分钟之后，海水就漫上来了，后来又退下去，然后第一波海啸就到了。据最后逃离的游客说，第一波海啸有三层楼那么高，想想真是后怕。

有时候人生会有很多偶然的巧合，首先，我们本来要订巴东（Paton）海滩的酒店，那个海滩最美丽，被Discover（探索）旅游频道选为世界十大最美海滩之一。但是听说人实在太多，围绕着海滩密密麻麻有几百家大大小小的酒店和旅馆，所以我们就改订拉古娜海滩的酒店。这个海滩一共只有五个酒店，酒店与酒店之间有八个湖连接，就是这些湖后来救了大家，我们住的酒店有两个湖紧挨着海滩，海啸来的时候，除了顺着中间的长廊冲进来，毁坏了酒店一层的设施，大部分的海水都灌进了湖里，我们当时逃到二楼大堂，看见湖上浊浪滚滚，个个相连的湖，水面上升了近两米，如果没有这些湖，只怕我们也不能幸免。其次，那天酒店安排我们 10 点 20 分坐游船游览湖区，小姐非常热情，连打好几个电话，所以我们就答应了，要不然，那天我们也许一早就出海去皮皮岛（Phi phi）潜水了，皮皮岛和巴东海滩是普吉岛灾情最重的地方，多少人出海钓鱼、潜水就再也没有回来。想想真是后怕，感谢那位没见过面的小姐！感谢天主！

我们这个海滩可以说是普吉岛损失最小的海滩，只有一些游客在逃离时摔倒受伤，海滩上和酒店一层的设施受到破坏，以及住在海景房一层的旅客，夺门而出时顾不上关门，行李全被海水卷走，除此外大家都平安无事。这一切都因为有了那些湖，这不能不说是大自然的恩典。在普吉岛这样完全靠旅游业生存的地方，在拉古娜这样同样美丽的沙滩，这些湖没有被填掉建更多的酒店，无论决策者当初出于什么样的考虑，这个保护环境的决定，在这场世纪大灾难中救了湖区酒店里几千人的性命。我因此想到，大自然是无情的又是有情的，如果人类不那么贪婪地向大自然索取，无休止地破坏大自然；如果人类能和大自然和谐相处，爱护我们赖以生存的地球，一定可以避免许许多多的灾难。在大自然发怒的时候，人类是多么渺小和脆弱！从近年一连串的灾难，包括去年的萨斯，大自然敲响了无数警钟，可是人类依然我行我素。令人痛心！

感谢天主！我们平安回来了，但是这些天天天在电视上看到无数的家庭家破人亡，妻离子散，心里非常悲伤。普吉岛死伤的大部分是游客，有些家庭孩子被卷走了，留下悲恸欲绝的父母，有的家庭父母失踪了，只留下不会说话的孩子，看着令人心酸下泪。印度和斯里兰卡死难者大部分是沿海居住的渔民和穷人，有个地方，海啸来时，渔民还冲出家门去抢救晒在海滩的鱼干，因为那是他们一年的生计，几百人就这样被卷走了，再也回不来了。……这个世界太令人心痛了！后来我们也捐了钱，表达我们的心意。

经历了世纪海啸，我们平安回到香港，想想普吉岛的那些天，恍如隔世。我们会努力祈祷，祈祷这个世界不要有灾难，人人都平安。从此，我们要敬畏大自然，努力保护环境，保护我们赖以生存的地球。从此，我们会更加珍惜生命，珍惜爱情、亲情、友情及一切美好的东西，珍惜幸福生活，努力帮助贫苦的人们，让生命更快乐和有意义。

2004 年写于香港

活着向前走

三年前，那场世纪海啸发生后，我们被困在普吉岛拉古娜海滩的酒店里，当时还不知道海啸有那么大的威力和导致了那么惨痛的后果。第二天风平浪静以后，我越过酒店的封锁线拍了一些照片，这个酒店因为损失不大，且没有人员伤亡，故当时并不是很紧张，后来随着资讯的进一步增多，才知道我们经历了一场世纪大海啸，有超过 20 万人死于这次世纪大海啸，我们可以说是和死亡擦身而过。

后来，不断有各种各样的消息传来，死亡人数不断增加。想起海啸的头天晚上还到巴东海滩吃海鲜，还记得熙熙攘攘的人群，生意火爆的海鲜小馆，那一条两边都是卖工艺品艺术品的小街，在那条街上，还意外地遇上一位熟人和她的家庭，感叹了一下世界多么小。巴东的海鲜美味可口，大啖一餐后，还约定第二天再来吃海鲜。然而再没能去巴东了，巴东海滩是重灾区，第二天那里所有的一切都被海啸摧毁了。那个灯光晕黄晕红的夜晚，久久地留在我的关于海啸的记忆里。

两天后我们终于获准离开。赶到机场，车刚停稳，脚还未落地，就有机场服务员过来通知已经没有机票了，记得当时心里一下子就乱了，幸亏我们来的时候已经订妥了回去的座位，经过交涉，才得以顺利登机。

那时候，机场弥漫着焦灼和恐慌的气氛，好些人身上带着伤痕疲惫地坐在长椅上发呆，还记得看到一个头上裹着纱布的女人拉着一个孩子走过，满脸惊慌的孩子怀里抱着一只因潮湿而委顿的布熊，整整三年过去了，直到现在，我还能想起孩子那双充满了惊惧的蓝色的大眼睛和那只委顿的布熊。

怀着复杂的心情，我们离开了普吉岛。回到香港机场是凌晨时分，刚出海关，就有一大群记者围上来，提出各种问题希望得到回答，但我们已经疲累得说不出话了。那些天，那些记者 24 小时轮班守候泰国回港的班机，报纸再用大幅的图片和文字极尽能事地渲染海啸的情景。

回到香港后，逐渐知道真实情况，非常后怕，有一段时间心情很恍惚，好几次梦见自己在浑浊的海水中没顶，醒来一身都是冷汗。每天看电视报纸都要掉眼泪，以致先生每天早上都要把报纸收走。

那些日子，感受到了最大的亲情和友情，亲友们不断地打电话来安慰我，在我感到很沮丧的那些日子，家人都悉心地陪伴、安慰我。回到香港的那些日子，许多朋友都关心我，安慰我，聚会为我压惊。还记得有个朋友整晚上为我发她在各地旅行的照片，希望我能快乐……这些都令我非常感动！

有一阵子觉得自己再也不会去海边度假了，后来慢慢知道，无论有多么负面的事情，时间都会冲淡一切。

三年过去了，当我重新回到大海边，在马尔代夫，那被誉为天堂般的海岛上，看着曾经张开狰狞的大口、吞噬许许多多生命的大海依然美丽，太阳岛烟波浩渺，海天一色，海浪被挡在珊瑚礁外，珊瑚礁内的海水清澈无比，美丽的鱼儿们快乐地游来游去……

那么多生命消逝了，大自然依然按自己的节奏向前走，有限的生命最终归于无限的大自然。想到此，告诉自己，好好地活着，珍惜一切美好的事物，向前走。

2007 年写于圣诞前夜

在英国经历安检

飞英国之前，看过一幅关于机场安检的漫画，形容欧美机场安检的极端严格，当时觉得非常好笑。后来又从网上看到一些关于英国政府如何重视防恐的消息，有的消息还说，北京奥运会还没有开始，2012 年伦敦奥运会的防恐，已经提上了英国人的议事日程了。虽然众说纷纭，但只有亲身经历，才能从英国机场安检感受到英国人对防止恐怖主义袭击的重视程度。

从爱丁堡飞伦敦，过安检的时候，忘了摘下手表，因此触犯了金属探测器，一个女警示意我过去站好，双手侧平举。然后，女警以搓面团的手势，把我的两只胳膊搓了一遍，这种方式使我十分诧异。接下来的搜查，简言之，就是，除了隐私部位，所有的地方都被仔细地摸过一遍。可以说这是我有生以来接受过的最彻底的搜身，说实在的，不无难堪的感觉。有的乘客经过这样的搜身，检查员看上去像是不放心似的，还要被手持探测器再检查一遍。

从爱丁堡飞伦敦，是内陆航班，护照机票只检查一次。这样的检查和希思罗机场相比，不过是小巫而已，以下是在希思罗机场接受安检的流水账：

1. 关于携带液体的检查。距禁区十米左右，用黄绳拦起，有工作人员检查是否有带液体，如果有 100 毫升以下的液体，机场提供透明塑料袋装好了提在手上。

2. 检查护照机票，进入禁区。

3. 通过 X 光手提行李及金属探测器安检。因为在爱丁堡的经验，我把手表、耳环、项链等全部摘下放进包里。我身后有个男子甚至把皮带都抽出来放在盒子里，因此得以避免令人难堪的搜身。我前面有个坐轮椅的老太太，也不能例外，看着老太太颤巍巍地举起手接受搜身，然后所坐的轮椅再接受手持探测器的检查，心里真替她有一种很无奈的感觉。

4. 再检查一遍护照机票。

5. 脱鞋抽查。一个检查人员虎视眈眈地看着每一个经过他面前的人，抽查他认为有必要的人到一边脱鞋过 X 光检查。我没有被抽查，于是进入候机区。一个人到处乱逛，坐下来喝咖啡看书，等着登机。直到起飞前一小时，屏幕显示航班的登机口号。

6. 第三次检查护照机票。前往登机口，希思罗机场的 gate（门，登机口）是名副其实的，进入围起来的候机区前，在门口再检查一次护照机票。

7. 进入登机候机区。坐下等待登机。

8. 登机。进入登机走廊前，最后再检查一次登机卡。

仿佛过五关斩六将，终于坐在机舱座位上，才松了一口气。不过对我来说，任何严格的检查都是能接受的，原因只有两个字 :“安全”。相信所有的乘客都和我一样的心情。尽管有繁琐的检查，严格到令人难堪的搜身，看似不近情理的抽检，但是没有人埋怨个人权利被侵犯，也没有人质问 : 为什么检查我不检查别人？所有的人都平静地接受检查和抽查。因为，这些都基于一个很简单的道理 : 如果没有生命安全的自由，其他的自由或者权利，都不过是“皮之不存毛将焉附”而已。

经历这样严格的安检，不由想起前不久读过的两则消息 :

其一，是英国《经济学人》杂志（《The Economist》）2008 年 6 月报道，世界民意组织（World Public Opinion）在 19 个国家做了调查，发现其中 14 个国家的绝大多数民众反对酷刑。

即使是为了取得可以挽救生命的情报，西班牙、英国、法国等国的绝大多数民众也毫不含糊地支持禁止酷刑。在美国，有 53% 的民众反对，有 35% 的民众却支持对恐怖分子施行酷刑以取得可以挽救生命的情报。

其二，是美国众议院近日批准美国修改的外国情报监听法案。布什敦促美国参议院尽快通过这项情报立法，布什说这将提高美国避免再次受到恐怖分子袭击的能力。

美国公民自由联盟则把这项法案形容成是一场“灾难”，因为这项法案允许对美国人的通讯往来进行大规模和没有针对性的监视。那又怎样呢！

9 · 11 事件以后，曾经有人说过一句话：9 · 11 事件将深刻地改变世界。也许人们对这句话见仁见智。但是可以相信，如果没有 9 · 11 事件，那么，在个人自由和权利被视为神圣不可侵犯的欧美，英国机场如此严密的检查，美国关于外国情报监听法案，以及美国部分民众关于对恐怖分子施行酷刑的态度，都是不可想象的。

所有的事实都无可争议地告诉我们，无论人们是否相信，恐怖主义正在并将继续改变人们的生活和观念。

2008 年 7 月写于北京

平和内敛的美

奥运会开幕式终于结束了！说实话很喜欢，感觉很美，很多创意很棒，张艺谋果然名不虚传。全部表演给我的感觉就是传达了大气磅礴中的一种平和内敛的美。

大气磅礴就不用说了。难得是平和内敛的美。

一首《歌唱祖国》，从来都是听大合唱，百人千人唱得波澜壮阔，激情澎湃。这次却在大气磅礴的击缶表演后，由一个可爱的小女孩，用稍显稚嫩的声音唱着，那种纯真和柔美的歌声，伴随着拥簇着五星红旗行进的那些天真烂漫的孩子，令人热泪盈眶。同是一首歌，这样的演唱方式颇有点“大音希声”的境界，教人以宁静的心灵去感受源自天籁的爱意。

那一曲期待着的《我和你》，一边听脑海里就想起刚才看到那幕活字印刷显的“和”字。简单纯真是这首歌的优点，平和内敛是它的美丽所在，十分符合中国传统音乐艺术尤其是儒家以“和”为中心的审美意境。简单其实不是缺点，实际上歌曲或者乐曲越是简单越是慢速，歌唱者或演奏者就越需要实力，不仅是技术上的实力，还需要深厚的内涵。莎拉·布莱曼和刘欢的演唱，把歌曲内容演绎得很到位，令人回味无穷。感觉和整场表演的内涵很和谐。

还有太极表演，那种行云流水的灯光舞美，和传统的太极阴阳相生，与自然和谐相处，平和内敛中源源不断的力量所在，被水乳交融地表现出来了。

以及张若虚的《春江花月夜》，那首关于自然、历史、人生和爱情的优美平和的绝唱，由昆曲演员唱出来，缠绵悱恻，直入心田，令人如痴如醉。

……

喜欢的创意很多，令我感动的还有李宁的那一场环天幕的火炬奔跑，仿佛在一轮红日中奔跑，想起夸父逐日的古老传说，人类自古以来的勇于探索精神与现代奥林匹克运精神相得益彰，一轴壮丽而气势恢宏的画卷随着他刚健优美的奔跑徐徐展开，如诗如梦……

中国传统美学尤其是儒家讲究平和中庸内敛，在这场表演中得到很好的体现，由此可以看出张艺谋和主创团队对中国传统文化的美学精髓有很好的理解和把握。如果整场表演要以一字形容，还是那个“和”字。“和”是象形文字，其复合形式是“龢”，造字本义是吹奏用不同音高的禾管编成的排笛，以发出谐调共振的乐音。正是各个不同节目的巧妙融合，编造出一场“大象无形”的盛会，将观众与现场的气氛融为一体了。

平和内敛的美，就是那种宁静致远，那种和谐安宁，不会让人心潮大起大伏却能令人回味良久，终究得到一种隽永享受的美。

2008 年 8 月 9 日写于北京

美国气派

在香港看了几年各种频道的Discovery,还有七七八八关于美国的书，以为对美国多少有点了解，来了以后发现，还是得住下来，才能真实感受美国。

说实话到洛杉矶没有太多新鲜感，反正都是发达国家的样子。朋友问说喜欢美国还是喜欢欧洲，我会老实回答说目前还是喜欢欧洲。因为在欧洲居住过好几年，也几乎走遍了，美国呢，到洛杉矶仅半个多月，其他地方还没去过。感觉上，如果说文化历史气息，当然是欧洲浓郁，别的不用说，光看建筑风格，高下就立出了。

要说生活的方便，好像还是香港，在美国，没有车就如没有腿，家里的冰箱奇大，每周需开车拉一堆东西回来装满，不像在香港，天天可以买新鲜蔬菜和肉类。不过在美国也不能说不方便，中国人超市的东西应有尽有，反正我想要的，大都买得到，有的在北京还买不到呢，例如家乡风味的，台湾产的不少。洛杉矶台湾人和香港人很多，南方的食物调料种类很多，很合我的意。

各有各的特点和好处，美国的特点就是气派大，天大地大，加上一副财大气粗的样子。例如洛杉矶的高速公路，论质量不如德国的高速，论规模那德国人是望尘莫及。我想大概是世界第一吧，有的地方有上下八条车道的，加上专给两人以上汽车的专用快速道和紧急停车带，最多的时候单向就看到有六条车道，而且每条车道都比欧洲的高速车道宽，非常壮观，开起车来感觉也非常好。停车场的车位也大。估计在美国，考驾照穿桩极易过关，那么大的车位，别说二把刀，三把刀甚至四把刀都进得去，再后来发现美国根本不需要考穿桩，停车时一头栽进去就行了。这个我很喜欢，比在香港挤挤挨挨，感觉舒服多了。

那天到商店买东西，看中浴室用的雕花瓷具，就是漱口杯、牙具杯、装洗手液的瓶子等，就买了八个。付款的时候，售货员一个瓷具就用一个大塑料袋，一装一裹，八个瓷具就用了八个，然后唯恐不结实，又用了两个塑料袋装。这样，在欧洲或香港，用八张纸一个塑料袋解决的问题，在美国用了十个塑料袋。像我这样过去提惯了环保布袋买东西的人，心里不由得嘀咕。不知道这算不算美国气派？还是我的偶遇？

2008 年写于洛杉矶

想起布拉格春天的小雨

早上驾车出门办事，天上飘着绵绵的小雨。洛杉矶的初夏难得有这样的沁人心肺的小雨，即使在车中，也似乎能感到细细的雨丝掠过脸颊那种轻轻柔柔的感觉。

音响里是斯美塔纳的《我的祖国》的第二乐章“沃尔塔瓦河”，长笛和单簧管悠扬地响起来的时候，想起了布拉格春天的小雨……那个春天，在细细的小雨里，走在布拉格老城区的小街里，耳边不时传来德奥音乐家们的乐曲声，街边那些巴洛克建筑，令人惊叹地演绎着古老而精致的韵律，常常，仿佛身在维也纳。

还记得坐在查理大桥旁，望着微微起伏的沃尔塔瓦河，心里回旋的就是《我的祖国》的第二乐章的主题。沃尔塔瓦河是捷克民族的母亲河，斯美塔纳在失去听力以后，用心灵谱写出来这部史诗般的作品，感动了无数的人。现在，这部杰出的作品，已成为“布拉格之春”国际音乐节固定的开幕演奏曲。

随着一串串音符的流淌，主题徐徐展开，描绘了沃尔塔瓦河如画的自然风光和如诗的美丽传说：涓涓溪流渐渐汇入大河，河边茂密的森林，猎人的号角声，村庄里人们伴着波尔卡欢快地起舞，月色下宁静的河面，传说中仙女们如梦似幻的歌声，夜风拂过如丝绸般光亮的河面……

沃尔塔瓦河继续奔流，在河滩峡谷激起汹涌澎湃的惊涛骇浪，轰轰烈烈而来，惊天动地而去，峭壁和礁石都挡不住奋勇向前的力量，终于，流到了布拉格维谢格拉德城堡，维谢格拉德主题再次响起，象征着捷克民族的勇敢和伟大。渐渐地，沃尔塔瓦河归于宽广和宁静，最后，小提琴奏起波动的旋律，沃尔塔瓦河滚滚地流向无尽的远方……

还记得在那小雨中，有天鹅优雅地在河边逶迤游过，小船安详地在水面摇荡着……沃尔塔瓦河和《沃尔塔瓦河》令人浮想联翩，想起布拉格那些安宁的和不安宁的春天，想起斯美塔纳和德沃夏克，动人心弦的《我的祖国》和《自新大陆》；想起了《生命不能承受之轻》的米兰昆德拉，《变形记》的卡夫卡，还有《花园宴会》里的哈维尔……

初夏，在洛杉矶的小雨中，在斯美塔纳史诗般的音乐中，想起布拉格春天的小雨，和那奔流向前的沃尔塔瓦河……

2009 年写于洛杉矶

在冬暖夏阳的日子里

圣塔安娜焚风又吹来了。这个有着一个好听名字的又干又热的风，从高山山脉上往下吹，上周末在南加圣盖博谷一带造成了巨大的损失。据说消防部门十分紧张，担心造成山火。隔着一座山的这里，却不过是“夜来吹折几枝花”罢了。

周末去参观盖蒂博物馆，一路上就是蓝天白云、夏日明媚的感觉。冬天也有这么灿烂的阳光，洛杉矶真好！我常说自己是个趋光动物，心情很容易受光线的影响。以前在德国，冬天最冷的时候，下午三点半就天黑了，早上九点才天亮。那时，就是把所有看得见的灯全部打开，以人类的科技成果对抗可能产生的忧郁情绪。

盖蒂博物馆是来过几次了。这个美国石油巨子保罗·盖蒂的博物馆，在西方来说，收藏不算很多，但是其中精品不少。有许多文艺复兴时代的精品，印象派的作品虽然不多但多是大师之作，很合我的意。

盖蒂博物馆现代化的建筑在阳光下闪闪发光，各个馆之间的走廊都是大幅玻璃，有时候，从十五、十六世纪或者十七、十八世纪欧洲艺术的氛围中走出来，在灿烂的阳光下眺望洛杉矶的美景和大海边点点的风帆，恍惚中竟有点穿过时光隧道的感觉。

盘桓了一下午，又徜徉在自己最喜欢的几幅画前。绘画是最可以令人神思飞扬的，文字可以表达的，绘画也可以表达，文字表达不出来的，绘画仍然可以表达，这样超乎文字表达之上的艺术还有音乐。在绘画和音乐大师们的大作面前，文字常常是苍白而力不从心的。

盖蒂博物馆允许拍照。其实，这样的拍照本来并无多大意义，拍得再好也不会有画册里的好，更不要说原画了。但是，如果看到在自己收藏的画册中喜欢的画，真实地出现在眼前的时候，那种惊喜的感觉会令人有一种拍照留念的冲动。

重要的不是拍画的本身，而是想记录那种惊喜的心情。这是去年在爱丁堡国家艺廊看见高更的《三个塔希提人》，惊喜之余却发现不能拍照以后才突然感觉到的。

有时候，以为努力是为着某个目的，可是一个偶然的契机，会让人恍然大悟，所有的努力其实是指向另一个方向的。冥冥中指向的那只手，常让我们在顿悟中一点一滴地感受人生。

夕阳西下，暮霭淡淡地弥漫着，在高处眺望无垠的天空和广袤的大地，不由人心旷神怡。

突然想起了禅宗三祖僧璨的那句话：莫逐有缘，勿住空忍。一种平怀，泯然自尽。

无须一味刻意地追求缘分，也不必勉强处于空无的定境，这样就有了一份平淡朴素的人生情怀，一切是非有无，自然就消失了。

就像置身于这样澄静的蓝天和舒展的大地之间……

2009年写于洛杉矶

查理在北京

查理是个胖胖的快乐的美国小伙子。

查理在加州大学伯克利分校毕业后，到伦敦经济学院读硕士，后来又到北大做交流学生。查理以前没来过中国，但是他一来就喜欢上北京了。除了在课堂上学习国际政治，了解政治的中国，查理更喜欢骑着车或挤公共汽车去了解文化和民间的中国。

查理花了很多时间到处逛北京城，他发现北京是一个非常美丽的既古老又现代化的大城市，那些古老的东方建筑和东方艺术非常迷人，现代化的建筑也同样很吸引人。北京人也很友好，查理正在努力学习中文，所以很喜欢北京人说话的卷舌音，经常困难地卷着舌头说话，尤其是儿化音，总学不像，不时有北京人善意地纠正他的发音，这使他很高兴。

查理的看法，学一种语言如果不懂得骂人的话，就不算学会学好。因此他请人教他说骂人话。但是通常人们对他的要求只是置之一笑。后来终于有一个人教了他一句“王八蛋”。查理弄不明白为什么这是骂人的话，那人告诉他，不用懂，因为所有的外国人都弄不懂，只要知道是骂人话就行了。有一次查理坐出租车，旁边有一辆车突然插进来，几乎撞上查理乘坐的车，司机很愤怒，查理也很愤怒，于是查理骂了一句“王八蛋”。司机一怔，然后就笑了起来，查理也笑起来，结果司机和查理的气都消了。

有一天查理在街上走着，旁边有衣着时尚的两个美女经过，查理当然注意到了，在礼貌地行过注目礼以后，查理在竖起的耳朵里听到美女在说，这个老外长得不错，就是胖了一点。查理立刻回头指着自己的鼻子问美女道：你们说我胖？那两个美女不料胖胖的老外帅哥居然听得懂并且还会说中国话，惊得花容失色，瞠目结舌。不过查理不生气，挥挥手，笑嘻嘻地走了。

查理还特别喜欢到处串胡同，他发现有些胡同很幽静很整洁，有一些就不是了。有一次他迷路了，走进一条破旧的胡同，里面还有人在摆摊，卖一些叫不出名字的东西，摊主热情地招呼查理，查理就坐下来要了一杯啤酒。摊主卖的主要是酱鸭脖子，查理弄不懂这长长的东西是什么，于是双方比比划划，“嘎嘎”，是鸭子，懂了。大腿？不是。胳膊？不是。那到底是什么呢？摊主伸长了脖子，比划了一下，查理大吃一惊，然后，就着昏暗的灯光，查理发现和脖子放在一起的还有“鸭的脚”。查理站起来，抱歉地付了啤酒的钱，离开了。

查理不能接受鸭的脖子和鸭的脚，就有中国朋友对他讲了个故事，说是从前土匪劫了人质上山，让人质吃饭吃鸡，如果人质吃鸡大腿，土匪就会把人质放了。如果人质吃鸡的脚，那么土匪就会把人质扣住，让人质的家人来交赎金。为什么呢？查理问。人家告诉他，因为鸡的脚的滋味更好！只有懂得享受的有钱人才会吃。查理明白过来，就有点郁闷，原来自己不光是穷人，还不懂得享受。查理很想做懂得享受的有钱人，但是目前为止查理还是不能接受鸭的脖子，尤其是鸭的脚。

查理在北京还学会了砍价。查理在美国的时候不问红尘世事，不知道买东西的时候，价钱还可以你来我去地讨论（虽然英语也有砍价这个词）。查理在北京刚开始学会砍价，是在著名的秀水东街。查理一听见摊主用流利的英语诉苦，说自己多么多么地不容易，心就软了。100 块钱的衣服查理砍掉 2 块，就乐滋滋地回去了，结果自然是招来很多善意的笑声。时间长了，查理慢慢在进步，现在偶尔也能砍掉一半价钱了。

查理有很多中国朋友，经常在一起聊天或者一起结伴出去玩，时间一长，查理爱上了一个中国女同学小菲，小菲长着一对细长的眼睛，秀气文静。查理认识的一些中国女孩，认识没多久就问查理可不可以带她们去美国，还有一个对查理说她不要做中国人，只想做美国人。查理听了半天说不出话，20 岁的女生对自己的祖国这么决绝，查理很难理解。小菲喜欢美国，但是小菲也爱自己的祖国。有时候谈到国际政治，小菲会批评美国的外交政策，但是查理一点不生气，常常举着双手，开玩笑地说：我投降了，行不？小菲就笑了，两个人手拉手地去挤地铁，逛北京的胡同，吃北京的小吃。

查理在北京的时光是快乐的，有时查理也会想念家人，想念故乡。有一次，查理看见一个中国同学买了一盒美国威斯康星西洋参，立刻被勾起了浓浓的乡情。威斯康星大片的田野，香气袭人的奶酪，还有波浪翻滚的密西西比河……和小菲一样，查理爱美国，但是也喜欢中国，喜欢北京，查理已经想好了，毕业以后要申请留在北京工作，小菲听了他的决定，轻轻地鼓掌说：在这里你会有更多的机会。查理很高兴小菲说这样的话。

那天，他们站在南锣鼓巷巷口，天上下着毛毛雨，查理想起了刚学

的一首古诗的句子 :“天街小雨润如酥”,“最是一年春好处”,他努力字正腔圆地念给小菲听。细细的雨丝中,彼此相对莞尔一笑。

2009 年写于北京

土拨鼠和快乐人生

周日去打球，艳阳高照，和风拂面，绿茵茵的草地和路旁盛开的鲜花在湛蓝的天空和远处的雪山衬托下，令人心神微醉，不过有时也会令人疑疑惑惑，有不知身在秋冬或春夏的感觉。这就是南加州冬末春初的特点，一场细雨，远远近近的山上就被蒙上一层绒绒的嫩绿，一场寒流过境，遥远的山峰又一片皑皑的白雪，而圣塔安娜焚风一吹来，立刻就成了夏季……

算起来已经3月1日了，可是按美国人的关于土拨鼠日的传统说法，冬天还没过去，因为土拨鼠预告了，春天还没来呢。要说这土拨鼠还真是准，不信也不行，尽管已经3月初了，今天东南部那儿还刮罕见的暴风雪。

这个很有趣的传说，是被称为Pennsylvania Dutch的德国移民带到宾夕法尼亚州的。传说每年2月2日，土拨鼠会从冬眠中醒过来，探头探脑地出洞看一看，如果看到自己的影子，那么土拨鼠会回到洞里继续呼呼大睡六个星期，如果看不到自己的影子，那么就说明春天来了，土拨鼠会抖擞抖擞，钻出洞穴，开始一年的新生活。

还记得今年2月2日那天，美国人都兴致勃勃地等待电视报纸公布土拨鼠的消息，当土拨鼠先生抱着一只可爱的土拨鼠代它宣布看见影子了，全美国的人们都知道了春天要姗姗来迟。在这样严重的经济危机下还仍然苦中作乐，很可以看出美国人开朗乐观的性格和心态。

虽然土拨鼠说冬天还没过去，但今天的天气和夏天并无两样。在打球的间隙中可以躺在草地上晒太阳看蓝天。虽然只是很短的间隙，却是我打球的另一大乐趣。看着薄如羽毛的白云后深邃的蓝蓝的天空，心里会非常安宁沉静，想起童年的美好时光，想起一切曾经的美好时光……那种偶尔依稀的雨打游子梦、花催感时泪的心情仿佛在遥远的另一个天际以外。

最喜欢看喷气式战斗机拉出的白色的气流，开始战斗机拉出的是两根白线，慢慢融合成一股茸茸的白毛线，然后，又晕出一朵一朵的小白花，气流渐渐变粗变薄，有时高空有风吹过，这里那里就会宛然一转，变得千姿百态。看一条条蜿蜒交错横贯蓝天的白色气流带，想着犹如人生一般：年少时简单纯洁，随着时光的推移，渐渐变得丰富多姿，然后渐渐淡去，最终融于蓝天之中。

打第八个洞的时候看见一截被吹断的气流，毛毛绒绒的竟然就像土拨鼠可爱的尾巴，转眼看看旁边的灌木丛，真想有一只可爱的土拨鼠会跳出来，可惜按照传说，它们还在洞里睡大觉呢。探头探脑出来的是一只顽皮的松鼠，黑亮亮的眼睛看着我，一点都不怕我，当然我也不怕它，我们就这么对视着，直到我该起身发球了。

今天我打了三个 Par（标准杆），这个好成绩也是和好心情有关的。当然，按高要求，离真正的好成绩差得很远，大概就因为我经常分心看蓝天白云，不能专心一致的缘故。打好球是我的愿望，仰望天蓝亦生云也是我的愿望，鱼与熊掌都想要，贪心如我，其实都是在寻找快乐人生。

2009 年 3 月写于洛杉矶

雨夜微思

安谧的夜晚，窗外是细无声的小雨。

今年 LA 的雨水很多，据说是二十年来罕见的。有一个星期，天天都是大雨或暴雨，间或有冰雹，海边还有龙卷风，晚上的温度降到了接近零度。

门前种的一株红梅，正是暗香浮动的时候，被花生米大的冰雹打得七零八落，花坛里的四季海棠，翠绿的叶子也已支离破碎，小小柔柔的红花却还都一簇簇地开着。不禁想起李清照的那句词，不同的时空，缥缈的那里"应是绿肥红瘦"，这里却是实实在在的红肥绿瘦了。

那些雨夜，温馨而安宁。吃过晚饭，把碗筷放进洗碗机。一杯葡萄酒，一本书，在壁炉边把自己舒舒服服地塞进椅子里。

窗外的雨声，时而沙沙如低低的絮语，时而叮当如跳珠落下木盘。壁炉的火熊熊燃烧着，一种醉人的温暖混合着酒香，慢慢弥漫开来。这样的夜晚，心灵深处最柔软的地方，最容易苏醒。那些逝去的往事，悄然飘落，又在炉火照不见的阴影里淡淡起舞。

今夜的炉火依然温暖。突然想起爱尔兰诗人叶芝，那首有名的《当你老了》，一个多世纪来，那些诗句不知感动了多少人。当你老了，如果仍然有人爱你“圣洁的灵魂”，爱你“饱经风霜哀戚的面容”，你的生命又怎能不像婆娑的绿树那样永远歌唱着呢！

想起叶芝的诗，因为炉火唤起了叶芝的诗所特有的梦幻般氛围的感觉，诗的开头写道：当你老了 / 头发花白 / 睡意蒙眬 / 在炉前打盹 / 取下这本诗集 / 慢慢吟诵 / 梦想你曾经柔柔的眼神 / 晕影深深……/ 我也取下一本诗集，也在熊熊的炉火旁阅读，伴着屋外的寒风冷雨。我对自己说，幸好，你没有在炉火边打盹，说明你还不老。

但是每个人终究都会老去。这也是一种宿命。在叶芝，这种宿命由悲天悯人的精神和对理想与爱情的执着追求所构成。叶芝的《当你老了》是一首爱情的绝唱，绝唱的背后却是令人叹息的爱情悲剧。没有贯穿叶芝一生的这种痛苦，我们就不会读到这样的爱情绝唱。

讴歌得不到的爱情，最后，抖落一生的枝叶和花朵，在枯萎中进入真理，这就是叶芝，一个伟大诗人的宿命。

夜深了，炉火渐渐熄灭。雨还在淅淅沥沥地下着，临入梦乡的时候，我想着，宿命之所以是宿命，在于它的无可选择。可是如果可以选择，我会选择做一个平凡的人，享受浪漫的爱情，享受平淡的生活，享受在寒冷的雨夜里，伴着温暖的炉火阅读，“……and slowly read,and dream of the soft look……”

2009 年冬写于洛杉矶

共和党的花园，民主党的菜园

前几天看到奥巴马夫人米歇尔拎着菜篮逛农夫市场，不由想起白宫的胜利花园。奥巴马夫人在那里种了很多花椰菜和豆角，从那以后，美国许许多多家庭都跟随奥巴马夫人，在自家的花园里种菜。据说种子邮购公司生意大好，老板笑得嘴都合不拢了。

白宫上一次种菜是在二次大战期间，罗斯福总统夫人在白宫开辟菜园，种菜种豆，与百姓共渡难关。巧的是罗斯福总统和奥巴马总统都是民主党人，就是说，二战以来，白宫的花园两次开辟菜园，都是在民主党的治内发生的。奥巴马夫人种菜可以说是学罗斯福夫人，连胜利花园的名称都照搬不误。

罗斯福总统夫人埃莉诺·罗斯福（Eleanor Roosevelt），说起来也是女中强人，她曾经担任联合国人权委员会主席，主持制定联合国人权宣言的起草工作。她以女性特有的感性和知性，设法弥合不同成员之间的分歧并调和因文化不同而产生的不同观点，获得了很高的评价。

30 年代，美国退伍军人曾经两度进军华盛顿，在白宫草坪安营扎寨示威。第一次，共和党籍总统胡佛动用军队装甲车机枪驱赶退伍军人，造成死伤众多（大部分为伤者），引起起各界愤怒抗议。两年以后退伍军人卷土重来，罗斯福总统虽然不赞成退伍军人的许多主张，但可以说是深谙这些硬汉的心理，派出了总统夫人埃莉诺，带着饮料点心，还有微笑音乐，到现场慰问退伍军人。硬汉们被感动得泪水涟涟，于是自动撤退，一场可能的冲突就在微笑和音乐中消弭无形了。

回到白宫种菜的话题，心里便蠢蠢欲动，那天回家就向领导提出，也要在花园的一角开辟菜园，不料名字还没有想好，就遭到领导一票否决。想起罗斯福夫人，于是如法炮制，下厨房精心做两样领导爱吃的菜，再开一瓶好酒，美酒佳肴，微笑音乐，否决票就飘飘忽忽不知所终了。老子云“治大国如烹小鲜”，虽然有各种解释，未始没有政治生活和家庭生活有相通处理之道的意思。

开辟了一角菜园，领导提问：是不是如果民主党下台了，白宫菜园关闭，你的小菜园也关闭？我想，虽然最近由于医疗健保改革，奥巴马的民望降低，共和党不遗余力地反对又反对，但是目前看来，共和党要翻本，可能性还不大。

会不会有其他的党上台呢？也没有可能。美国说起来是多党制，实际上就是两党轮流坐庄，其余的小党，没钱没枪没子弹，不过就是陪太子读书罢了。多党好还是两党好，其实没有标准答案，主要看各个国家的具体情况。欧洲有些国家就喜欢多党制，例如意大利，执政联盟走马灯似的换，政策朝令夕改，可是人家就喜欢。美国人则喜欢两党制，即便有人不喜欢，两党也不容许改变，按时髦的话说就是，坚持自己的价值观不动摇，不受外国（欧洲）思潮的影响。

美国的两党，基本的价值观其实都是一样的，并无绝对的分歧。大约从罗斯福新政开始，自由主义成了民主党的标签，保守主义则成为共和党的标签。这两股潮流在美国政治中此起彼落，交替消长，一派走到了极端，另一派就来纠正，矫枉过了正，再来纠偏。有点像钟摆，罗斯福新政开始钟摆一直向左摆，之后虽有波折，一直到1980年里根总统上台，钟摆才开始正式向右摆，到了小布什摆到了极端，2008年奥巴马上台，钟摆又开始向左摆。这就是美国政治的自我纠正机制。

现在看起来钟摆刚刚才开始脱离极右一端，向左摆动，相信会有些波动，但是离那端的轨迹还很长，经济要完全复苏，也还要待以时日。罗斯福新政以后，美国政治钟摆向左摆了整整30年。历史会不会再现，现在还未可知，不过奥巴马上台毕竟还不满一年。所以看起来，“民主党的菜园”虽然只是一角，但也可以保持下去。将来，即使民主党下台了，白宫花园关闭了，这一角菜园也不妨保留。

其实花园也好，菜园也好，分类不同而已，都属于园艺。民主党也好，共和党也好，无论是被称为维护古典自由主义的保守主义（有别于欧洲的保守主义），还是民主党的自由主义，都是广义上的自由主义。可以说，美国社会有着广泛共识的自由主义的政治思想传统，正是美国两百年来社会平稳发展的基础。

2009年写于洛杉矶

从旧金山说房子和美食

旧金山在美国，算是文化气息较浓的地方，而且旧金山的包容性很强，一些在美国很多地方属于非主流的文化因素，在旧金山都可安然存在并且蓬勃发展，譬如说关于同性恋。可以说旧金山是了解美国的一扇重要的窗户。

在欧洲的时候，有一次到新西兰旅行，那里纯净的自然景色令人难忘。很有趣的是，我对美国的认识的起点是从新西兰开始的，当时我的问题是，路上都是白人，但是建筑样式很朴素简单，怎么和在欧洲的“外国的印象”不一样？先生在美国留学工作过，回答我说时间短的移民国家就是这样，美国也是这样。于是我留下的印象是“美国像新西兰”。

刚到美国时，还常常想起这句话。洛杉矶是个平铺开来的大都市，这在世界上的大概也是绝无仅有的，洛杉矶也难得有能令人驻足欣赏的建筑，不是没有好房子，是没有欧洲那样浸淫了悠久历史文化的美轮美奂的建筑，例如伦敦、维也纳、布拉格等。有一次去圣地亚哥，路过一个地方，说有一座古建筑，赶过去一看，也就一百多年，不禁莞尔。当然如果从美国历史来说，还是可以算古建筑的。

旧金山让我喜欢的是它有很多美丽的建筑，虽然历史也不长，但是总是有那么一种气息令人喜欢和陶醉，尤其是那些维多利亚式的建筑，那些民居，常常令我想起伦敦 2 区以内的那些充满魅力的公寓和民居，类似的建筑，在纽约曼哈顿也是有的。除了这两个地方以外，据说还有波士顿，其他地方大概就极少了。

旧金山的魅力还在于它是美食之都之一（另一个在纽约）。洛杉矶当然也能找到美食，但是比较少，例如米其林餐厅，有一些是1星，偶尔有2星，而旧金山和纽约，3星的都很多。旧金山由游客们熟知的著名的渔人码头，还有很多各国风味的小馆，价廉物美，非常值得光顾。有一次找到一个普罗旺斯小餐馆，餐馆装饰完全是法国南部风情，菜和酒都极其可口。那个黄昏，一缕夕阳射进窗来，照在墙上的一幅老照片上，光影摇曳，刹那间，人坐在那里，魂儿仿佛已经飞到了普罗旺斯……

那年我们开车穿过法国南部去西班牙，翻越比利牛斯山的时候，在山里一个小酒馆就餐，一碗美味的牛肉清汤给我留下极深的印象，依我的烹饪经验，这样的汤是需要下一番功夫的，而那不过是山村里的一个小小酒馆。在法国旅行，一路上都能找到美食，不管是在城市还是乡村。一个民族的饮食文化只有源远流长积淀深厚，才有可能做到这一点。

在美国旅行，除非在一些特定的地方，基本上就只能吃汉堡薯条加上牛排什么的，单调乏味。我以前不吃麦当劳，认为它不健康。但是在美国，出门的时候经常以麦香鱼充饥，因为觉得总比其他的汉堡好吃些。旧金山和纽约之所以有很多美食，大约是因为这两个城市移民比较多，因此带来了法国、意大利、中国、墨西哥甚至非洲等国家的风味美食。

刚来美国的时候，老有人问我对美国的印象，坦率地说，相比较而言，欧洲人比较懂得享受，讲究精致的生活。美国人追求大，大房子大汽车大盘的食物诸如此类，大房子当然好，美国地广人稀，欧洲比不上，但大而不当，也容易流于粗犷。大汽车舒服，但也浪费汽油，影响环境，也影响美国的外交政策。大盘的食物尤其是不健康的食物则造就了很多胖子，美国的胖子不是中国人说的那种胖子，中国女友口中的胖子在美国属正常偏瘦，一般人说的胖子在美国是属正常，美国的胖子是胖得要命的那种才叫胖子呢。说肥胖已经成为困扰美国社会的问题，也不算夸张。

只有懂得健康、精致的饮食，才能既享受生活，又有健康的身体，这一点，美国人应该多向欧洲人尤其是向法国人学习。当然，美国的有钱人，向法国人学习得还是不错的，那是另外一个话题了。

2009 年写于洛杉矶

莲花开合的季节

莲花开合的季节，回到北京城。

我住楼的右边有一条宛转的小溪，溪边绿草茵茵。楼前有个小小的莲池，一池田田莲叶，不蔓不枝，几朵红白莲花，亭亭静立，日则香远益清，夜则花低入水。每每从旁边经过，就会想起周敦颐的那些读后令人满口余香的莲语。

在北京，有水的地方多半有莲。那天，和朋友去后海酒吧街，还曾倚着栏杆凝望粼粼波光中的团团荷叶，想着偌大的北京城，也就后海什刹海紫竹院玉渊潭零星的几片水面，不免轻拍栏杆，微微叹息！再想起楼下那小小莲池，顿时觉得也很难得了。

从前是不怎么喜欢北京的，主要是因为它缺水。总是觉得，一个城市缺水就缺少灵气，缺少韵味，缺少光泽缺少精致缺少风情……想起走过的那么些地方，大部分国家的首都或者著名的大都市都有一条大河，或者就干脆在海边。想起那些的大河，多瑙河塞纳河莱茵河泰晤士河沃尔塔瓦河湄公河……连埃及首都开罗那样紧紧挨着沙漠的地方，都有一条美丽的尼罗河缓缓流过。可惜北京没有……

然而北京很大气，这却是我喜欢的，不说别的，光天安门广场的气势，大概在世界上是绝无仅有的。这些年总在外面走，这么大气的地方不多见。所以我一向觉得北京适合男人，或者说北京是属于比较阳刚气质的城市。我常想，如果北京有一条波浪翻滚的大河，那么整个城市的气魄会更大，内涵会更为丰富。可惜北京没有，只有几处半湖莲荷的水面，点缀着古老的皇宫和现代的高楼。

但是这次在北京，感觉却比以往任何一次好。

一下飞机，新的T3航站楼就让我喜欢，虽然要走很远的路。据说那是设计香港大屿山机场的设计师设计的，怪不得有似曾相识的感觉，但是新航站楼较之香港大屿山机场更富有现代感和民族韵味。尤其是那些柔和金黄色的条状屋顶，还有那些中国红的柱子，高大而富有情致，依然是很大气的感觉，看了很舒服。

整个城市整齐干净多了，绿化做得很好，路也修得很多，那天看到四通八达的五颜六色的地铁图，竟依稀想起伦敦地铁图，朋友介绍说，也有像香港八达通那样使用起来很方便的卡了，公共交通发展得很快，公共汽车也很多，外表看上去很干净。打了好几回出租车，司机居然会主动问好，不再绕道，再没有像上次那样被骗的感觉了。还看到乘公共汽车的市民在排队，这些真令我很高兴。

还有那些引起不少争议的建筑，其实大部分看起来感觉不错。曾经在同学网上参加了有关这些现代建筑的讨论，持的是质疑的态度。但是现在看到实物，包括水立方和鸟巢，感觉比想象的好得多，那国家大剧院，也并不像想象的那样和周围环境极不协调。可见没有亲眼目睹就下结论，至少是欠妥当的。由此想起巴黎的埃菲尔铁塔和卢浮宫的玻璃金字塔，当年也是哗声一片，最终也还是被巴黎以宽广的胸怀包容了，现在则成为巴黎不可分割的一部分。

就像宽容是一个人的美德一样，包容也是一个城市的美德。北京就像一个胸襟开阔的男人，即便是匆匆过客，和他闲闲一聊，也会因此而感到豁然开朗。

北京依然还是缺水，依然有很多灰尘，依然有……有很多各种各样的问题，可哪个国际大都市没有各种各样的问题呢？纽约、伦敦、巴黎……香港会比较好，但是香港是小了点。不管怎样，和我离开的时候相比，北京毕竟是变得越来越好了。

楼前小小的莲池，那些美丽的莲花依旧开合着，有时我会在池边驻足片刻，细细体味花开花合的心情。生活中会有很多不如意的地方，但美好的事物总会给人带来愉悦，不管多少、大小，珍惜它，也是珍惜自己，也是珍惜这个世界。

2010 年夏写于北京

走进美国非裔教会

在午后的阳光里，应邀参加一位美国朋友的牧师就职仪式。

这是我第一次走进美国的非裔教会。这位朋友所属的教会，是美国许许多多的基督教支派之一。

教堂位于洛杉矶的非裔居住区，参加仪式的几乎都是非裔。非裔兄弟姐妹们都非常友好，互相介绍，握手拥抱。男士们多西服笔挺，女士们多盛装。关于美国的教堂，和我过去对欧洲和香港教堂的观感不同，女士们可以穿得不那么保守，非裔教堂里，有的女士好像还更宽松一点。

在美国，多年来，由于非裔长期处于社会的边缘，非裔教会在基督教会里也处于边缘的地位。这就使很多非裔基督教会有一些特别的传统。一是在牧师讲道的时候，常常对美国社会的现实进行抨击。最近的例子是在去年，奥巴马所属的芝加哥三一联合基督教会的牧师赖斯曾多次在讲道的时候，抨击美国社会的种种不公，甚至有“上帝将会诅咒美国”这样的言辞，以及被批评涉及种族问题的言论。这类政治不正确的话语，加之该牧师和奥巴马曾经亲密的关系，引起了许多美国人的担心，以致奥巴马为了大选不得不退出该教会。

这次仪式上请来的一位非裔主教 Noel Jones 在这个传统上也不例外。Noel Jones 主教在洛杉矶地区相当有名气，以激情方式布道闻名。他的讲道以耳语般的轻声开始，娓娓地述说上帝的仁爱，仿佛一个亲密的人在耳边絮语，给人非常独特的感觉。然后声调渐渐沉稳，开始抨击现实，房地产危机、金融危机、失业率、刺激经济方案等等，无一不涉及，主教越说越激动，声调越来越高，越来越激昂，脖子上和额上暴起一根根青筋，但是节奏和语调都控制得很好，丝毫没给人声嘶力竭的感觉。

最后，主教的演讲变成了 RAP（饶舌说唱音乐），主教拿着话筒，在台上一边快速移动，一边快速地吐出一串串词语，很难听得懂主教在说唱什么，只能从音节和节奏中感受他的激情，人们的情绪也越来越高涨，不断地大声呼应着主教，整个教堂仿佛一个巨大的激情澎湃的气场，我问自己，我是在教堂里吗？

想起曾经去过的教堂无一不是庄严肃穆，教堂里的圣乐更是给人以凝重、纯洁和崇高的感觉。还记得在梵蒂冈圣彼得大教堂聆听过管风琴演奏的巴赫的圣乐犹如天韵，神圣而庄严；在巴赫的故乡德国的爱森纳赫百年教堂里聆听童声唱诗班的演唱，那天籁般的歌声令人有超凡脱俗的感觉；还有在香港维多利亚海边的小教堂，人们用广东话唱圣诗，全体起立高唱“哈里路亚”那种震撼心灵的感动……

然而非裔教会的圣乐完全不同，这是非裔教会特殊传统的另一部分。从前，在开始接受宗教信仰的时候，美国非裔凭借天生的音乐才能、把非洲特有的节奏和音调融于学来的欧洲赞美诗，创作出一种平稳、流畅、舒缓的音乐，这就是称为灵歌的音乐形式的由来，一种黑人的宗教赞美诗。而且，在非裔教会里，人们在唱诗的同时，还伴有节奏强烈的带宗教性的舞蹈。

这是我第一次听见民间真实的黑人灵歌，在我参加的整个仪式里，非裔唱诗班都坐在台的正中，一旦音乐响起来，就全体起立，在全套的鼓乐、电吉他、萨克斯声中，震耳欲聋地大声演唱，每个人都边唱边舞，每个人的动作都不一样，年轻的指挥更是如同舞蹈家，热情又奔放。台下的教徒们也都起立，鼓掌，跺脚，扭腰摆臀，大声和唱，场面非常火爆，令我这个东方人也受到感染，不由得随着强烈的节奏鼓掌和舞动。环视整个教堂，每个人的脸上都放出光彩，整个教堂仿佛一个火热的激动人心的歌舞场，我再一次问自己，我是在教堂里吗？

当然，我是在教堂里，是在一个美国非裔教堂里。这是我的一次关于宗教崇拜的全新的感受。

想起圣经里的一些句子："用心灵和真理拜他"（《约》4：23），"口唱心和的赞美"（《弗》5：19）。非裔教会的特殊传统，就是在苦难和压迫中保持对自由真理的渴望，从而激发出动人心弦的黑人灵歌的魅力，用那种"心灵和真理"，那种"口唱心和"，让芸芸众生在歌舞的狂欢中亲近主。

2011年写于洛杉矶

甲型流感重疫区的生活随想

周末的早晨，天蒙蒙亮就被拉起来去钓鱼。

一路上，天边的云渐渐地由灰暗开始发白，又变成淡淡的粉色，依稀的晨雾中，高速公路上的车流，这面去的如一串红灯的带子，对面来的似一串白灯的带子。不由得想起以前在德国的时候早起钓鱼的情景，有一次，也是天不亮就出门，不同的是路上没有这么多车。到了乡村的水塘边，晨曦微露，一片薄雾中，看见小树林里有一只小梅花鹿笃笃笃地走过去……那一刻犹如一幅德国童话的插图，定格在我的脑海里，常常在钓鱼的时候想起。

钓鱼是一项很好的户外运动，支好太阳伞，挂好鱼饵，架好鱼竿，就舒舒服服地坐下来等鱼上钩。我其实不是真正的发烧友，很难长时间地盯住浮标，经常跑神，一会儿看着天上飞来一只优雅的白鹤，一会儿看着水里有一只鸭妈妈带着一队小鸭齐齐地游过去，一会儿又看晨光下水面深深浅浅变幻的颜色，所以经常错过鱼儿，频频挨批评。

美国人多喜欢户外运动，除了岸边三三两两的渔翁渔婆，湖上还有许多人在玩游艇，玩航模和船模，帅哥们身材健美，靓女们婀娜多姿，个个晒得黑黝黝的，看上去非常健康非常养眼。不由就想起陶公的《桃花源记》，感觉也如身在世外桃源。

不过这桃花源只是自己的想法，别人不一定这样看。这些天老有国内的亲友打电话来问候，总说美国是甲型流感重疫区，很认真很同情地询问我们的情况。我总是回答说，没觉得是在重疫区啊，没人戴口罩，没听说有谁感染，甚至没人提起这事，媒体也几乎没有报道了。刚开始的时候大家不明情况的恐慌早已经过去了。亲友们听了总是半信半疑，批评说，美国人怎么这么不当一回事啊。

其实，在欧美人们是很介意流感的，介意的原因是流感很容易在老弱病重患者身上引起并发症。感冒发烧一般不会直接死亡的，这和萨斯不一样。流感死亡的病例绝大部分都是因为并发症，例如病人本身有糖尿病、有哮喘病、有严重的冠心病等等，因为染上流感的缘故，病情加重，最后器官衰竭死亡。又例如年幼体弱传染上了的也可能由此并发支气管炎、肺炎、肾炎等。在欧美，这样的死亡都是算在流感头上的。所以美国报道的每年平均因流感住院人数 20 万，死亡人数达到三万之多，与此有关。

如果换一个发展中国家，医疗条件不够好，如果病人因为哮喘病、冠心病等加重入院后治疗不及死亡，医院是否会做流感测试？大概通常只是按照哮喘病冠心病治疗抢救，如果不治，死亡原因基本上就是算在哮喘和冠心病头上。所以据说这种计算方式和医疗技术水平有关的。

有在美国的朋友回到中国，无一例外的都说遇到了严格的监测，有说刚进门椅子还没坐暖居委会就打来电话要求自我隔离 7 天的；有说街道每天电话询问行止的，去哪里见谁，统统都要登记报告；有社区医院护士每天上门测量体温的，没完成任务便不能下班；还有卫生局来电检查居委会街道做了这做了那没有……有个朋友自嘲说，自己连疑似患者都不算，可那感觉就是天网恢恢，听了只好一笑。

我对严格防疫没有意见，中国人口多，医疗条件不好，所以严格防疫特别重要。但是我也有疑问，从美国到中国的中国人需要严格监测，那么每天有那么多美国人或者其他外国人从美国到中国，是否所有的人也得到如此严格的监测呢？典型的譬如像佩洛兹，盖特纳这样的美国人，是否天生就有对甲型流感的免疫力而保证不会感染所以免去监测？当然也可能有人会说人家是尊贵的客人，但是我怀疑流感病毒是否会有关于身份的分辨能力。

有国内的朋友说，没事，过了六月就好了。这下轮到我半信半疑了。

就这样，发呆和东张西望胡思乱想在鱼标的浮动中交替进行，太阳西斜的时候，我在甲型流感重疫区的“桃花源”里钓起了 4 条小鱼，排名倒数第一。不过钓起多少鱼是不重要的，重要的是运动了，晒太阳了，心情愉快了。其实，这就是抵御疾病保持身体健康的最基本最简单的方法之一。就像老祖宗说过的那样，内正则外邪不入。

2011 年写于洛杉矶

在美国逛庙会

报载洛杉矶蒙特利公园市举行春节年展活动，据说游人如织，连许多政坛人士都前往捧场，看照片中国驻洛杉矶总领馆副总领事孙伟德和驻洛杉矶台北经文处处长龚中诚坐在一排，各着一身黑西服，隔着一位穿红唐装的蒙市议员亲切交谈，不禁莞尔。前一阵因为海协会陈云林来访，两岸有关人士的一些不愉快，仿佛烟消云散了。仅此一点，庙会就有了点不平常的意义了。

不过普通人更关心的是吃喝玩乐，其实庙会的正式名称是“迎春年节展”，“庙会”只是我自己的习惯称呼。庙会在古时候是祭神的活动，后来演化成年节里具有集市的活动形式，因为多在庙宇或附近举行，故称庙会。过去在国内，北有北京地坛庙会，南有广州及香港的花会，都是春节期间规模较大的庙会或年节展的吃喝玩乐活动。北京地坛庙会的许多北京小吃，至今留存在我的味觉记忆中，南国的花香，更是喜爱花卉的我难以忘怀的。

一早启程，晴空万里，这个季节是洛杉矶最美的季节，除去最远的山头有一抹雪白，大大小小的山峦都蒙上一层青葱的绿色。蓝天白云，青山白雪，红花绿树……冬天还未过去，春意早已融融。

庙会在蒙市的一个街区，也许到得太早，不见有多少游人，牵着小狗狗缓缓漫步过去，街边搭起许多小棚，卖各种小吃杂货，有冰糖葫芦，烤羊肉串，一些风味小炒，各种饮料……买了一个棉花糖 3 美元，一串冰糖葫芦 3 个山楂一个草莓 2 美元。新疆烤羊肉串 5 美元 3 串，看着上面的溢美广告词和羊肉串的模样，犹豫了一下买了一串，果然不敢恭维，却见旁边几个年轻人却吃得开心，听他们边吃便用英语聊天，想必是从来没吃过正宗的新疆羊肉串，不由生出几分感慨，也分外想念大洋那边的美食……

除此之外就是一些卖杂物的摊子，也有一些诸如中文电视台一类的广告，因为兴趣不大，没有仔细看。大棚那边是演出活动，一群印第安男女在狂舞，急促的鼓点添加了不少热闹气氛。旁边还有教人烹饪的活动，本来还有点兴趣，但离得太远，只看得见厨师和缭绕的油烟，看不见厨师如何操作，只得作罢。

应该还有些应景的活动，例如舞狮、武术表演、抽奖之类的，可能因为时间不对没赶上。总体感觉这个庙会是简陋了些，有点小小失望。不过华人在美国，这样的活动只能在华人聚集较多的地方如纽约旧金山洛杉矶等地才看得到，其他散居在全美各地的华侨华人，对春节庙会，就只能是望洋兴叹了。

正准备离去，看到边上一个小摊摆满了水仙花，不少白色的花蕾已经绽放，香气袭人，不由勾起许多儿时的记忆，思乡思亲之情顿时涌上心头，觉得眼眶一热，赶忙敛敛神离开……

离开时正值中午，艳阳高照，忽觉夏意潮水一般地涌过来，一看温度计，27 摄氏度！还是三九时分，大洋那边还是隆冬季节……回家的路上，拐到一华人花圃去买了六头水仙花，以前在国内和香港时，自己动手刻水仙头，再养到精致的盆里，等它们长成各种形状。在美国华人超市售卖的水仙花头非常一般，没有多少挑选的余地，只能将就，不过聊胜于无。

2013 年写于洛杉矶

现金还是作文能力？
——美国买房趣事

前不久听好几个朋友说到买房的事情，也陪过朋友看过房子。这几个朋友都居住在美国，有的是为了改善居住条件，有的是个人做投资。在美国买房手续很复杂，这里按下不表，只说两个基本方式，贷款和现金。

美国普通人买房普遍是通过银行贷款，这和美国人的消费方式有关。使用现金的意思，是区别于贷款，也还是通过银行转账，有第三方监管。并非像有的人想象的那样，提着装满钞票的箱子去买房。用现钞买房也有，极少。2008 年美国遭遇金融危机，房市崩泻，当时就有华人用现钞买房，但该华人只是因为没有身份，无法在银行开户，赚了钱就藏在屋里某处。百年不遇的时机到了，便取出现钞买房，记得当时媒体报道该华人是买了一所十万美元的法拍屋，算是圆了美国梦。

据美国媒体报道，全美 20 大城市 2013 年 5 月份房价涨幅为 12.2%，为 7 年多来最大的年涨幅，达拉斯和丹佛两个城市的房价更是达到历史新高。这些数据显示美国房市复苏加快。但另一个调查却显示美国民众房屋自有率从 2004 年的 69.2% 的高峰开始下滑，目前只有 65%，回落到 20 年前的水平。

这个看似矛盾的数据的背后，据说是炒家在大肆炒房，炒家既有大型投资机构，也有个人投资，当然自住的买房者也不少，自住买房的几乎都是用贷款方式，投资者则用现金为多。用现金的投资者，无论机构还是个人（据说中国豪客不少），一般财大气粗，在出价上占有优势，出手稳准快狠，市面上有好房上市，常常几天之内就一抢而光。

一位朋友 A 看中了几处房子，offer 了好几回，最终都空手而归。有一次看中一所 150 万美元的 house，五六个人 offer，第一轮就涨到 156 万美元，结果其中一个持现金的中国老太太豪客不耐烦了，开口 165 万美元，其他人只好闭嘴，A 也只好悻悻然罢手。类似的情况好几回，A 郁闷不已。据说现在市面上的好房子，基本都被持现金者买走了。

贷款的打不过现金的已是房市的常态，但有时也会有例外。另一位朋友 D 看上了一套房子，无论地段结构装修物业无不满意。D 居住在美国，使用贷款方式，一轮开价过去，现金的自然占上风。但是 D 发现可以另辟蹊径，房主是一位举止优雅的老太太，对房子关爱有加，房子不仅非常干净整洁，而且布置得很有品位，只因为老伴行动非常不便，需要搬到离医院近的地方，所以忍痛割爱卖房。D 了解到情况，就给老太太写信，说自己非常喜欢这所房子，又历数自己的爱好和房主相似，以后肯定会细心保护好房子，请老太太放心云云。

D 本来写得一手好文章，更是把这封信写得很诚恳很情真很意切。结果拨动了老太太的心弦，老太太被朋友的信感动，加上担心投资者会把房屋随便出租，房子可能不会被好好爱护，居然不顾现金买房者出的更高价钱（当然不会高得很多），把房子卖给了 D。此次交易被房屋经纪称为是罕见的一次交易。大家聊天说起来，有做个人投资的朋友说不奇怪，现在大家都写信！像 D 那样作文写得好打败出价高的现金买者比较罕见，相同价位的，谁的作文写得好确实占点优势。有一次他卖房子，收到好几封信，他最后就把房子卖给作文写得最好能打动他的那位。还有一位朋友说，现在租房也这样，他最多的时候收过 20 多封信，最后也是租给他认为作文写得最好的那位。大家闻言皆大笑。

各位，好好练习下写作能力，不定什么时候就帮得上忙，某种情况下，如上文，好作文可抵作若干绿油油的美钞了。哈哈！

2013 年写于洛杉矶

随想莫吉特

上一次品尝 Mojito（莫吉特），在波特兰的一家餐馆。

那是波特兰多雨的季节。酒端上来之前，我正在看窗外的街景。天空中仿佛有牛毛细雨，细得几乎看不见，只是一种感觉。一对年轻的恋人转过街角，女的穿着吊带短裙，男的着衬衫牛仔裤，一边走一边不时地亲吻一下。先生点完菜，问，你在想什么。我说，感觉好像不是在美国。在哪里呢？像在爱丁堡。

都是北方的城市，都多雨多雾，湿漉漉的城市不乏古旧的建筑，本地人都很淳朴，衣着不很时尚但是整齐得体。较之繁华喧闹的伦敦和洛杉矶，爱丁堡和波特兰沉静，朴实，简单而别有韵味。

酒端上来了，一杯淡绿色的 Mojito。这个名字是西班牙文，发音其实不是莫吉特，中间那个 ji，应该读成 hi，中文没有这样的发音，就写成莫吉特。Mojito 的出名，很大一部分是归于海明威。当年，海明威在古巴的那个小酒馆里，写下了："My mojito in La Bodeguiri..." 于是人们蜂拥去古巴，去 La Bodeguiri，于是莫吉特借了海明威名扬世界。

不过在古巴，Mojito 本来就是当地人喜爱的一种酒，经典的配方为朗姆酒、莱姆汁、古巴甘蔗汁、柠檬薄荷叶和苏打水。想想这些感觉：朗姆酒的热烈，莱姆汁的酸涩，甘蔗汁的甘甜，柠檬薄荷的清香，在舌尖翻滚，此起彼伏，不由人不细细回味。

喝一口 Mojito，想起人们常说，Mojito 就像一杯初恋，热烈，甜蜜，清香，酸涩……那对年轻的恋人依偎地走进餐馆，满脸幸福的光彩，旁若无人……初恋大体就是这样。很少人没有初恋，没有初恋的人生是一种遗憾，也可能，会影响一个人的性格和之后的人生。

但极少人的初恋能够一直走下去。以前读晏殊的词《撼庭秋》里“念兰堂红烛，心长焰短，向人垂泪”一句，觉得“心长焰短”真是平实得刻骨铭心，亦可是初恋的写照。后来读到张爱玲，知道她最喜欢这四个字。蜡烛的芯很长，燃起的火焰只有那么短。人生有那么多热情，可惜没有那么大的载体，终为憾事。由此想到张爱玲的初恋，那被很多人非难的初恋。涉世不深的张爱玲写他人的人生，仿佛勘透了般地力透纸背，可是轮到自己，却如月迷津渡，且不能自拔。

不谈张爱玲初恋的政治因素，只说她的“心长焰短”。她心底的激情、才气和孤傲，注定无人可以承载，无论是谁。普通人的初恋可以是一杯 Mojito，张爱玲的不是，张爱玲的这杯酒，朗姆酒要换成威士忌，加上安古斯图拉酒、苦艾酒、橙皮和樱桃，就是一杯曼哈顿，甜度少的那个版本。

无论喜欢不喜欢张爱玲，她与生俱来的才华就在那里，而她的才华于她的初恋，是成也萧何，败也萧何。

也许女人还是简单一点好，可以享受像 Mojito 那样的人生初恋，享受 Mojito 那样的简单的复杂。就像波特兰餐馆里那个热恋的年轻女孩一样，一双大眼睛，写着热烈甜蜜清香，再加上若有若无的酸涩……但才华横溢如张爱玲，冷绝孤傲如张爱玲，注定她的简单也是复杂，一朵花刹那萎谢在红尘，这样的爱，本来就不该落在人间，不该落在那个一盏茶时分就可以背弃他人的男人身上。

回到洛杉矶，夜晚的餐馆桌上点着小小蜡烛，在摇曳的烛光中再饮 Mojito，已经不复有在波特兰的感觉了。洛杉矶常年阳光灿烂，时尚而节奏明快，洛杉矶的 Mojito 朗姆酒的味道更浓，薄荷叶放得更少，更热烈更浓郁更富有拉丁风情，正好映衬洛杉矶的繁华喧腾。

繁华喧腾的洛杉矶是张爱玲晚年居住和去世的地方，她在那里写下生命里最后的著作《小团圆》。曾经去寻寻觅觅过张爱玲的旧居，西木区一座普通的公寓，红尘滚滚中的一角静谧，清风流转，花木扶疏，206 室早已人事皆非……

西木区也是我常去的地方，在那一带用餐品酒，当然，有时也会点 Mojito。

2013 年秋写于洛杉矶

内敛的爱

那年，在犹他州拱门公园游览。太阳西斜的时候，站在一座悬崖之上，眺望那一片浩瀚的红色原野，极远处，阳光把天边染成淡淡的不同颜色的美丽层次，当苍茫的暮色一点一点从形态各具的红岩上漫过来的时候，一对年轻的恋人手拉手站在悬崖边上，面朝夕阳和莽莽原野，小伙子大声喊着姑娘的名字，接着是那古老的、被人无数次重复过的三个字。

声波在曾经沧海桑田，并将继续沧海桑田的红色的石山、红色的原野中如水中涟漪般地泛出去，融进了天边的血红的夕阳和镶着金边的朵朵云彩，衬托着一对恋人美丽的身影。那一刻，周围的人们都安静了刹那，继而漾起了微笑，有人大声喝彩。那一对恋人却充耳不闻，只深情对望，沉浸在自己的世界之中。

那一刻，我相信世界上有生死不渝的爱情。这块沧海桑田的原野，就是见证。世间每一段爱情未必都有完美的结局，不免有疏离或有背叛。但所有完美或不完美的结局，最后变成美丽或不美丽的云烟，终究会在沧海桑田中，缠绕凝结成超越生死的爱情，成为人类最美好的爱之一。之所以爱情是伟大的，自古以来成为文学艺术中不竭的主题。

在犹他拱门遇到的那一对恋人是西洋人。这些年走过不少地方，这样张扬的恋人见过不少，总体上，以这样浪漫大胆的方式表白爱情的，绝大多数是西洋人。西洋人在恋爱上较为外向，从古希腊诸神以来即如此，所以有人认为西洋人的爱情上达于神，下于生命中的飞扬，不无道理。

东方人则趋于内敛。即使在被认为是比较开放的诗经时代，那些并非“发乎情止乎礼”的诗歌，也因为表达的优雅，显得并不张扬。孔子也曾赞曰：“关雎，乐而不淫，哀而不伤”。即便风情万种也节制，即便激情澎湃也内敛。宋以后，封建礼教的沉重压制，中国人在爱情表达上更为内敛甚至于压抑，延续至今。

至今当然也有所改变，西风长驱直入，受影响的年轻一代较之他们上一代——有的一辈子也没互相说过“我爱你”三个字的父母辈，是开放得多了。有一次和朋友谈到此事，一年轻女孩说，用英文说“I love you！”比用中文说“我爱你！”来得容易得多。听罢不禁莞尔。千百年过去了，光阴如水，江河老去，那三个字仍然内敛于相爱的人们心中，轻易不肯吐露或需借助于外语，不由人不感叹传统文化的力量。

内敛的爱好还是张扬的爱好，很难有简单的回答。有时候，没有说出口的爱，当时只道是寻常，过后可能就是千古遗恨。常常，那不是缘分的缘故，就是一种不自信，不相信自己就是灯火阑珊处的那个人。或缺少勇气羞于出口。其实每一个真诚爱着的人，都是美丽和有力量的。有没有预期的结果都要把自己的爱说出来，这种张扬，以时下的话来说，就是一种正能量。

言语音调是有能量的，犹如诵经，用爱和语言的能量，度己度人，悟得人间的因缘。爱情需要追求需要维护，婚姻也需要经营。很多时候，爱情消逝不是因为没有爱，而是因为不懂得爱，或不懂得如何去爱，不仅仅是在年轻的时候。

把内敛的爱用语言释放出来，每天每天，如晨钟暮鼓，彼此都能明白地真实地感受到对方的爱，就会变得宽容大气，就能够包容原谅，即便红尘滚滚中，爱情和婚姻也不易被鸡毛蒜皮的琐事所消磨殆尽。

内敛的爱是岁月的醇酿，把它斟出来，和所爱的人分享，就是惜缘，天长地久，就是人间美好了。

2014 年写于洛杉矶

不可或缺的骑士精神与胸怀

朋友从西班牙来，带了一尊塞万提斯笔下《堂吉诃德》主人翁堂吉诃德的塑像，风尘满面的堂吉诃德一手捧着本书，一手伸向竖在地上的长矛……与之前盛行的骑士文学不同，塞万提斯的《堂吉诃德》的本意是反骑士文学，盖因在堂吉诃德时代，骑士文学已是明日黄花，堂吉诃德以骑士文学为摹本行事，所谓只得皮毛，未得其精华，自然处处碰钉子，终不免成为一代悲剧人物。

其实骑士精神大有可赞之处。骑士（Knight）一词源于欧洲，最早是一种贵族封号，后来，由于骑士拥有谦卑、荣誉、勇敢、忠诚、牺牲、公正、怜悯、精神等美德，成为一种贵族的象征。骑士以自己的阶级为荣，讲究崇高的身份，注重荣誉和由其而来的道德和个人修养，如风度和对外表举止的讲究，骑士精神可谓后世的“绅士精神”之滥觞。

在古代欧洲的骑士精神中，胸怀是其他如勇气、责任、信仰等要素中最显男人气概的一部分，最能体现骑士的美德。胸怀大抵有两层意思，一为胸襟抱负，忠诚勇敢富于牺牲精神，是达到荣誉的必经之路；一是胸怀宽广，崇尚精神行事公正，谦卑而具怜悯心，等等，无一不通过宽广的胸怀得到显示。古代欧洲的骑士，在战场上尊重对手的公平竞争的品质，在社会生活中尊重妇女的浪漫气质，使骑士精神不仅在古代欧洲大受欢迎，而且在现代也是一种褒义的富于理想主义的词语，由此发展而来“绅士精神”，也成为现代男人优秀品质的一种标准。

和中世纪欧洲不同，中国古人的骑士精神可以在秦以前的诸国贵族中窥得若干。春秋时期著名的泓水之战，宋襄公在泓水大战楚军。被后人认为是迂腐的宋襄公，不顾部属劝告，坚持要在楚军完全渡河并摆好阵势，才与之开战，最后因一再贻误战机兵败身死。后人只知道宋襄公迂腐，却不知道宋襄公当时坚持的，却和古代欧洲骑士作战和决斗的精神相似相通，那就是尊重对手，公平竞争。泓水之战的宋襄公，所谓于古为义，于今为笑。泓水滔滔，远古时代中国的骑士精神也因为不合时宜而随之流淌而去。

但之后的中国人也未必就缺少骑士精神和骑士胸怀，古来今往，富有抱负、忠诚和牺牲精神，胸襟宽广而又具谦卑情怀的男人大有人在。例如在唐代边塞诗里，大漠烽烟，黄沙长城，可以看到多少骑士男儿大马金刀，慷慨激昂：有王昌龄的“黄沙百战穿金甲，不斩楼兰誓不还”，有王翰的“醉卧沙场君莫笑，古来征战几人回”，有王维的“孰知不向边庭苦，纵死犹闻侠骨香”……气势磅礴，感天动地，悲壮而又不乏侠骨柔情。还有曹操的《龟虽寿》：“老骥伏枥，志在千里……”悲壮慷慨，闪烁古今，其大胸怀大气概，为后世无数英雄所倾倒。

男人可以没有驰骋疆场大马金刀的机会，但不能没有大胸怀大格局，大到事业上运筹帷幄，小到待人接物皆莫能外。大胸怀必有大格局，策划策略上能站得高看得远；襟怀若谷，便能礼贤下士广罗人才。很难想象一个心胸狭窄、睚眦必报的人，能有眼光和格局成就大业，能够赢得人们的爱戴和支持。这种人或许能够做点事，也不过器小易盈，偏守一隅而已。在生活上，也多是缺少朋友，难觅知音。

欧洲中世纪的骑士时代和堂吉诃德的时代过去了，春秋宋襄公的时代和盛唐边塞骑士大马金刀的时代也过去了，然而广义上的骑士精神，那种忠诚、富有理想和牺牲精神，那种高瞻远瞩虚怀若谷的大胸怀，却依然是我们这个时代所不可或缺的。

2014 写于洛杉矶

女人们，你们都肯做妖吗？

春风沉静的夜晚，收到若木寄来的散文书稿，希望能为她写篇文字。

和若木认识好些年了，说是认识其实只是神交。那时候我在香港，她在东莞，有过好几次距离很近、打个电话就能安排见面的机会，但最终因为种种原因失之交臂。后来我到了美国，有段时间失去联系，再后来又在微博上联系上了，仍然是神交。其实，神交也很好，像现在想写点什么的时候，可以超然于现实中的若木，专注于她的文字。

若木是诗人，出版过一本诗集。散文集的名字叫作《女人都做妖》，一看到书名就不禁莞尔。

“妖”字，汉典里解释的几条，多半是贬义的多，略略中性的一条是：媚，艳丽，如妖女、妖娆、妖艳、妖冶、妖妍。其实按传统的看法，只有妖娆妖妍才算是中性的。若木的“女人都做妖”的妖，初初想去，应该是这样的含义：妩媚而带点野性。

女人如妖，女人应该是妩媚的。若木有一颗柔软敏感的心。她会为了一支曲子改变对同性恋的看法，因为那些音符传达的爱深深地抵达了内心深处，使她的心变得柔软，变得宽广而能够包容。对女人，若木的散文随笔有很多诗意的表达，从她的内心流往读者的内心，“不满怀深情，何以叫作女人？”若木用满满的深情和温情，感动自己，也感动着我。

女人如妖，女人又该带点野性。若木的笔是率真的。按若木自己的话，就是“若木随性”，“性格跟着感觉走”，这不能不说是非常率性而为的性格，但是若木是诗人，一切也就可以理解了。若木自己说过，这种感觉，有对的，也有错得离谱的。但这都不重要，重要的是可以随着感觉起舞，可以在心田中狂野地奔跑几回。能够随性，谁说不是一种幸福？

但在《女人都做妖》里，若木笔下的妖，妩媚而带点野性只是浅层的意象，直指的是那种对女人来说是美好又沉重的爱情。在观看影片《画皮》之后，带着对人性透彻的理解，在男人女人之间火花噼啪作响中，若木冷静地写道：“而女人，则是愿得一心人，白首不相离。这个梦，痴迷地缠绕着女人，从古到今沉醉不醒！”何止从古到今，从人到妖都是如此。

若木接着写道：“小唯（狐狸精）用着千年修炼的仙丹，救回了死去的人们，她自己再也无法回复人的模样。小唯的一句：你若真的爱她，你肯为她去死么？”为爱而死，其他都不足为惜！女人做这样的妖，女人，你们都肯么？

在那篇简洁的《邂逅韦庄》里，若木“想象着，无情弃。撕心裂肺的，如我却是没有过的感觉。不知道，这是幸还是不幸”。若木是幸运的，从她的文字里，可以看到做刑侦侦查员的丈夫如何宠爱着她，为她洗衣做饭，容忍她在丈夫面前的任性和娇气。受宠爱的女人常常是简单的，容易满足的，但若木不是。若木是幸福的，但若木的幸福并没有妨碍若木对女人境遇力透纸背的思考和剖析，以及对男权社会的毫不留情的批评。这才是难能可贵的。

若木的随笔，无论是诗评还是书评或者时评，风格犀利，时时用感性文字表达理性思考，涉猎虽广，又都是有的放矢。那些娓娓写来关于童年生活和日常生活的琐事，细细读去，令人时而不禁莞尔，时而又有几分伤感。从天真女童到青涩少女，为人妻而又为人母，一路前行，若木的柔软、敏感、妩媚、率真、野性……诗意或锐意的笔触，勾画了一个悲天悯人和嫉恶如仇的若木。

结束这篇文字的时候，想起网上看到的一句话，“宁可做妖精，也不做黄脸婆”。大意是女人宁在衣着打扮方面不守传统的“妇道”，也不愿意做本分保守的“黄脸婆”。这句话完全颠覆了传统对“妖”的解读和看法。不过，那还仅仅是停留在妆饰打扮，不是那错入人间又肯为爱情付出生命的妖。

千百年过去了。斗转星移，时光流到当今物欲横流的世界，女人都做妖，做那种为爱情付出生命的妖，女人，你们真的都肯么？

2014 年写于洛杉矶

听遥远的星辰

因病休息。

无网的日子，沉浸在音乐中。

很久没有用这么大块的时间，这么安静这么专心地听音乐了。

听巴赫，听肖邦，听老柴，听德彪西，听……反复地听那些自己喜欢的音乐。

听得最多的之一是肖邦的玛祖卡。收藏的碟子中，最喜欢的是鲁宾斯坦。肖邦的玛祖卡，晶莹剔透的音色，淡淡的忧伤和孤独，除了鲁宾斯坦，无人可以比拟和超越。听过了夜曲，圆舞曲，波罗乃兹，叙事曲……从或辉煌或宁静或忧伤或激愤的纷飞音符里走出来，再听玛祖卡，那简单和精致的旋律，那贯穿肖邦作品的忧伤，在鲁宾斯坦的玛祖卡这里，是那样原始、自然、平静而耐人寻味。是的，淡淡的忧伤和孤独，淡淡的最好。心素如简人淡如菊。

然后是肖邦的钢协第一，也是最爱之一。曾经现场听过阿格里奇的演奏，也听过波里尼、齐默尔曼、皮蕾斯、李云迪等人的 CD，最倾心的，仍然是鲁宾斯坦。

关上灯，蜷在宽大的沙发上，抱着柔软的靠枕，听辉煌的前奏过后，听金子般的音符流成第一乐章的第一和第二主题，明丽清澈，动人心弦，洋溢着青春和爱情，又带有隐隐的惆怅，从第一次听到起就无可救药地爱上了。还有第二乐章那夜曲般的主题，飘忽灵动，细腻感人。以及第三乐章反复回旋的遐思无限、令人神往的主题。

一遍一遍地听。

夜深了，落地窗外，维港的夜色宁静，水中摇曳的灯影，天边依稀可辨的星星……想起有位诗人说过：肖邦的灵魂就是那遥远的星辰。是的，肖邦的灵魂是遥远的星辰。鲁宾斯坦以 74 岁高龄演奏的这个版本，把那颗星辰曾经年轻萌动的心，曾经渴望爱情、明知无望而依然深情憧憬的心情，以及隐约交替出现的惆怅和忧伤，以美轮美奂的技巧和依然年轻的心灵感应，纯真地表现出来，是那样优美隽永，那样如梦似泣。鲁宾斯坦用细腻轻灵的指尖讲述着肖邦的浪漫心路；也讲述着，爱情永远是年轻的，音乐是纯真爱情最完美的语言。

为肖邦的钢协第一而深深感动，为鲁宾斯坦年轻善感的心而深深感动！

浪漫的灵魂在起舞，诗意的星辰在歌吟。然而现实中的肖邦，却没有得到他所期待的爱情。不要问世间情为何物，连生死相许的机会都没有，真是天也妒，天何以如此相妒？

钢琴诗人用完美的音乐演绎了不完美的人生。

热泪盈眶中，想起了肖邦和鲁宾斯坦的波兰，想起了维斯瓦河畔的华沙，想起了圣十字教堂里，那颗永远年轻永远忧伤的心脏……

2006 年写于香港

永远的费加罗，永远的莫扎特

夜晚，轻轻拉上纱帘，把城市的喧嚣关在窗外，只留下如水流淌的夜色，打开音响，听莫扎特，只听莫扎特。

同属维也纳古典乐派的莫扎特和贝多芬中，喜欢莫扎特甚于贝多芬。虽然对于现代人来说，贝多芬的抗争气质和主观精神似乎具有更强的感召力。但更喜欢莫扎特音乐的典雅美丽、简朴纯净中流露出来的宽容、睿智、超脱和达观。他的音乐语言和音乐风格是 18 世纪音乐的精粹结晶，但他通过音乐作品表达出来的心灵感受和人生态度，不仅给红尘滚滚的现代人带来启迪，并且超越古今，直指永恒。

德国钢琴家施纳贝尔曾有一句话说，“莫扎特的音乐，对孩童太容易，对音乐家太困难。”这句非常著名的悖论反话，很令人深思。莫扎特音乐的谱面文本大多简洁明了，但这些看上去简洁明了的音符，在著名音乐家的精心演绎下，常常就会带有丰富、多变而意味深长的表情特质。尤其是后期的那些作品的乐章和歌剧的唱段，可以说，展示了莫扎特在短暂的一生所持有的人生态度：人情复杂，世态炎凉，虽冷暖自知，也无需苛求，不妨坦然面对生活。

从前特别喜欢莫扎特的钢琴协奏曲。那年夏天，去了空气中都弥漫着音符的萨尔茨堡，瞻仰了莫扎特的故居，听了一场《魔笛》，从此喜欢上他的歌剧。

于是听歌剧，听《费加罗的婚礼》，突然想起两年前写下的一点文字：

永远的费加罗

晚上，化好妆，换上晚装，到文化中心剧场听歌剧《费加罗的婚礼》，带点兴奋和期望，仿佛就是去参加一个隆重的婚礼。

大幕徐徐升起，背景是大幅的五线谱和隐隐的莫扎特的头像。今年是莫扎特诞生250周年。全世界的爱好音乐的人们都在纪念这位杰出的天才。莫扎特的这部歌剧，自1786年首演以来，常演不衰。引人入胜的故事，美妙无比的音乐，吸引了一代又一代的乐迷。

序曲奏响起来了。幽默，机智，快活的基调，蓬蓬勃勃地展开来，令人发出会心的微笑……这部精彩的管弦乐曲，常常被作为音乐会曲目单独演奏而脍炙人口。

随着剧情的展开，那些熟悉的优美的咏叹调一支一支地唱起来，令人心醉神迷……

费加罗的咏叹调，最为人熟知的之一，是“男子汉大丈夫应当去当兵”，透着诙谐，看着舞台上凯鲁比诺在进行曲般的节奏中满脸愁容的样子，不禁莞尔。

但是最令人着迷的，还是那几支女声的咏叹调，几个女演员都唱得非常出色。

凯鲁比诺的咏叹调“你们可知道什么是爱情”：

你们可知道什么是爱情
你们可理解我的心情
我要把一切都讲给你们听
这奇妙的感觉我也说不清楚
只觉得心里在翻腾……

苏珊娜和罗西娜的二重唱：

微风轻轻地吹拂
夜幕低垂
在静静的树林里
松树沙沙地叹息
什么都不要多说，不要多说……

还有著名的苏珊娜的咏叹调：

美好的时刻终于来临……
夜深人静
晚风清新
溪水在歌唱
微风在低吟
耳边荡漾着温柔的声音……

美妙的音乐，天籁般的歌声，优美的歌词，全场观众无不为之倾倒。是啊，谁没有过年轻的时候？谁没有过心中充满爱情的时候？谁没有过那样的夜晚，那样的树林，那样的微风？还有那样温柔的声音？……

费加罗的婚礼结束了。演员谢幕的时候，雷鸣般的掌声足足响了五分钟。

二百二十年的费加罗因二百五十年的莫扎特而流传，而不朽。

走出剧场，夜空如洗，星光灿烂，微风中，耳边仍然是莫扎特的音符在流淌。

有这样美妙的音乐，生活多么美好！

2006 年写于香港

独一无二的维也纳爱乐

有一百六十多年历史的维也纳爱乐乐团，是全球乐迷心目中的顶级之选。因此，一听说维也纳爱乐要来香港演出，立刻飞一般地赶去买票。

指挥是瓦列里 · 捷吉耶夫（Valery Gergiev），一位活跃在当今乐坛上才华横溢的指挥家。照片上的捷吉耶夫沉默而冷峻，略带点忧郁，台上的捷吉耶夫时而优雅时而狂放，极富感染力。他指挥的老柴第五，绝对要好过我收藏的 DG 的波士顿交响乐团的版本。

上半场是莫扎特 C 大调第三十六交响乐（K 四二五）, 四个乐章听下来，心里只有惊叹，16 把小提琴演奏起来就像一个人在演奏，连乐感都是一样的。听起来就像是一把琴，一支弓弦，一颗爱乐的心。真是无可挑剔！其他的组别也是一样。维也纳爱乐演奏莫扎特，原汁原味，乐章清楚利落，引人入胜。

下半场是柴可夫斯基的 E 小调第五交响曲（作品第六十四），乐团全编制上场，小提琴加到 24 把，依然无懈可击！管乐也非常出色，尤其是那把法国号，令我无比倾心！第二乐章，法国号吹起那段迷人的旋律，仿佛看见宝蓝的夜空，一轮皎洁的明月，晚风中的伏尔加河，宽阔的河面上微波荡漾，轻轻地泛着银光……如歌的行板略带点忧伤，展现了犹如女性般的温婉和优雅，又充满企盼和憧憬。然后双簧管吹出第二主题，法国号跟随着，然后大提琴加进来，中提琴加进来，小提琴加进来，美丽温婉的旋律不断反复，加速，变化，直到整个乐队都加进来，奏起那被称之为“命运”的主题。

从来没有听过这么好的法国号！圆润，透明，细腻；如歌，如诗，如梦……令人心魂俱醉！

然后是欢欣而带点迷惘的第三乐章。第四乐章，结尾，高潮迭起，似乎预示着人类战胜了命运，抑或命运依然主宰着人类？

从柴四的辉煌到柴六的悲怆，柴五展示了柴可夫斯基命运之路的转折。不过于乐观，也不那样悲凉，恰到好处地拨动了我的心弦。

喜欢老柴要超过喜欢莫扎特。莫扎特是天才，老柴是天才的巨人。老柴的交响乐比莫扎特的交响乐来得深沉，博大。这大概由于个人的气质不同，同时也有文化背景的区别，莫扎特一生穷困潦倒，但是他生长的那块土地，相对来说是比较富足和安宁的；而俄罗斯那块苦难深重的土地，在阳光灿烂和狂风暴雨的交替中，几百年来，孕育出了多少文学艺术的巨人？不由得想起我们脚下的这块土地，这块也经历过俄罗斯那样深重苦难的土地，也有过那样的灿烂的阳光和狂暴的风雨，然而我们没有柴可夫斯基，没有拉赫玛尼诺夫，没有肖斯塔科维奇。在文学上，我们也没有托尔斯泰，没有普希金，没有索尔仁尼琴。没有！

……

独一无二的维也纳爱乐走了，柴五的旋律流进我的心里，流出我的沉思，这些夜晚，一直在我家的客厅里回响着。

2006年写于香港

爱上巴赫

夜晚，在灯下读书，窗外的风轻轻吹来，维多利亚港的水面上摇曳着灯影，巴赫的管风琴从音响里流淌出来，海水一样无边无际地漫上来，浸满我的全身。

好几次，有人问起我，为什么喜欢巴赫，巴赫是那样艰深、繁复和严谨，令人难以感受。不，我说，巴赫于我，完全是心灵的自然感受。我说，巴赫（BACH）在德语中是小溪的意思。一条清澈的小溪，汩汩涓涓地流淌着，穿过青葱的田野，亲吻着坚实的大地。几百年的风从田野吹来，抚摸和滋润着我和我们的心灵。巴赫又不完全是小溪，自从那个遥远的静谧的神奇的夜晚，上帝开启了幼小的巴赫的心灵，从此，巴赫以他的博爱，以他的悲悯，以他的饱满、深沉和美妙的音乐，开启了无数人的心灵，其中包括了我。

从此我爱上巴赫。

我曾经寻访过巴赫的故乡，那美丽的爱森纳赫，夕阳辉映下壮丽的瓦尔特城堡，百年古朴的教堂，管风琴从教堂的尖顶流泻下来，天使般的童声，巴赫的弥撒曲在教堂的穹顶回荡着……古老的小镇上，有一座不起眼的小楼，那就是巴赫的故居。时至今日，我依然记得那扇小窗，在那里，天主微笑着向小巴赫伸出了双手，以美妙的声音开启他的心灵，引领他走向音乐的殿堂。还有那架古钢琴，那些发黄的乐谱，墙上挂着的小提琴和古旧的灯……

巴赫就是从这座小楼开始他的音乐生涯，开始他对天主的奉献。他的伟大至今无人可以超越，尽管在世的时候的巴赫是那样的孤独和寂寞。

第一次听巴赫，是他的小步舞曲，后来有了法国舞曲，十二平均律，有了双小提琴协奏曲，无伴奏大提琴曲——那是我的最爱，还有哥德堡变奏曲，勃兰登堡协奏曲，以及那些辉煌的弥撒曲，和史诗般的“马太受难曲”……聆听巴赫，有时，会感到心中充满了挥之不去的孤独，如同看见几百年前的巴赫寂寞的身影；有时，会感到喜悦和痛苦的交织，在心里膨胀着，无可收拾地蔓延到全身；有时又会感到莫名的、不可言说的忧伤，就像每一次听那六首无伴奏大提琴曲，从第一个音符开始，心就随着它颤动，一直到眼里溢满了泪水。

更多的时候，巴赫给我们带来了天主的博爱和悲悯。有个哲学家说过，音乐是离神最近的途径。巴赫就是这样一条小溪，柔软，深刻，匀称，舒缓而细腻。他把天主美妙的声音织进音符，把悲悯埋进旋律，他令我们的痛苦变得简单，生活变得充满了喜悦的希望。

一百多年前，那位伟大的大提琴家卡萨尔斯，在一个寂寞的黄昏里，被命运牵引着，在巴塞罗那一个寂寞的乐谱店里发现了同样寂寞的巴赫六首无伴奏大提琴曲，他演奏了它们，演奏的时候，卡萨尔斯在音符里看见了天主的身影，在一片神圣的光明笼罩中。卡萨尔斯讲述了这个故事，为此感恩无限，也令我们在聆听巴赫的时候感恩无限。

和巴赫在一起，你会感到天主的爱无处不在，感到天主在俯视，在聆听，在引领我们警醒刻苦，走向永生的家门。

爱上巴赫。

2007 年写于香港

伟大而孤寂的灵魂

林风眠先生是我最喜欢的艺术大师之一。

林风眠先生，早年留学法国。后回国创办杭州国立艺术院（中国美术学院前身）。林先生躬身实践融合中西，跨越西方现代艺术与传统水墨的鸿沟，为二十世纪中国艺术史写下丰盛的一章。并薪传了李可染、吴冠中、赵无极、朱德群等一众巨匠，堪称一代宗师。

然而林先生的艺术生涯是一条孤寂坎坷的艺术苦路，战时僻居重庆，战后独居上海，五十年代起，屡遭排斥，“文革”中有四年身陷冤狱，画作尽失，晚年静居香港，潜心创作，后在香港去世。

不久前，香港艺术馆举办题为《世纪先驱——林风眠艺术展》，在那里盘桓了一下午，颇多感慨。

林风眠的静物是最具有“洋味”的，那些瓶花、杯碟、鱼缸、水果，像是压缩在斜面上，这种平面化的画面，令人想起保罗·塞尚。塞尚也是我喜欢的画家，主张艺术家要以几何形体表现自然物象的手法，启迪了勃拉克、毕加索等发展出立体派，也引导了林风眠，以中国水墨和宣纸结合西方艺术概念进行实验，观赏林风眠的静物，可以得到一种宁静、和谐、纯净的美感。

取材于戏曲《霸王别姬》，是我最喜欢的一幅画。原画收藏于香港艺术馆，所以这次能亲眼看到真迹。林风眠先生的戏曲人物画借着传统戏曲的表现手法去演绎西方立体派的理念，霸王的菱形，方块和三角形和浓重的色块，与虞姬的椭圆的柔和线条以及色彩，给人以一种全新的强烈的视觉对比的冲击。两千多年的岁月流逝，那个悲壮的男人和凄美的女人的爱情的力量，透过林风眠先生的画笔，直达人的内心深处。

还有那幅没有故事情节的中国戏曲画，林风眠先生说过："我用一种方法，就是看了旧戏以后，一场一场的故事人物，也一个一个把它折叠在画面上，我的目的不是求物、人的体质感，而是追求综合的连续感。""戏如人生"，人生又何尝不如戏。

林风眠对女性的美情有独钟。他笔下的仕女，呈现一种线条流丽、造型简洁的抽象美。林风眠的仕女画，按他自己的话说：我的仕女画最主要是接受来自中国的陶瓷艺术……以及汉画像砖、敦煌壁画等等的影响，因此具有一种很特别的韵致。东方女性的娴静、优雅、温婉又带有些许忧郁的美，在他的《蓝衣仕女》中被描绘得淋漓尽致，又因为吸收了二十世纪初巴黎的新艺术风貌，例如马蒂斯和莫迪利亚尼，又有别于传统的仕女画。

著名的《小鸟》，以快疾、率性的笔触，融入民间窑器及汉画像砖的简洁利落的线条，绘出墨韵浓淡造型趣致、富拟人化色彩的小鸟，富有情趣又略带一丝孤独。荷塘画则令人想起莫奈的睡莲又有别于莫奈的笔法和意境。荷塘，芦苇，云天，层层平列，直线和横线的组合，使画面和谐平静。色彩变化微妙，意境静谧而略带沉郁。哀而不伤，孤而不寂，中国传统美学的中和之美，使林风眠的画作达到一种耐人寻味的境界。

值得一提的是《宝莲灯》，林风眠先生7岁的时候，母亲触犯族规，要被私刑处死。7岁的林风眠持刀冲进祠堂，誓死解救母亲。族人感其念，改将他母亲卖往别处，从此林风眠先生再也没有见过自己的母亲。林风眠晚年画过好几幅“宝莲灯”，以寄托对母亲的深痛哀思。正是这种痛苦，林先生移居香港后，重现了早期油画作品中探求的人道主义色彩。逝世前创作的“噩梦”、“基督之死”、“痛苦”等作品，最能体现他贯穿始终的对民族苦难的深重感受。站在那幅描绘着一群痛苦的女人，母亲或者是未来的母亲的大幅画作面前，心情沉重，在这块土地上，林风眠先生在艺术形式求索的同时，孜孜不倦地追求美的境界，所有的苦难和对生命的热爱，都化作色彩和线条，东方和西方，古典和现代，清丽和沉重，思考与闲情，喜悦和孤独，自然地融合在一起，给人以愉悦，以思考……

那一个下午，感受一个伟大而孤寂的灵魂。

2007年写于香港

红色的精灵

古巴国家芭蕾舞剧院来洛杉矶演出《堂吉诃德》，早早就订好了票，到了那天早早地就驱车前往。演出在洛杉矶市中心音乐厅举行，大厅里人头攒动，衣鬓飘香，平日里衣着随便的美国人，都规规矩矩地穿着正式晚装观看演出。

古巴国家芭蕾舞团是世界顶尖芭蕾舞团之一。剧团的创办者艾丽西娅·阿隆索今年90岁，在国际芭蕾舞界享有盛名。艾丽西娅·阿隆索本身就是奇迹。她从小学习芭蕾，展现了非凡的芭蕾天赋，19岁的时候视网膜脱落，只能看到两米内的模糊景象，但是她是幸运的，在一扇门被命运关上以后，上帝又替她打开了另一扇门，天分加上超过常人的努力再努力，后来成为和玛戈·芳婷、乌兰诺娃、普里茨卡娅一起闪耀在世界芭蕾星空中的芭蕾舞大师。

顶尖的芭蕾舞团果然不负盛名，第一场女变奏就令人倾倒，首席女演员的技巧令人惊讶地完美，平衡和稳定非常出色。穿着红裙的Arencibia在舞台上轻盈地跳跃，旋转，在流动的音符中，像一个飘逸着的红色精灵，传达了一种超尘出世的极致的美感。

印象很深的还有那场双人舞，在略带感伤的音乐中，男女主角互相倾诉着，互相依偎着，缠绵着……人们随着演员的优美的舞姿，沉浸在韵律和旋律中，仿佛一条清澈的小河在心田里缓缓流过，讲述着古老而永恒不变的故事，谁说世界上没有爱情？相信在这样的时刻，每个人都会想起生命中最美好的情感，在茫茫人海中邂逅时眼中的第一道火花，心里的第一次悸动，哪怕只有一瞬间。

在音乐和舞蹈艺术中，慢节奏的表达最能展现艺术感觉，技巧无疑是重要的，但是艺术感觉更重要，快节奏的演奏和表演可以炫技，听众和观众会为高超的技巧和表达能力倾倒，但是，慢节奏，在某种意义上说更难，才是真正展示艺术的功力，舒缓的旋律和动作，如果没有从心中流出的感觉，那就会变得苍白和贫乏，无法打动人们的心灵和引起共鸣。

第三幕的婚礼双人舞是高潮，双人舞以及男女主角的变奏完全展现了他们在芭蕾上的天赋。

值得一提的是剧中演员的表情也非常精彩，一个飞眸，一抹浅笑，都表达出对音乐和剧情的准确理解。古巴演员表演的西班牙风情舞蹈，那种拉丁韵味浑然天成引人入胜。也看过别的芭蕾舞团表演的《堂吉诃德》，也有技巧和表演相当出色的，记得广芭的堂吉诃德双人舞也在国际上拿过大奖，但是那种拉丁韵味，只有拉丁演员才能出神入化地演绎出来。它们已经渗透到血液中，再流动到舞动的四肢而自然地表露出来。这就是文化，这两个笔画简单的字，无处不在地渗透在文学艺术，以及政治和一切领域，或明或暗地起着主宰的作用。

小说中的主角堂吉诃德和桑丘，在舞剧中没有给出舞蹈戏份，只起了穿针引线的效果，还记得以前第一次看堂吉诃德的时候，很想知道堂吉诃德是怎样表演芭蕾的，很难想象表演男变奏的堂吉诃德会是塞万提斯的堂吉诃德。想想其实还是这样安排最好。舞剧《堂吉诃德》有好几个版本，古巴版的编导阿隆索自己，融入了更多的西班牙风情。顺便说一下，古巴芭蕾舞团的乐团也十分出色，给人以美好的艺术享受。

演出结束了。走到剧场外，望着漫天的星星，夏日的微风轻轻拂面而来，在回家的车流里，优美的旋律和韵律仍然在心中萦绕。这是一个美好的夜晚，和许多个这样的夜晚一样，感到生活的美好和由此而来的心灵的宁静……

2011 年写于洛杉矶

走在路上

乌布风情

生性懒散，又贪恋阳光海风，到了巴厘岛，下决心放弃那些游客必去的地方。平素最不喜欢拥挤和喧哗，在熙熙攘攘的人群中，大脑常常会呈现一片空白。不喜欢看庙也是一个原因，巴厘岛有万宇之岛的美名，家有家庙，村有村庙，最著名的有海神庙。但是印度教的庙宇在我看来，大同小异。于是放弃。

但是乌布不能不去。

乌布是那样的地方，你曾经无数次地想象过，那些丰姿绰约的巴厘女子，系着美丽的纱笼，袅袅娜娜地走着；那些充满巴厘风情和神秘色彩的画和雕塑；那些棕榈树点缀的流水淙淙的梯田……当你驻足乌布的街头和山里，才发现你的想象在那种绚烂和清丽和妩媚下，显得多么贫乏苍白。

乌布有许多博物馆和画廊，也许不叫画廊，和见过的那些画廊不太一样，有些就在自己家里，宽大的院子里和屋里摆满了画，也有画家在即时作画。据说世界各地都有艺术家到乌布来寻找灵感。在画廊和木雕店流连，也觉得灵感飘忽来去，仿佛也有些艺术家的气质了，可到底不是艺术家，一离开乌布，似有似无的灵感也就消失殆尽了。

一家一家地看过去，流连最久的是专卖巴厘本地风格的画廊，看过来看过去，最后挑中了一幅描绘古代巴厘妇女的画，黑白线条勾勒出巴厘妇女劳作的情景，带有点装饰画的味道，配上乌木雕刻的框，看了又看，心里很喜欢。据说是本地最有名的画家的作品，不知道是不是事实。我对印尼画家一无所知，不过很喜欢，就够了。先生去砍价，讨价还价，最后以半价成交。在巴厘，据说购物时的合理价是出价的三分之一，但那是指一般商品，艺术品是不一样的，购买艺术品的时候如果出价太低，主人会不高兴的。

然后去看木雕，平日喜欢收藏小型雕塑，那些精美的木雕真让我着迷，女儿喜欢猫咪，先挑了一只身形婀娜、顾盼多情的木雕猫，60 厘米高，属工艺品，砍价三分之一，店家摇头，于是转身就走，刚走到门口，那人就追上来了，于是买下来，女儿高兴得眼睛笑成弯弯的月牙儿。接着挑中一尊女神，女神半跪着，身形宛转，低眉垂眼，神情极其动人，两手纤纤细细，各捧着一枚龙蛋，那是一个很美丽的传说。在我眼里，这座木雕比传说还要美丽，线条优美，表情传神，手工尤其精细，那镂细的木牙，不知要怎样的心血才能刻出来。讨价还价，半价竟不能成交，转身走出门，不见人追出来。上车，车开了，回头张望，还是没有人影，于是怅然若失。随后又看了几家木雕，心中只想着那座女神，先生见我念念不忘，掉转车头回到那家店，拿出全副精神，把在谈判桌上的本事尽数使出来，最后请出老板娘，不知怎么巧舌如簧，居然以略低于半价成交。小心翼翼地捧着木雕女神，开心无比！

又看了几家，买了一幅白银雕刻的巴厘舞蹈女子，就去看梯田。

一路上经过的村庄，经幡随着山风海风摇曳，路边都是木雕、石雕和琳琅满目的画。穿过这些工艺品和艺术品，就是美丽的梯田。

梯田不算稀奇，内地山里到处都有，但是乌布的梯田有棕榈树的点缀，就显得格外别致，加上还留在视网膜里的艺术品的影像，青青葱葱的乌布的梯田，伴着印度洋的海风和涛声，越发令人沉湎其中，想起了桃花源的“良田美池桑竹”，虽介于黄发垂髫之间，也怡然自乐不已……

写于2006年冬

天音舞韵

巴厘岛，传说中的浪漫天堂。

南纬八度，印度洋上一颗美丽的珍珠。

换上浅绿的比基尼，系好天蓝色的纱笼，赭黄藤编的篮子里装上一本书、一瓶太阳油和相机。提着拖鞋，光着脚走在海滩上，细细的沙粒漫过脚面，微微烫着脚心。

游泳，戏水，玩累了，点一个翠绿的大椰子，啜一口热带风情的椰汁，冰凉沁满全身。在躺椅上铺开金黄色的浴巾，铺开了一片金色的阳光，躺下来，满眼清澈透明的蓝色，海、天、云、树……

打开书随意地翻着，《Evil Under the Sun》(《阳光下的罪恶》)，阿加莎·克里斯蒂的经典。想起马约卡岛的灿烂阳光和习习海风。巴厘的阳光和海风也灿烂，也习习，然而阳光下没有罪恶。临行前澳大利亚政府发布的巴厘岛的旅游警告，仿佛停留在遥远的爪哇岛那边。

倦了，闭上眼睛睡一觉，梦中仿佛悬浮在空中，仍然可以感到阳光和海风一阵阵地轻拂着，没有喧嚣，没有烦恼，甚至也没有快乐，只有无边无际、无拘无束的宁静，身如海风般轻盈，心是透明的蓝色，就这样躺着，让阳光一寸一寸地把皮肤涂抹成蜜色。

厚厚的茅顶下，SPA 的水在涌动，浸浴过，全身洒上红红白白的花瓣，抹上香精油，巴厘姑娘的手柔和微凉，精油的馨香抹去了姑娘手掌略略的粗糙感，抹去了心里心外的细纹，抹去了忙碌的时光。

远远的，Angklung 的乐声如潺潺流水，叮叮咚咚的音符，糅在热带湿润的海风里，穿过哗哗的涛声，缥缈在闪闪烁烁的阳光中，似有似无地。在鸡蛋花的芬芳中听海，听阳光，听心在轻轻律动……

夕阳西下，美丽如海豚嘴的山岬，催促着海风挽留金色的云朵。期待着，在沙滩上晒太阳的月亮，晒星星的太阳，期待着海风中婀娜多姿的巴厘舞韵。

Relax，与阳光和海风亲密地厮磨着，不知有汉，无论魏晋，时间停止在南纬八度。天堂巴厘岛。

Gamel 音乐响起来。青铜乐器闪着古老的光泽，弯如月镰的尖锤，敲出一串串乐句，弦琴轻盈，竹笛悠远，大锣沉着地重复着节奏。kalavinka，乐神，古老印度的美音鸟，在香烟氤氲的夜空婉转歌唱。

服饰华丽的女子婆娑起舞。如水的腰肢，在音乐韵律中游移，身形起伏，婀娜多情。最美的是那纤细的手指，不可言说的一种语言。手背翘起，五指张开，纤纤参差如莲花，优美的肘部一波三折，看似柔软，内里却是一种柔韧。宛转的舞姿和着流盼的目光，和着迷离的月色……沉醉在神往已久的巴厘舞蹈中，儿时的愿望在心底苏醒，蠢蠢欲动着，在天乐中舒展四肢，舒展灵魂。

想起了《罗摩衍那》《摩诃婆罗多》，古远的印度史诗。

拉玛王子在猴神哈努曼的帮助下战胜邪魔，救出被困的西塔公主。毗湿奴骑着迦楼罗飞驰，大败恶神罗波那。天神醒着，芸芸众生活动着，天神睡了，万物消融于斯。最高灵魂睡着、醒着，万物永无休止的生生灭灭……人生多么渺小！

Namayena 舞，《摩诃婆罗多》的动人演绎，舞台上的王子也英俊，公主也美丽，邪魔张牙舞爪，神猴灵巧善良。美好大团圆，东方古老的传说永远如出一辙。

善灵与邪灵搏斗，终局无解的是 Barong 舞。世俗善恶并存的真实写照，对正义永远胜利的一种颠覆。Barong，流传百世的魔力。

天音和雅，舞姿曼妙，心弦被轻轻拨动着，缓缓滑向“常作天乐”的“彼佛国土”。巴厘岛，连接心灵净土的天堂。

写于 2006 年 12 月

山到崔嵬犹为耕

“水无涓滴不为用，山到崔嵬犹为耕。”

这不知何人的诗句，大概是龙脊梯田最好的写照了。

心仪龙脊很久了。当汽车缓缓驶近，远望山峦逶迤，梯田也逶迤。

山是雄浑的逶迤，田是柔婉的逶迤。如练似带的梯田，层层环绕，跌宕有致，衬着腾细浪的远山，恍如天地间的大幅抽象画。

走进龙脊，就是心的震撼。自然、人类、时光、历史，在这里，被一页一页地翻过去，一字一字地读过去。

始建于元代的龙脊梯田，于明清时大规模开垦建造。勤劳的壮族瑶族的先民们，大概不会想到，他们用双手辛苦修建的赖以为生的梯田，几百年后，竟成了世界梯田之冠的奇观。大山大海那边的人们，不辞辛苦地翻越九曲十八盘，就为了聆听这亘古不变的生命乐章，就为了春天的水满田畴，夏天的绿禾吐翠，秋天的金穗沉甸，冬天的白雪如玉。

石板阶梯一级一级地向上延伸，山有多高，梯田就有多高，田在每一处有土的地方，路在陡峭的梯田边。装着相机和两个镜头的背包，慢慢沉重起来，暗暗庆幸着平日还有锻炼。一个妇女挑着沉重的担子，闪在路边对我们微笑，我们气喘吁吁，汗流浃背。

来时季节稍早，山民们还没有开始耕作，田里没有水，甚至还没有翻过。去年的稻茬还在，偶尔有几垄灌了水的田，闪闪烁烁地立刻生动起来。想象着插秧时节千万垄梯田水波荡漾的美景，心驰神往……

耳边是山泉的叮咚声，水是梯田的灵魂。葱郁的山峦，是水土得到完好保持的标志。浑厚的铜锣声，几百年余音回绕在寨子上空，昭示着严禁随便烧荒砍伐的铁的戒律！对大自然的敬畏，是瑶族壮族人民纯朴的信仰，在这里，人类是属于自然的，而不是自然是属于人类的。在这里，自然和人类真正的结合在一起，为我们展现了天人合一的境界。

午餐在一家农家小餐馆里，现烧的外表乌黑的竹筒饭，竹子和糯米的清香令人沉醉，新挖的小竹笋炒农家腊肉，山野里的蕨菜，同样是外表烧得焦黑的竹筒鸡……栏杆外有长发盘头的瑶族妇女走过，极长极厚极黑的头发用一块头帕盖着，据说是被收进吉尼斯纪录的。不知怎样的山水才能滋养出这样的头发啊？摸着自己染过烫过的头发，不禁暗叹一声惭愧。

难得的是山民们还保持着纯朴的生活方式，虽然旅游业已开发多年了。他们还是依着自己原始的本色，日出而作，日落而息。依然用着原始的方式，辛勤地耕耘着、守护着和发展着这份神奇的祖业。可如今，面对滚滚泛滥的商业大潮，不知他们还能坚持多久？

山里天黑得早，早早就要下山了，西斜的太阳照在山坡上，每一层梯田都有一道阴影，整片山坡，整座山仿佛一幅立体画，夕阳深深浅浅地洒下去，梯田深深浅浅地凸起来，山间的炊烟冉冉升起。波澜不惊的沧桑，这就是龙脊。

写于 2006 年 4 月

古镇与溶洞

古镇

大研，漓江边上的古镇，广西四大古圩镇之一。

清晨，空气中薄薄的雾，走进古镇，人迹稀少。

小镇的历史可以追溯到宋朝，最兴盛的时候是明清时期，一直延续到民国初年。磨得发亮的青石板，古朴的民居，幽雅的小巷和斑驳的小拱门，还有建于明代的万寿桥……在小镇里慢慢行走，处处都能感受到散发着的盎然古意。

这是一条古老的石板街，昨晚下过小雨，青青的石板泛着光泽。两边是南方常见的木制的房屋，一竖条一竖条可拆卸的门板都还上着。窄窄的街旁，很多门前都摆着一个摊子，铺着红的或蓝的布，上面是一些廉价的旅游工艺品。看着那些拙劣的仿古制品在心仪的古镇几乎随处可见，很有点失望。一家门槛上坐着一个老人，守着摊子，白发苍苍地衬着身后的红灯笼。不经意地一瞥中，看见老人颤巍巍地端着一碗粥，上面只有一块黄瓜。心中突然感到几分难过，不由得放下了相机。也许，这样令人失望的小摊，于老人来说，是很重要的生活来源。

最迷人的是镇南万寿桥，非常美丽古朴的单拱石桥。桥上的青石板略略不平地漫上去，再漫下去，石块上长满了青苔，石阶缝里有许多小草，令人想起“春草生兮萋萋”的句子。据说，电影《刘三姐》里刘三姐和阿牛哥对歌的那场戏，就是在这古桥上拍的。再没有比这更适合两情相悦的地方了。站在桥上望过去，桥下是流水叮咚，江边是茵茵的草地，再远处是漓江迷蒙的烟雨……这桥，仿佛就是通往仙境之桥……

相机忽然失灵的困惑影响了游兴，看过万寿桥就不想再看了。另外一个原因也是觉得古镇的很多地方，古则古矣，但是也疏于修缮了。有些地方给人的感觉，用破败来形容也不为过。修缮古镇是一件难事，修旧如旧更是难事，一个不小心就会面目全非，变成“新古镇”。曾经问过当地的朋友，答说桂林的旅游资源太多了，政府顾不过来。又听说厦门某某集团准备斥资十亿，把大圩及周边改建成“会议，休闲，旅游等”的广西“博鳌”。

不知古镇会变成什么样子？

溶洞

桂林的溶洞，冠岩最为有名，景观十分奇特，有古诗为证：“洞府深深映水开，幽花乱石白云堆。中有一脉清流出，不识源从何处来。”（明·蔡文）。

但是一向就不喜欢洞穴之类，山洞地洞溶洞什么洞，凡是离开地面或者看不见地面的地方，不由自主地就有一种不安全感，总想着要赶快离开才好。但是大家一起出门，有时候不便与众不同，要耐着点性子。

不喜欢看溶洞的另一个原因就是导游的解说，本来石头有各种形状和纹路，细细揣摩，还是很有趣的。但是导游总是说：大家往左看，那块石头像一个什么什么，大家往右看，那块石头像一个什么什么。不经意之间就被剥夺了个人的想象空间。

看到一块石头，对女儿说，这多像你画的海马啊？女儿初学画时，有一次画了一只挺着肚子的鱼，像海马一样，非常可爱，是我们母女的经典回忆之一。女儿会心一笑，说那边导游说是一只“papagei”！（德语鹦鹉，读啪啪盖）。拉着女儿的小手，仔细再看：还是像我们的海马呢，两人相视而笑。

平心而论，冠岩保护得还算好，但是败笔也不少，最糟的就是那号称“海陆空游冠岩”的“空”，一架观光电梯。实在搞不懂为什么要架设这座电梯，也就几米高。挤在狭窄空间上去了又下来了，问旁边的朋友：看什么呢？朋友耸耸肩。什么没看到，除了等电梯前就已看到的石壁。真令人百思不得其解，这样的电梯完全破坏了溶洞的自然景观。简直太“死丢皮的”了。

到了洞里，相机神奇地自动恢复正常。拍了几张，感到没什么新意，关机。觉得饿了，盼着赶快坐小火车出洞。这时候就想起小火车的好处了，要是没有小火车，还得饿着肚皮走上半小时。可见人的思想，很大部分会被欲望左右的。如果几近饿昏，还要上山才能吃到食物，那时看到电梯从天而降，一定对它感激涕零，是不是“死丢皮的”就顾不上了。

尾声

中午在江边酒家吃了顿极其美味的农家饭。下午去兴安，和打球的男人们会合。男人们只顾打球，对美景美食视而不见，却也其乐无穷。于是大家约定，以后还这样出行，各取所需，皆大欢喜。晚饭桌上，一片和谐祥和的气氛，吃的什么却已经忘了。

写于 2006 年春

一江烟罗

漓江

微风斜雨，晨雾漫漫。一切都如水墨般地洇晕开去，线条和画意都那样恬淡。

还是这样山影青黛，江水宛转，只是少了惊喜。隐约想起几年前游历的心情，飘忽迷离，依稀如梦中。

十几艘游轮首尾相随，几分浩荡，几分逶迤，往前看往后看，汽笛声声，船影总在山水中。

其实，漓江是不适宜这样再游的。要么有一次一日几游，去了就不要再来，留住一片如诗如画的山水在眼瞳里。要么，就住下来，在落日余晖中，乘一袭竹排沿江而下，“又听鹧鸪啼遍了”；或者，在晨雾中徒步江边，或行或止，做一回闲散山水画中人。

气温只有九度。冷得打了几个哆嗦。甲板上人渐渐多了起来，越来越多。每艘游轮的甲板上都站满了人，现在不是旅行淡季吗？

恬淡的心情渐渐失落，小雨继续霏霏，一江烟罗在慢慢消散……

回到船舱，隔着玻璃窗望出去，是茫茫然另外一个漓江。人们在聊天。

忽然对这样的旧地重游，生出几许懊悔。终于，审美疲劳加上生理疲劳，在发动机的噪声中，竟睡着了。

阳朔西街

睁着被唤醒的迷蒙睡眼，踏上曾经喜欢、曾经是走近它心里就变得柔软的阳朔西街。因为冷，在岸边的摊子上选了一条织锦的披肩，交给先生砍价付钱。继续向前走去。

还是那条窄窄的街，尽头还是那座青青的山，但是西街已经完全不是心目中的西街了。

曾经弥漫着的淡淡的乡村气息，曾经交织在异域情调里的纯朴的民风，曾经可以偷得浮生半日闲的午后慵懒的氛围，都已经荡然无存了。再看不见招呼生意的本地口音的姑娘，再看不见悠闲地坐在门口看店的老外，小吃小摊已不见踪影，修缮过的建筑带着生硬的痕迹。嘈杂，拥挤，劣质的工艺品，太多的雷同，太造作的自恋……旅游景点所有的困惑和悲哀，西街全有了。

据说阳朔西街是这样一条街，你的心情是怎样的，它就是怎样的。

心情是这样的吗？飘着小雨的西街，湿漉漉的石板和湿漉漉的空气。

走到街尾，一个老渔翁蓑衣斗笠，横杆上一左一右站着两只鸬鹚，不动声色地看了过来。他是真正的渔翁吗？真的还是假的，这个问题可以在桂林在漓江在西街随时提问。

晚上，乘船游两江四湖，山水楼亭，灯光幻影，五彩缤纷……只不过恰好不是我所喜爱。

想想也是没法的事情，你怎么能要求尚不能温饱的人们为你保留住他们的原始生态呢。所以，漓江和西街的懊恼是不可避免的。再想一想，就平心静气了。

写于2006年春

龙环葡韵

龙环葡韵，这样典雅飘逸的名称，给人以怎样的遐想？宛如混血美人，凹眼直鼻，又有着一袭溜肩和水样的腰肢，那是怎样的风情……

龙环葡韵是澳门八景之一。

海边马路旁，绿树浓荫下，有一排整整齐齐的别墅，粉绿的墙，滚着白边，鲜红的屋顶，墙上镶着雪白的百叶窗，美丽精致的回廊，廊下聚集着一丛丛的鲜花，碎石路在茂密的假菩提树下静静地延伸着。海边是几条寂静的镂花长椅，再往前是一池凋落飘零的荷叶，一片随风起舞的芦苇……

这就是龙环葡韵。龙环，是凼仔小潭山一带百多年前的旧称，凼仔是澳门的另一个离岛。“凼仔”在澳门本地写作“氹仔”读音 tem zai，氹，粤语小水潭的意思。

这些别墅建于上世纪初，当年是澳门葡萄牙高级官员的官邸，现在是住宅式博物馆。别墅里展出了典型的澳门葡人和土生葡人的家庭生活用品，展示了葡萄牙风俗文化以及澳门离岛百多年来的历史变迁。

一张古旧发黄的照片，上面一群深目高鼻的葡萄牙人对着镜头笑着，穿过那一群笑容，可以看到漂泊岁月的痕迹，冒险者躁动不安的内心，以及驻足以后富足生活的安宁……那种安宁，明末著名剧作家汤显祖在游历澳门后，曾写下描绘这些葡人商贾生存状态的诗《香塞贾胡》：“不住田园不树桑，琅珂衣锦下云墙。明珠海上传星气，白玉河边看月光。”只不知在明月光下，他们是否想念大海那边的故乡……

喜欢澳门，有很大一部分喜欢她别样的欧陆风情，那种岁月慢慢浸润出来的，不是建几栋洋房、摆几座雕塑、涂几笔颜色就可以制造出来的；那种同是殖民地的香港也没有的，娴静又有点慵懒，典雅又带几分古意的风情，当然，这时候你不能去想那些纸醉金迷的赌场。

走在澳门街头，常常会有不知身在何处的瞬间的迷失，随处可见的葡语和英语，间杂华文，满眼色彩淡雅的欧式建筑，有时又可见中式建筑的元素在不经意地闪现。路上行人熙熙攘攘，除了旅游的华人西人外，一眼可以看出很多长得像西洋人，却肤色各异的“土生葡人”，只是不复再见汤显祖笔下的“碧眼愁胡”和“花面蛮姬”了。光阴时快时慢地旋转着，澳门因而融化继而融合，呈现别致韵味的风情。

龙环葡韵还有好几座小建筑：小教堂，小花园，小图书馆。但是我最喜欢的还是这些粉绿的别墅。坐在海边的长椅上，看着海风触摸着微微的波浪，空气中弥漫着仿佛是大西洋灿烂阳光的气息，恍惚间好像听见身后传来木轮马车的辚辚声，马蹄在碎石路上滴滴答答地敲着……不禁想起了在里斯本的那些时光，想起那座著名的亨利纪念碑，那座被我们一群朋友戏谑地称为“海盗纪念碑”的巨大的石刻帆船纪念碑。

海风凌厉，风云翻滚。帆船上，亨利站在船头昂首凝视着波澜壮阔的远方，身边簇拥着一群数学家、航海家、造船家。当年，葡萄牙是欧洲首屈一指的航海大国，和随后的西班牙一起，开启了人类海洋文化的新纪元。三桅船在碧蓝的大海里乘风破浪，所向无敌。于是有了达·伽马，有了麦哲伦……有了葡萄牙人索萨以晾晒货物为名，在澳门“筑室赖居”……于是，有了美丽的龙环葡韵……

很多时候，岁月退去了，风云也消散了，沉淀下来的，只是永不褪色的艺术。

写于 2006 年

菩提路环

去过澳门好几次了，对那些人们耳熟能详的大三巴、大炮台、妈祖庙等景点，已经不大提得起兴趣了。这次去澳门，抽空专门游了一次路环岛。

路环岛是澳门两个离岛之一，岛上绿树成荫，游人稀少，清幽静谧，风景非常优美。

漫步岛上，我最喜欢的，是那些苍劲而又生机勃勃的假菩提树了。在傍海的一条名叫十月初五的马路边上，在小镇后面的林荫道旁，在古旧人家的门口，到处可以看见这种假菩提树。枝叶繁茂，树干粗大，表面或成虬结状或成竖条状，非常沧桑的样子。开始我还以为是菩提树，心里惊叹着有这么多古老的菩提树，又有点疑疑惑惑，觉得不大像呢。后来经朋友解说，才知道原来是假菩提树。

回来查了下资料：假菩提树，落叶乔木，桑科。其叶如大叶榕，其状如另一桑科乔木菩提树，常被误认。故名假菩提树。

路环岛假菩提树很多，这一株风姿绰约，仿佛美人起舞，韵追青云，那一株枝干叶茂，犹如壮士出征，豪情满怀，气冲霄汉。一路走一路看，午后经过一小镇，见老树两杈，老人两位，老狗两只。老人在老树下下棋，老狗卧在棋桌下，好一幅安详静谧、其乐融融的风俗画。

一家古旧人家的门口斜立着一株假菩提树，虬结的树干，映衬着斑驳的墙皮，镂花的铁门，透出一种雍容优雅的宁静，浓绿的枝叶宛如华盖，悠闲自在地摇着海风，仿佛在讲述着一个褪去颜色的旧式大家庭的故事。

镇后有一条林荫道，两旁全是百年古树，几十棵大树，每棵都钉有牌子，编有号码。这些几人合抱的大树，百十年来吸天地灵气，采日月精华，历尽风霜，才修得今日的遮天绿荫。虽是假菩提，却也令人想起六祖证悟示法的那一偈："菩提本无树，明镜亦非台，本来无一物，何处惹尘埃。"

漫步路环其间，沐浴于菩提树的氤氲清香之中，超凡脱俗的感觉油然而生。以六祖看来，尘埃也好，清静定境也好，其实都是虚妄。如果心灵中无一执着，无一着"迷"，又何必计较有无尘埃呢？只是虽有些许超凡脱俗的感觉，但那样超脱的境界，肉身凡心还是难以顿悟渐悟的，即便走在菩提树下，无论真假。

如今的时尚，世人都在说禅讲禅，顿悟渐悟，其实这又何尝不是另一种执着？人都说佛曰：放下，努力放下。放下即自在，其实不如随缘。就像在路环岛上看到的那些假菩提树一样，树干尽管纠结，枝叶则随风摇动，随风来去，自是悠悠然。这也算是一种境界吧。

写于 2006 年夏

湖区桥屋沉迷

英格兰湖区曾是美国《国家地理杂志》推荐的一生必去的50个地方之一。湖区最引人入胜的当然是那些大大小小的湖泊，美丽的湖光山色令无数人沉迷而流连忘返。湖区像一篇童话，碧翠克丝·波特笔下的彼得兔就生活在湖区；湖区又像一首田园诗，浪漫主义诗人华兹华斯曾在湖畔行走吟咏……湖区不仅自然景色优美，还在相当程度上保存了工业革命前的生活习惯，这也是湖区引人入胜的地方。

湖区有一些古朴的小桥，架在蜿蜒流动的小溪上，以湖区特有的石板砌成桥拱，再用石块随意地砌成桥栏。桥下流水潺潺，两边的石头上布满青苔，古意盎然。后来，有的桥面铺上了沥青，现代化的小轿车安静地来往于村庄之间，但也能够被人们接受。湖区旖旎的风光令一切都显得那样和谐与宁静。

17世纪英国常见的小型桥屋，至今在湖区的安布赛德（Ambleside）小镇依然可见，传说安布赛德小镇已经有千年的历史，整个小镇都是用石块建成，但目前保存完整的桥屋只有一座，成为小镇标志性的建筑。一条小溪和公路平行延伸开去，中间用青石块栏杆隔开。小溪上，一座跨度约10米的小石拱桥，小石桥上建造着一座小石屋。石屋虽小，却有两层楼两间房。石板为拱，石块为墙，石片为瓦，小桥和桥屋看上去古拙而又质朴。

到达安布赛德小镇的时候是下午，天阴沉沉的，远远望去，小桥屋亮起一盏灯，恍惚间以为自己身在维多利亚时代，又或是简·奥斯汀笔下的英格兰乡村……不知道几百年前的人们为什么要把房屋砌在小桥上？

岁月和溪水一起流逝，小屋里发生过多少不为人知的故事？我站在桥屋前，想着第一任主人一定极富浪漫情趣，筑了这座小屋，无论劳作多么艰辛，生活多么困苦，却能夜夜枕着叮叮咚咚的水声进入香甜的梦乡。

这好像不是我所知道的盎格鲁-撒克逊人呢！

后来才知道是一家人为了逃税，把房屋建在小石桥上，据说这座20平米的小石桥屋最多的时候挤住过8个人。生活原来是这样艰辛而远非想象的那样浪漫。1926年，桥屋的主人将它捐给政府，现在的桥屋，供人参观欣赏外，还是一个小小的商店，售卖各种旅游纪念品。

暮色渐浓，桥下的小溪依然流水潺潺，今夕已非往昔，审美距离拉远，桥屋里的艰辛和困苦已经褪去，留下的是古意和诗意。忽然想起卞之琳的《断章》，诗歌里的人分别在桥上和楼上看风景，倘使像桥屋这样合二为一，审美距离拉近，诗的意境和哲理恐怕就变过了。

不知道为什么华兹华斯没有为桥屋写一首诗？

2006年秋写于香港

怀念吴哥窟

向往你的时候，你是一个神秘的梦；走进你的时候，你是一个永恒的微笑；怀念你的时候，你是一缕披着霞光的清风，一株痴情缠绕的古树，一块沉默的石头——守护着我在你面前许下的那个心愿……

吴哥窟是向往已久的了。终于，在绿树和石像的微笑中走进吴哥。吴哥城，含苞莲花般的古塔，一如我的梦中所出现的，古老又典雅，雄伟又精致。

建于十三世纪的塔布伦寺，古树雄伟，巨大的树根盘根错节地痴情缠绕，大树、树根和寺庙相互依偎共生。那有名的树包门，在断裂的柱石、坍塌的墙壁间，只见一棵大树把一扇门紧紧地抱箍在一起，仿佛树就是门，门就是树，令沧桑的树和门更加沧桑。巴肯山的日落，吸引了无数游客，摄影发烧友们架着相机，翘首等待那一束阳光射向吴哥窟的动人心弦的时刻，据说如果在一片缥缈交织的云霞中，看到在夕阳下闪着金光的吴哥窟，会给人带来好运。

走进巴戎寺，最难忘的是那些微笑着的四面佛，千百年的风雨侵蚀，丛林淹没，高棉的微笑依然动人心魂，在那样安详的微笑前，尘世的喧嚣刹那间消失无影，心也突然变得透明，整个人沉浸在一种忘我的宁静中。与小吴哥窟较为张扬的印度教建筑风格不同，四面佛的内敛，平和静默，慈悲为怀，阇耶跋摩七世所信仰的大乘佛教的情怀，就在这高棉的微笑中传达出来，长存于世，给凡人带来种种不可名状的启迪。

柱廊上刻有许多美丽的女神，这些由乳海浪花变成的精灵，上身裸露，腰肢纤细。或拈花微笑，或翩翩起舞，举手投足间既沉稳又有着踏云般的轻盈。那些直立的是 Devatas 女神，神采飞舞姿态的是 Apsara 女神，这些舞蹈女神浮雕为吴哥窟带来令人惊艳的光彩，婀娜的舞姿，令无数男人和女人心醉神迷。后来在城里巴扎里买了一尊民间手工石雕女神，一弯三曲的舞蹈造型，眼里一抹似笑非笑，有佛的安详，有女神的灵动，又有些许浮杂尘世的娇艳。有时候，买到的民间工艺品会有令人意想不到的惊喜。

那些长廊在印度教和佛教的建筑风格中，又有着世俗生活的记录，一幅刻在残壁上的“斗鸡”颇引人注目，一群市井之徒在斗鸡，右边的鸡斗死了，被人抱在怀里，后面抱着金块的赌徒却不肯认账，赢的一方当然不肯罢休，指手画脚地和对方理论，边上的人有观看的有帮腔的，各具神态。浮雕生动有趣，人物形态栩栩如生，令人不禁莞尔。

走过长廊，一个小窗口旁一左一右坐着一披着袈裟小和尚和一本地装束的男孩，窗口正对着一尊微笑的佛，一佛一僧一俗，这样奇妙的组合也许是偶然，但在吴哥，这三者却很自然很和谐地存在着。

还记得《花样年华》的结尾，梁朝伟把心中的秘密说给吴哥窟旁的树洞，然后以草封严。据说从此以后，那往事就会永远淹没在吴哥的丛林中。任何人，包括本人也不再有那些的记忆。不知有多少人会想到吴哥去掩埋自己的过去，但在吴哥窟旅行，会被告诫不能乱走，没有人迹的地方，很可能就是雷区，还有大量地雷尚未起出，那场惨绝人寰的战争，在吴哥窟留下难以去除的烙印。

吴哥，曾经有过的无比灿烂的文明，在达到巅峰以后突然湮灭在热带丛林中，给后人留下无数难解的谜团。这样存在的辉煌和消失的神秘，可以媲美的大概只有印加人的马丘比丘。吴哥窟和马丘比丘，都曾是美丽庄严的神殿，都曾是人们仰望上苍顶礼膜拜天神的地方。是什么样的启示让人们毅然舍弃而去呢？美丽神秘而沧桑的吴哥窟，这样令人向往，令人怀念。

写于 2006 年 9 月

凝固的奏鸣曲

这是一支颇具欧陆怀旧风情的奏鸣曲。

如果你喜欢历史、音乐和建筑，就不可能抗拒青岛的魅力，如果你喜欢蓝天、碧海和沙滩，也无法抗拒青岛的魅力。在山和海起伏的旋律里，你会有惆怅的怀旧幽情，会有思念和忧伤；会有现代的诗情画意，也会有快乐和惬意。一个人旅行的好处，就是可以合着它的音律和节奏，自由自在地选择和放飞自己的心情。

雾气弥漫，迷蒙的海面，隐约的绿树红瓦，清凉带有水汽的风轻轻地拂面而过。这就是令人倾心的青岛吗？手上拿着地图，背着背包，在大街小巷里寻找岁月的印记，我独自地行走和聆听着。

从火车站开始。第一眼看见火车站，不由得怔住了。

多么熟悉的建筑！八角式尖顶的塔楼，琉璃瓦的大坡屋顶，拱顶式大门，雅致有序的建筑气势。刹那间地时空转换，恍惚回到了德国，回到了美丽的莱茵河畔！

同样的感觉，在之后的旅程中，多次在脑海里出现。浙江路的天主教堂，那双十字尖顶，罗马风格的立面和门上方的玫瑰窗。湖南路古朴典雅的德国公寓旧址，巴洛克式的山花墙，角门的半圆敞廊和盔状的铁皮屋顶。金口路那一片片掩映在绿树中的德式红瓦民居……都是那种仿佛昨日才依依惜别，似乎伸手可触地熟悉。最美的是德国总督官邸旧址，典型的上世纪初德国“新艺术运动”风格的建筑，米黄的波纹外墙和凸突蘑菇石，拱卷式和直角式的窗套，最令人沉迷不已！真是美轮美奂的建筑！

基督教堂也是最美的建筑之一，德国古堡式的格调又隐含拜占庭时期的遗风，庄重而优雅，犹如日耳曼帝国宫廷的贵妇人。

也是喜欢它的高突的蘑菇石，米黄的波纹墙，整体不对称中显示的和谐，以及细部处理的严谨细致。爬上钟楼，站在1911年的齿轮边，听着时间平静地嚓嚓地走过近一百年，听着它仍然平静地嚓嚓地走下去。忽然想起了柏林街头那座被战火毁去一半的威廉一世纪念教堂……钟声响了，在百年的钟楼上，心随着无比透明清澈的钟声，悠扬地飘向远方……

在德国居住的时候，德国朋友谈起中国，没有不提到青岛。青岛的建筑于他们是一种怀旧的情结，一种对逝去时代的念想，据说当时很多建筑材料都是从德国运来的。二战结束的时候，经过盟军的狂轰滥炸，德国几乎是一片废墟，现在绝大部分的建筑都是战后重建的。而在青岛，这些百年建筑却被完好地保留下来，成为那个时代的见证，也成为一种承载历史的文化。

那些凝固的一个个美丽的音符，不断地展开着，再现着欧陆怀旧风情的主题，这是一支令人遐想的奏鸣曲。

附注，曾经和青岛的朋友谈过，那个时代对中国人来说是耻辱的。清王朝的软弱导致了列强的入侵，青岛相继成为德国和日本的租界和殖民地几十年。然而，时光流到现代，对待历史的最好心态就是坦然面对，深刻反思。文明，在某种意义上，是属于全人类的。

2007 年写于香港

温柔的手，穿不过失意的黑发

晚上，到酒吧听歌消遣。

要认识一个城市的夜生活，最好的去处就是酒吧。

这是一个很有名的酒吧，曾以热情的菲律宾乐队享有盛名，现在重新装修过，墙上贴满了早期欧美乐手的照片。

看到艾伯哈德·韦伯，他的倍大提琴和他忧郁的目光。轻柔旋转的灯光，点缀着浓浓的怀旧风情。

要了一杯玛格丽特，调酒师的手艺很不错。晚上是本地的乐队，歌手和乐手都留着长发，是那种整洁的长发。

视野里，有个女孩独自坐着，长发披肩，指间燃着一缕轻烟。

音乐响起来，罗大佑的《穿过你的黑发我的手》。

穿过你的黑发的我的手
穿过你的心情的我的眼
如此这般的深情若飘逝转眼成云烟
搞不懂为什么沧海会变成桑田

……

忧伤的歌手忧伤的歌。

大概很少有人没有经历过失恋。所以罗大佑的诗意很能动人心弦。自古痴情女子负心汉多，那种柔肠万转的痛苦和痴情，由外表刚强的男人唱出来，也许较之柔弱的女人更令人伤感。

失恋的时候，没有人搞得懂为什么沧海会变成桑田。爱情一旦消逝了，沧海桑田不过是瞬间的翻转，永不回复，海枯石烂便成为杳渺的海市蜃楼。可如果搞懂了，冷静如斯，那么，心也许就不在爱情的时间里了。

视野中的长发女孩一支烟接着一支烟地抽着，优美的侧影笼罩在轻烟中。

休息的时候，一个歌手端着一杯啤酒过来聊天。本地人，从小就学音乐，拉得一手很好的小提琴。一双大眼睛，非常健谈。于是天南海北地闲聊。关于罗大佑，关于韦伯，关于帕格尼尼，关于美丽的青岛和美丽的香港……

又有客人再点了一遍《穿过你的黑发我的手》。

飞扬的黑发和温情的手，在这个夜晚如烟如雾地弥漫逶迤不去。

……

留不住你的身影的我的手

留不住你的背影的我的眼

如此这般的深情，若飘逝转眼成云烟

搞不懂为什么沧海会变成桑田

穿过你的黑发的我的手

灯影飘摇，歌声绕梁不绝……

想起罗大佑纤细敏感的心和他留不住的爱情。仿佛觉得那是柳永的词：念去去，千里烟波，暮霭沉沉楚天阔……便纵有千种风情，更与何人说？

一样的忧伤，一样的落寞。无论古人今人，无论别离的是恋情还是人。

离去的时候，视野中的长发女孩依然笼罩在轻烟中。

也许，温柔的手，穿不过失意的黑发。

附注：罗大佑是我最喜爱的歌手之一。他的歌词，唱则意境深长，不唱，也能读出浓浓的诗意。从《童年》开始，一路听下来，无法抗拒地喜欢。《穿过你的黑发我的手》是罗大佑写得最精致的歌词之一。只第一句即足以让人心动。看似浅白的歌词，却传达了爱情于世俗中的千般滋味。有人喜欢拿罗大佑和柳永相比，以“凡有井水饮处皆能歌柳词”，以柳永的避雅就俗微妙耐思，来比较罗大佑歌的传播之广泛，以及歌词的通俗易懂意蕴无穷。就这一点上，应有一定道理。虽然他们处于完全不同的时代和背景，成就也还是有高下之分。

2007 年写于香港

重回巴塞罗那

重回巴塞罗那。

一脚踏进巴塞罗那，耳边顿时响起萨拉班德舞曲的旋律。

那是巴赫的六首无伴奏大提琴曲之一。巴赫是我的最爱。

那六首大提琴曲，曾经的沉默，就是在巴塞罗那，那一条寂寞的小街，寂寞的小乐谱店，寂寞的音符在岁月的尘埃里叹息……

没有人知道它们为什么会流落到巴塞罗那。从德国图宾根森林中的爱森纳赫，到西班牙加泰罗尼亚蓝天海风的巴塞罗那，关山万里，风雨飘零……

仿佛看到一生孤寂的巴赫，守着音乐的真谛和天主的光辉，无怨无悔。

于是就有了卡萨尔斯，一个加泰罗尼亚人，在那个遥远神秘的黄昏，在那束渐渐暗淡的夕阳的光芒中，就像命运抓住他那样，发现并抓住了那沓泛黄残破的乐谱。从此奠定了他大提琴教父的地位，从此我们有了大提琴圣经——巴赫的六首无伴奏大提琴曲。

从此我记住了巴塞罗那，优雅而又风情万种的巴塞罗那。

巴塞罗那的风情万种，不仅有卡萨尔斯的巴赫大提琴曲，还有毕加索纪念馆，那里有心念已久的毕加索的陶瓷作品，来了两次巴塞罗那都没机会看到……还有高迪的圣家大教堂，那种归于上帝的曲线流出的韵律，和巴赫的音乐一样，闪烁着耀眼又柔和的光，离天堂最近。

走过巴塞罗那安静的小街，走过一座房屋的天井，一仰头，那湛蓝的天空，飘着丝丝缕缕的白云，阳光灿烂地照耀着，犹如巴赫的乐曲，匀称，动人，亲切而忧伤，深邃而博大。

那一刻，我的心，像小小的太阳花那样张开了……

写于 2007 年秋

红色之旅

不久前，参加旅港校友会组织的红色之旅去井冈山，行程匆匆，随手写下一点零碎印象。

山上

红色之旅，黄洋界是重头戏。一路上导游在车上放过一系列红色怀旧歌曲，其中就有：“罗霄山脉的中段，有一座雄伟的高山，苍松翠竹……”到了山上，放眼望去，果然雄伟，果然满眼苍松翠竹。黄洋界山高林密，地势极其险要，实在是打游击的好去处。不过顺着修好的路上山，多少有点失望，想象中应该是云雾缭绕的崎岖小道，关隘上只要横刀立着个人，或兵或匪，便万夫莫过的样子。如今是不费气力就很容易走到关隘的。

到了关隘，就看见那架传奇迫击炮立在那里，在熙熙攘攘的人群中想起那首《西江月》，正寻找旌旗在望鼓角相闻的意境，尝试在诗人的宏大气魄中陶醉，忽听旁边有人大声说：这哪是迫击炮啊，小钢炮嘛。另一个人则大声回答说，是迫击炮，从日本人那里缴获的。我闻言几乎晕倒，回头看去，两个小年轻眉目清秀，不像没读过书的，这学校的历史课是怎么上的呢？

毛泽东故居正在修缮，外墙涂得雪白，里面的摆设却蒙上一层灰尘。

故居前有一座毛泽东雕像。那是一九二八年的毛泽东。一九二八年的毛泽东眉头微锁，目光有几分坚毅如军人，几分忧郁如诗人，又有几分茫茫然然。一九二八年的毛泽东，任新组建的红四军的军委书记兼党代表。一九二八年八月的红四军，一部在黄洋界打败了围剿的国民党军，主力部队却在进军石门时遭到了重大挫折，损失惨重。

身负重任的毛泽东在一九二八年的黄昏中凝望远方，心思重重。

八十年后的一个秋日，我在夕阳西下中凝望一九二八年的毛泽东，浮想联翩。一九二八年的毛泽东，心中是怀着怎样的信念？穿过井冈山的沉沉暮霭，不知有没有看到二十年后的北平城？有没有看到四十年后的中国？有没有想到八十年后的中国？

回程中，一九二八年沉思的毛泽东，不断地出现在我的脑海里，在通往深圳的高速公路上颠颠簸簸，最后消失在文锦渡通往香港的海关关口。

晚会

晚上去看演出，晚会的名字叫“映山红”，一望而知是歌颂红色年代的晚会。票价 160 元。刀不可谓不快！

幕布拉开，舞美灯光令人眼花缭乱。歌声渐起，一群山妹子穿着露脐装，扭腰摆臀，媚眼纷飞，妖娆得简直不行。继而红军哥哥上场，红军哥哥穿着发亮的紧身灰裤子，迈着芭蕾舞步，肢体柔软，身条婀娜。

一段《送郎当红军》的双人舞，把红军哥哥和山妹子的服装换一套，就可以是王子和白天鹅双人舞了。八十年前的红军哥哥和山妹子倘天上有灵，看到这样的演出，不知会作何感想？回家后说给先生听，先生笑并批评我少见多怪，不懂得与时俱进。惭愧！

另一段，扮演毛泽东的演员在两个捧着假花的山妹子簇拥下，站在舞台左前方，一束大灯打着，形象高大雄伟：扮演蒋介石的演员则站在灰暗的舞台右后方，由两个戴钢盔披披风如罗马武士的国军士兵护卫着，形象则看不清楚。两个领袖，一个操着湖南口音的普通话，一个操着奉化口音的普通话，在光明和黑暗中就中国的前途进行简短的宏辩，唇枪舌剑，你来我往，却给人以很滑稽的感觉。

只有一曲《十送红军》打动了我，演员唱得朴实略带感伤，听着不免心有几分感慨。“革命成功介子格早回乡……”二十年代的中国，通讯极不发达，红军这一走音讯杳然，更不知何时是归期。漫长的岁月，死者死矣，活着的胜利进城以后，很多人根本就没有回去。一曲《十送红军》流传下来，不知留下了多少凄婉的故事。

如果，如果当年孙中山建立国民政府和国民军后，如果他没有从苏联引进党掌握枪的模式，以至国民党掌握了军队，如果他的“军政—训政—宪政”的“民主进程”或许可以实现，如果国共两党没有分裂，如果……如果……那也许就不会有那场在世界近现代史上也算时间最长规模最大的内战了。战争，总是生灵涂炭……

当然历史是没有如果的，历史的进程有它的因果必然，所以就有了八十年前的井冈山，有了我们现在的红色之旅。

写于 2007 年夏

烟雨爱丁堡

想起爱丁堡，那迷迷蒙蒙的雨丝，仿佛还在脸上轻轻拂过……悠扬而带着忧伤的苏格兰风笛声，仍然在心头萦绕着……

多雨的爱丁堡，到处都是古老而厚重的建筑，片片青苔讲述着岁月的沧桑。喜欢一个人徜徉在爱丁堡的街头，不打伞，也不戴帽子，在迷蒙的烟雨中，走过厚重悠长的历史，走过博大精深的文化，走过曾经是梦魂牵萦的爱丁堡，走过那些古老而雄伟的城堡，美轮美奂又雍容典雅的宫殿，老城里湿漉漉的碎石小街，街头文豪英雄们沉思着的雕像……

爱丁堡是我见过的唯一矗立在城市当中的城堡，古老的城市被建筑在火山岩上的城堡一分为二，北面是蓬勃发展的商业区的新城，南面是古老而韵味无穷的老城。爱丁堡曾经是苏格兰皇家的堡垒、皇宫和国家监狱，古老的城堡、肃穆的教堂和阴森的监狱令爱丁堡在世界上所有的城堡中显得别具一格。苏格兰和英格兰的漫长争斗的历史，在爱丁堡上刻下了太多的沧桑和痛苦。也刻下了苏格兰人的强悍和不屈的精神，一直延续到今天……

在老城的街头，常常可以看见穿着红格子裙的男人在吹奏苏格兰风笛，令人想起曾经获得奥斯卡奖的电影《勇敢的心》，电影里的很多场景，就是在爱丁堡拍的。那一声“Freedom”，令多少人热血沸腾难以释怀。悲凉的风笛声如泣如诉，一种难以述说的感动，从演奏者心中传递到听者心中，满满地溢出来，融浸在爱丁堡的烟雨里。

爱丁堡因它悠久的历史文化而获得“北方雅典”的称号。《国富论》的作者、被誉为“现代经济学之父”的亚当·斯密是苏格兰人的骄傲，著名的爱丁堡大学吸引了无数年轻学子，还有那位著名诗人罗伯特·彭斯，一曲《友谊天长日久》，歌唱人类纯真的友谊，令人在回肠荡气的离别愁绪中，怀念生命中最美好的时光……

老城有很多美轮美奂的教堂，朴素而内涵丰富的各种博物馆，许多街头艺术家们在湿漉漉的街道上表演，一个美丽的女孩在演奏萨拉萨蒂的小提琴曲，脚下的提琴盒打开着，里面有一些零钱，驻足细听，突然感到刹那的心酸，为着小雨中的美丽的女孩和艺术。

一个卖画的摊子吸引了我的目光，那是一个华人，攀谈以后，知道他来自北京的中央美院，刚来苏格兰不久，为爱丁堡所着迷，每天都到爱丁堡附近写生，周末在街上摆摊，出售自己的画作。我看他摊上的画，几乎都是各个角度的爱丁堡城。我挑了一张雨中的爱丁堡，付了钱，他很高兴地说，很少有中国游客买他的画，这是第一张。这一张，用的是淡淡的笔墨，让我想起了中国的山水画的韵味。

韵味最容易触动人内心最柔软的部分，最柔软的可以达到最深之处，在爱丁堡，那就是烟雨的魅力。

爱丁堡，北方的雅典，以丰富的文化遗产和美丽迷人的景色令我沉醉，犹如浅斟慢饮一杯格兰利威，甘醇芬芳，回味无穷……

2007 年写于爱丁堡

又见慕尼黑

一踏进汉莎的航班，耳边就响起有几分亲切的德语。真是久违了。

又见慕尼黑，可惜不是在十月啤酒节。德国的啤酒名不虚传，十月的慕尼黑更是一片欢乐的海洋，本地的德国人穿起传统的巴伐利亚服装，载歌载舞，到处都有大杯喝酒大块吃肉（香肠）的快乐的人们，酒至微醺的时候，人生总是无比美妙的。

慕尼黑和欧洲其他城市一样，集历史文化艺术、美景美食为一身。欧洲城市的这种特质，是美国城市所望尘莫及的。慕尼黑虽然不能和顶级如巴黎、佛罗伦萨、维也纳和伦敦相比，但也可算是很出色的了。

自从 1158 年亨利公爵建立了慕尼黑城，九百多年来，慕尼黑几经发展，逐渐确立了德国文化重镇的地位。如今城内大大小小的博物馆，各种各样的音乐和戏剧盛会，每年都吸引了无数艺术家前来。慕尼黑的建筑，据说当年在盟军的轰炸中，只有 3% 的建筑存留下来。但是现在慕尼黑城里到处可见的哥特式、巴洛克式、罗马式建筑，美轮美奂，古意盎然，很难想象那大都是战后重建的。德国人的严谨精神和精湛技艺，不由不令人叹服。

慕尼黑还有德国以至世界一流的音乐学院，三家世界一流的交响乐团，其中慕尼黑交响乐团最负盛名。这些年来走了不少地方，听过不少一流乐团的演出，感觉是虽然别的国家也有世界一流的交响乐团，不过还是认为，如果要听德奥音乐，就应该在德国和奥地利，至少，也得听德奥乐团的演奏，那才真正是原汁原味。

在空气里都飘着音符和啤酒气息的慕尼黑，美景无处不在，到处是喷泉和绿地、鲜花和微笑。想起曾经经过玛丽亚恩广场，看见一对情侣依偎着坐在石阶上，温暖的夕阳照在他们身上，女孩头上的发卡闪闪发光……那脉脉夕阳和脉脉温情，犹如一幅美好人生的写意画，使人久久不能忘怀。

然而，翻过这张温馨的写意画，慕尼黑还有另外一面。慕尼黑曾经是纳粹的大本营，在人们常去的著名的霍夫勃劳豪斯啤酒馆，当年，希特勒以突袭的方式劫持巴伐利亚领导人，发动了有名的啤酒馆暴动，失败入狱的希特勒，写下了《我的奋斗》，开始了罪恶一生的发迹。这里曾经有臭名昭著的法西斯冲锋队和党卫军，制造了血腥的屠杀；有第一座纳粹集中营，记载着人类的罪恶和耻辱。

提起慕尼黑还会想起《慕尼黑》，那发生在1972年慕尼黑奥运的那场惨剧，那场凶残的杀戮和冷酷的杀手，在导演斯皮尔伯克睿智的目光里，变成了对人性的深入地挖掘和无解地叩问。去年奥运会的时候在北京，见好些人抱怨过奥运会的安检，其实奥运会的安检很正常，甚至可以说不比美国英国的安检更严格。这就是人性的弱点，抱怨大环境的时候，往往将自己置身事外，换句话就是，要保证安全，但不要来烦我。如果当年慕尼黑奥运有像现在这样严格的安检，那样的杀戮或许就不会发生。

可是一切都时过境迁了么？2005 年慕尼黑老城区犹太教堂发生的爆炸，还有新纳粹死灰复燃的喧闹声，都告诉人们，人性中的魔鬼，随时会出现并兴风作浪，就像歌德在《浮士德》里写的那样。

……

这就是慕尼黑。文化艺术灿烂而悠远，历史辉煌而沉重；光明和黑暗，美好和丑陋，善良和残酷，交错着交织着。一座城市是这样令人惊叹的丰富！

难忘慕尼黑……

写于 2009 年夏

罗曼蒂克的湖区

情人节前夕，英国《每日电讯报》旅游版推出英格兰情人节最罗曼蒂克的旅馆。位于湖区温德米尔湖畔的Linthwaite House Hotel榜上有名。另外一个消息是英格兰湖区在一次英伦最佳风景的评选中名列第一，超过了通常被认为最美景区的苏格兰。

知道英格兰湖区是在美国《国家地理杂志》上，那上面推出了“一个人一生一定要去的50个地方”，英格兰湖区就是其中之一。照片上美丽的湖光山色令无数人梦魂牵萦，其中也包括我。

那年初夏的时候，终于有机会去了一趟英格兰湖区。在湖区梦幻般的温德米尔湖边租了一栋小木屋，度过了一周难忘的美妙的日子。

湖边的小木屋有两层，小小的客厅里摆着维多利亚式的家具和烛台，卧室里有个带水龙头的老式洗脸盆，窗帘上缀着蕾丝，窗外是一片绿茵茵的草地和一片树林，午后的慵懒时刻坐在窗前，不知怎么竟会想起阿加莎·克里斯蒂的小说中的那些关于乡村的描写，克里斯蒂老奶奶为了推理的需要，对那些房屋不厌其烦地描写细节，湖边的小屋便有了似曾相识的感觉……

门前的小路通往湖边。黄昏时分，宁静的湖水、落日的余光和渐起的暮霭交织着、氤氲着，构成了一幅如诗如画的美景。有时候，小雨微微，迷迷蒙蒙的山水犹如中国山水画般令人不知身在何处。想起那句描写西湖的诗句：山色空蒙雨亦奇……淡妆浓抹总相宜……艺术总是相通的！不同的是西湖的美景有人工的雕琢，湖区则完全是大自然的杰作。

英国著名的浪漫主义诗人华兹华斯，在葛拉斯米尔湖边的故居和他经常散步的小径，现在成了人们去湖区必定要拜访的地方。华兹华斯的诗歌曾经是我的最爱之一，一首《黄水仙》（《Wandered Lonely as a Cloud》）描绘的意境，有一种神奇的力量，摄人心魂。

在浪漫主义湖畔诗人徜徉过的地方，空气中也仿佛弥漫着水仙的淡淡的香味，几片飘过的洁白的云朵，一对轻盈优雅的天鹅，天蓝色的湖水和湖上的白帆点点，岸边风中轻轻摇曳的小树……一切一切都令人忘记尘世的喧嚣，心中只有美好的感情、美好的诗句和美好的音乐。

娇艳的玫瑰花是热烈的罗曼蒂克，清香的水仙花是温馨的罗曼蒂克。英格兰湖区，就像朵朵沁着芳香的黄水仙，一任灵魂诗意地栖息着、吟唱着，伴着那些美丽而罗曼蒂克的如烟往事……

写于 2009 年

玻璃桥

春风微拂的日子里，游览闻名世界的科罗拉多大峡谷。

从拉斯维加斯出发，车进入亚利桑那，满眼是戈壁和零星的戈壁植物，偶尔看见印第安人保护区的白色尖锥形的房子，一闪而过。渐渐地，路边开始出现赭红色的小山，山石有一层层的纹路，重重叠叠地堆起来，仿佛一座沙漠城堡，不知怎么，想起一千零一夜的故事那座芝麻开门的石山。

转过一个山口，忽见远处天边拉出来一道山崖，几乎横贯天际，那就是大峡谷地区了。车渐渐驶近，平直的崖顶，在灰色的天幕下，是那样平静，没有跌宕起伏，却给人一种气势磅礴的震撼，六百万年历史的大峡谷！一直到离开，这种感觉都没有离开我。

和原来想象的不同的是，它不是大山里的峡谷，而是平地往下裂的峡谷。和路边的那些小山一样，大峡谷的山石多为赭红色，从谷底往上，一层层一道道，分布着从寒武纪到新生代各个时期的岩层，层次分明，又红得深深浅浅。放眼望去，大峡谷连绵不断地蜿蜒延伸到天边，变幻多端的奇石怪壁和浓淡色彩，在偶尔露出的阳光下显得辉煌壮丽。空旷的荒原，在灰色的天幕下，苍凉的美国西部的景色，在大峡谷被演绎到了极致。

如果说大峡谷是造物主鬼斧神工的奇迹，而大峡谷上的玻璃桥，就是人类智慧的结晶，据说设计师还是华人。这座建于峡谷边缘的玻璃桥，外观如马蹄形，最远处距崖壁21米，横空架于距谷底1200米的高空中。玻璃桥的桥面铺着透明的玻璃，仅在边缘铺上一圈大约30厘米的毛玻璃，大概是专门给希望猎奇而又有些许恐高症的人行走的。

我就有恐高症，但没有猎奇心理，完全是被家人连哄带骗拉上玻璃桥的，理由是票已经买了、不能退票了、好不容易来一次不看可惜，等等。排队等候时，看见玻璃桥上有许多人在漫步，凭栏远眺，或往谷底指指点点，心中非常羡慕，同时也为自己将踏上玻璃桥后悔了无数次。最后，无论家人怎么劝说，我始终没往下看一眼。扶着栏杆，揪着心，双眼平视，哆哆嗦嗦地沿着毛玻璃桥面走了一圈，只觉得双腿发软手心冒汗，一直到踏上出口的台阶，一颗心才算放下来。

没有往下看，就不会害怕，但是也错过了大峡谷里的奇异美景，据说峡谷深邃无比，科罗拉多河在谷底缓缓流过，两边岩层嶙峋，姿态万千。不过我毕竟还是踏上去了，对有恐高症的我来说，已经很了不起了。人生有时候就是这样，哪怕是闲游观景，也不免有种种缺憾，但是如果换一个角度去看，会是另一种收获。而且，留着一个想象的空间，也能给心中大峡谷的印象，平添几分神秘感。

临走的时候，在印第安人的小店买了个印第安陶罐，制作精美的陶罐价格不菲，但显然晕染上现代科技的色彩。和印第安小伙子交谈了几句，望着这些硕果仅存的土著的后代，不由得想起遥远的殷商时代，想起那个关于询问“殷地安否？”而来的“印第安”的传说。苍凉的风在大峡谷的旷野上吹过，从远古吹到今天，沧海桑田，大峡谷沉默地见证了人们永不为知的那些历史……

2010 年春写于洛杉矶

夏威夷的雨

圣诞节到夏威夷度假。

曾经向往的是浪漫的夏威夷风情，灿烂的阳光，碧蓝的天碧蓝的海，摇曳的棕榈树，穿着草裙的美丽土著姑娘，随着欢快的节奏扭动臀部，风情万种地起舞……

到了大岛，才发现和整个假期形影相随的，更多的是雨。雨中的夏威夷，另具一番风情，到海滩游泳，没有蓝天白云，也丝毫不能让海滩上的游客减少兴致，孩子们嚷叫着，用水和沙子搭建梦想，帅哥美女们铺上彩色的浴巾，躺在上面晒“雨”……

环岛游的时候，以植被著称的夏威夷大岛，在雨中，更是变幻无穷。那座连绵不断、如巨大屏障般被土著誉为神山的山，一阵风吹过去，一片云飘过去，更显得神秘而威严。杳无人烟的原野上，我们的车，孤零零地行驶着，伴着如烟如雾的雨，仿佛在尘世之外。

那天去火山公园，临行时导游说，今天天气不好，别看这里还是多云，火山公园那里很可能会下雨。到了公园，果然下起了大雨，大家刚躲进入口处的房屋，雨就越下越大，细密的雨丝从近处蔓延开去，远处是迷迷蒙蒙的天，迷迷茫茫的山，山间却有几缕白烟冉冉升起，随风摇动，渐渐地融入烟云之中，那便是火山口冒出的蒸汽，导游说很遗憾没赶上好天气，可我觉得雨中的火山景色也别具一格。孕育着高温和万钧之力的令人敬畏的火山，在雨中，在白茫茫的天地里，显得那样温柔、安宁，静静地躺在那里，轻轻地呼吸着……

那些天，我经常问自己，我是在夏威夷吗？夏威夷的雨，勾起我的乡情，像是故乡南方的小雨，那里也有棕榈树，也有海浪和沙滩，湿漉漉的小碎石路，满眼的青葱绿色，还有火一般燃烧着的三角梅。在异国土地上，乡情像雨丝一样洒在我的心上，也洒在那些华人的心上。

大岛的华人很少，多是早年来到夏威夷谋生的广东台山一带的老华侨。据导游说，先前还有怀着梦想、明着暗着渡来夏威夷打工挣钱的人，现在台山一带，富裕起来的乡亲，已经没人愿意来打工了，他们宁可在家里打麻将。新移民来自其他省份，导游小姐来自北京，一口令人感到亲切的北京话，聊起天来，只说生意不好做，问是否习惯在这里，说在这里气候好空气新鲜，但生活节奏太慢，太闷，要慢慢习惯。

夏威夷的经济以观光业为主，夏威夷的游客，又以日本人为多，因为交通方便，很多日本人周末来这里打高尔夫球度假。日本核危机以后，夏威夷的旅游业受到冲击，据说来自日本的游客少了八成以上，听到这消息，想起那北京来的导游小姐，不知道她们的生意是否受到很大打击。

游览火山熔岩洞的时候，遇到一个上海来的留学生，一口吴侬软语，在夏威夷大学读书，问起对夏威夷的感觉，只是说，和原来的想象不同，这里，好像不是美国。很多到夏威夷的人都有这样的感觉。夏威夷正式成为美国的第 50 个州，不过才 52 年，又远距美国本土 3700 公里，白种人在夏威夷并不占多数，从文化渊源上来说属于波利尼西亚文化，因此游客常常会有“不像美国”的感觉。被问到会不会想家的时候，女孩微微一笑，露出一口洁白的牙齿，说，下小雨的时候，会想家……我听罢，只是点头，想起白居易的诗句 :“望阙云遮眼，思乡雨滴心。”思乡雨滴心，滴滴在心……

2010 年冬写于洛杉矶

紫色的诱惑

——从普罗旺斯到洛杉矶

在所有的香草中，薰衣草是我的最爱，家里熏香的蜡烛、香精油、泡澡的浴盐浴油，几乎都是薰衣草，花园里还种着一棵普罗旺斯薰衣草，挨着一株名叫“落日庆典”的黄玫瑰。薰衣草花开过了，摘下来晒干压成书签，读书的时候，便有丝丝缕缕的淡香和纸墨的清香萦绕在字里行间。

薰衣草的味道，各地的因水土不同而不同，颜色也有深浅不同。最喜欢的，还是普罗旺斯的薰衣草，颜色略浅，香气袭人。很早以前，就被普罗旺斯图片上的漫无边际的薰衣草所动心。其实薰衣草的花朵很小很小，但千万朵薰衣草在一起，便组成漫无天际的紫色，传达出一种淡雅而高贵的气质。

那年经过普罗旺斯，正值盛夏，错过了薰衣草开放的季节，也错过了那片幽香的紫色，后来想再去一次，由于种种原因，终究还是没去成，普罗旺斯的薰衣草，成了心中的一个紫色的诱惑和芳香的念想。

听说洛杉矶河滨县东的薰衣草农场开放参观，周末起了个大早驱车前往。沿途越往东走，越是一片略带荒凉的西部风光，正值初夏，两边山上的草开始变黄，星星点点地有一些绿树点缀着，那是有人居住的地方，人工浇灌的树。

一转进薰衣草农场所在的谷地，风景就完全不同了，许多高大的松树柏树郁郁葱葱地伫立着，田野里是一片片的薰衣草，呈现的不完全是紫色的，紫色间还晕染着浅绿色。这个薰衣草农场的规模很小，远不能和普罗旺斯的无边无际的薰衣草田野相比，但是小而淡雅也是一种风格，一样惹人喜爱。

走近了，才看出薰衣草是一丛一丛种着的，绿色是它的枝叶，紫色才是花朵。细细的枝叶和细细的花朵，远远近近地看，竟像一团团绿紫色的雾，随着微风摆动。云层渐渐变薄，几缕阳光洒下来，在花枝的雾团上点点晃动着，一时便想起了莫奈，和莫奈那幅《画家在吉维尼的花园》的画里那一片色彩斑驳的紫色。

农场里到处都可以看见淡紫色绸带的装饰，古老的农机上，人们的草帽上，搭起的帐篷上…一个本地女孩，双臂呈波浪状起伏，带着一种舞蹈的韵律美感，给来往的汽车指路。停车场指挥车辆的中年妇女，则戴着西部牛仔帽，臀部上斜斜地搭着宽皮带，笑容却带着点羞涩，给人很淳朴的感觉。

空气中弥漫着薰衣草的香味，人们微笑着互相招呼着，在农场里到处走动。年轻人割下盛开的薰衣草，老人们穿戴整齐，在整理挑选割下来的薰衣草，孩子们在附近玩耍，头上插着薰衣草花。妇女们把挑选好的薰衣草插在花泥上，制作成花篮卖给游客。这种薰衣草花篮会慢慢变成干花，但仍然持久地保持着香味，非常适合摆在家里。

临走的时候，买了一个薰衣草花篮，一些薰衣草护肤液、香皂、精油和一罐薰衣草蜂蜜，接待我们的是一个日裔美国人，一笑有一对酒窝，说一句谢谢便鞠一个躬。旁边的人们都微笑着看着我们，一个小女孩送来一盘薰衣草小苗，有英格兰薰衣草，有普罗旺斯薰衣草，也有本地薰衣草。我挑了一盆普罗旺斯的小小薰衣草，在美洲大陆洛杉矶，我有了一盆来自遥远的普罗旺斯的薰衣草苗，带着一个紫色的诱惑和芬芳的念想。

离开的时候，竟有点恋恋不舍，喜欢紫色的薰衣草，也喜欢那些亲切的笑容、那些淳朴的乡村气息。其实，这紫色的诱惑，对久居喧嚣纷繁的都市的我们来说，不如说是世外桃源的诱惑。

2011 年夏写于洛杉矶

花田与核电站

周末去卡尔斯贝花田游玩。卡尔斯贝位于圣地亚哥北部沿海 5 号公路旁，地方虽然不大，但近 10 年来发展迅速，建了住宅区、购物和游乐区，因其介于圣地亚哥和洛杉矶之间，交通方便，所以，它是南加州居民周末一日游的好去处。

卡尔斯贝花田里种满了一种叫作 Ranunculus 的花，中文大约叫毛茛。花朵有点像迷你牡丹，重瓣的，一片片重重叠叠地包着花心，整齐而细致，叶子也有点像牡丹，Ranunculus 有很多种颜色，大红的，粉黄的，雪白的，还有红黄双色的……虽然没有牡丹那样花大色艳和雍容富贵，但也显得富丽端庄，惹人喜欢。

每年，待得春风和煦，草长莺飞，花田里一条条一垄垄的 Ranunculus 开始绽放，远远望去，如天上的彩虹被轻轻拉下来，平铺在地上，衬着湛蓝的天空、远处蔚蓝的大海。近处点缀着杏色的民居，游人如织，黄发垂髫皆怡然自乐，不是桃花源，胜似桃花源。漫步在如斑斓彩带的花丛中，清风拂面而来，想起朱熹的《春日》:“等闲识得东风面，万紫千红总是春”。古今中外，春风春花年年不同，但给人的美的感受都是相同的。

花田里还提供老式的拖拉机，巨大的轮子上的座位里，开拖拉机的是留着一大把络腮胡的壮汉。在午后的阳光里，懒洋洋地坐在颠颠簸簸的拖拉机上，在万紫千红中缓缓穿行，眼前只有蓝天白云，花香和着泥土的清香随风飘来，仿佛回到淳朴的年代、淳朴的乡村……现代社会红尘滚滚的纷扰，远在天那边。

然而纷扰很快就回到身边，回程时，经过紧挨着5号路旁边的圣奥诺弗雷核电站。过去多次开车走5号路，从未注意这个核电站。那两座圆形的反应堆，蛛网似的电缆，以及似乎近在咫尺的海水，冲淡了游览花田带来的闲情逸致，心情有些沉重起来。

南加州的圣奥诺弗雷核电站建于二十世纪八十年代，当时的建造标准是抗7级地震，同时核电站外筑有近10米高的水泥墙，以抵抗可能的海啸。建造时专家的估计是即使有地震，也不会超过6.5级，此外据说还安有检测器，一旦地震发生，核电站会自动关闭。

日本核电站事故以后，公众便开始质疑核电站的安全措施。加上南加州处于地震带，最近的断层距核电站只有5公里。媒体报道说，如果地震超过7级（如日本这次地震），如果核电站发生问题，如何疏散周围的居民是一个大问题，很多核电站所在地的政府，根本没有应对准备和措施。想想卡特尼娜飓风后的情况，真是一件可怕的事情！

核电站是人类科技进步的重要成果，但是核电站事故极可怕的后果也给人们警讯，人类总是过多地向大自然索求，贪婪的后果终究还是由人类自己承受。能源危机引发了多少争夺以及战争，可是又有多少人（包括我自己）能够放下这一切，少用电、不开车、不……去过简单清苦的日子？也许这就是悲剧的根源之一。

写于2011年春

阿尔卑斯山的思念

洛杉矶附近有个很少人知的小镇，名叫阿尔卑斯村。

表面看去，小镇的居民区外表和其他美国居住小区没有什么不同，但是到了镇中心，几座建筑围绕起来的小小的街区，却充满了浓郁的德国南部阿尔卑斯风情。一家小小的咖啡馆，外墙窗户上描着德国牵牛花的图案，里面一排排干净的小桌子，铺着在德国乡村常见的红格子桌布，浓郁的咖啡香味弥漫在午后时光。

一家卖德国瓷器的小店里，橱窗里摆着大大小小的马克杯（一种啤酒杯）。墙上挂着许多瓷盘，有的绘着格林童话的故事，青蛙王子歪着头看着美丽的小公主，有的是阿尔卑斯山的风情，几头牛慵懒地卧在山坡上，远处是白雪皑皑的山头，紧挨着瓷盘的，是阿尔卑斯山民挂在牛脖子上的大铃铛。窗台上有一些传单，上面画着穿着阿尔卑斯山民族服装跳舞的孩子，是假日里的亲子活动。

小镇里住的，大都是德国移民。德国人移民美国始于 1680 年，他们也是美洲大陆最早的定居者之一。根据 2005 年美国社区调查，有 5000 万人声称自己的祖先是德国人。德裔美国人因而占美国总人口的 17%，成为美国最大的族裔群体。在一次大战之前，在很多德裔美国人的居住区里，学校使用双语教学，有很多第一代德国移民甚至拒绝被归化。随着时间的流逝，德国移民最终被归化，据说现在美国大概只有150万人使用德语了。

尽管在一次和二次大战时，德裔美国人也受到很多歧视，他们之间还是涌出了不少杰出人物，最著名的是，美国有三位总统具有德国血统，艾森豪威尔、胡佛和尼克松，他们是德裔美国人的骄傲。

在小镇的一个小超市里，我惊喜地发现里面有各种各样的正宗德国食品，带有酸味的黑面包，各种香肠和奶酪，德国黑啤酒，还有德国酸菜，印着莫扎特头像的巧克力，那是奥地利的产品。超市里的顾客，男的穿着整齐的西服，女的也穿着正规的服装，化淡妆，戴着首饰（当然，不是年轻人）。这种德国人的老派的衣着风格，在美国人的超市里是看不到的。收款员说德国口音的英语，知道我们跑了老远的路来参观他们的小镇，非常高兴，热情地邀请我们在十月节的时候再来。

今天，尽管在许多大都市地区仍然有很多德裔美国人聚集区，但大多数德裔美国人的社区已经不再有明显的族群特征了。这些普通的德裔美国人，表面上已经看不出和其他美国人有多少不同，但在这名叫阿尔卑斯村的小镇上，他们还在牢牢地守着自己母国的文化传统和生活方式，作为对祖先和曾经的祖国的一种悠悠的思念。

离去的时候，又经过小店，刚好午后2点，布谷钟悦耳的音乐隐约传来，午后的阳光里，关于阿尔卑斯山的记忆全部涌上心头，巴伐利亚州的黑森林茂密林中的小路，阿尔卑斯山秋天的红叶，十月啤酒节褐色的啤酒桶，穿着民族服装的少女翩翩起舞……在遥远的美洲大陆，一个小小的阿尔卑斯村，寄托了德国移民的思乡情，一代又一代，绵绵不绝……

2011 年夏写于洛杉矶

三坊七巷的灵魂

古老的福州有一条古老的南后街，一条贯穿三坊七巷的南后街。

据母亲说，我很小的时候曾在那一带住过。可那时候太小，完全没有印象。后来离开了，又曾回去几次，每次匆匆而过，总未能好好地用心去感受三坊七巷。这些年浪迹天涯，每每读到那些曾经从三坊七巷走出去，或高尚或伟大或优雅或美丽的灵魂，脑海里就会涌现那些安谧的小巷，那些风起云涌的岁月……

三坊七巷，三坊是：衣锦坊、文儒坊、光禄坊，七巷是：杨桥巷、郎官巷、安民巷、黄巷、塔巷、宫巷、吉庇巷。

三坊七巷并不很大，据说是中国唯一存留的街坊巷格局的老街，大部分建筑是保存完好的明清建筑。更难得的是，从三坊七巷那些含蓄庄重的纵横方正之中，走出了100多位在中国近现代名留史册的名人。三坊七巷，是怎样凝聚天地山川灵气，才能孕育出那样的人杰！

屈指数数那100多位名人，仿佛翻过半部中国近现代史：林则徐、沈葆桢、林旭、林觉民、严复、谢冰心、林徽因、卢隐、郁达夫……

因此三坊七巷是阳刚而雄壮的，也是美丽而隽永的，漫步三坊七巷，可以在雾霭初降的黄昏，也可以是微微小雨时分，走在那里，也许能闻到虎门的硝烟味，听到菜市口鼎沸的人声，黄花岗爆裂的枪响……也许也能看到小桔灯温馨的光晕，人间四月天的曼曼云烟……

在一个烈日高悬的午后，我穿行在三坊七巷，想着那个名字里有一轮太阳的年轻人。他的名字叫林旭，戊戌六君子之一。

旭，说文解为太阳初升。林旭，这个像太阳初升一样朝气蓬勃，才华横溢，抱负远大的年轻人，在菜市口的腥风血雨中，陨落了，年仅 23 岁。

林旭出身贫苦，父亲为一秀才，林旭很早就懂得读书奋发。因为天资聪颖，诗文俱佳，故声名鹊起，为林则徐的外甥和女婿沈葆桢的第四子沈瑜庆看中，并将才貌双全的女儿沈鹊应下嫁，成为林则徐外孙的女婿。林旭后中举人，百日维新后期授四品卿衔军机章京，追随康有为，为清朝末年著名维新派人士。在百日维新最后的那些日子，林旭不断上书言事，据说当时不少上谕也出自林旭之手。

提起戊戌六君子，人们常常想到的是谭嗣同。那位在同仁们劝他出逃时，慷慨激昂地发出“各国变法，无不从流血而成，今日中国未闻有因变法而流血者，此国之所以不昌也。有之，请自嗣同始”的谭嗣同。谭嗣同慷慨就义时年 33 岁，同时就义的林旭时年 23 岁。后起的林旭没有谭嗣同的名气大，但和谭嗣同一样，都有一颗高尚的灵魂，为酬壮志，视死如归。

林旭当年住的房子在郎官巷，是一条不很起眼的巷子，当年的旧居已经不复存在。其实，那些保存下来的名人旧居，实际上不复是原来的样子了，只是后人修葺打扮，或为缅怀先烈，或为安顿思绪，甚或为商业的需要。

那些风云翻滚的日子已经远去，但是灵魂们都还在，那些出生、生长和生活过的地方，永远是灵魂们的归依之处……

灵魂又是不朽的。在三坊七巷，当一束阳光射过，一阵轻风吹过，这些高尚美丽的灵魂，就在阳光里，在清风里，观照着后来者的灵魂……

戊戌喋血后，一百多年过去了……我在三坊七巷的秋日艳阳下漫步着，走过林旭曾经出生长大的地方，想着那颗充满阳光的高尚的灵魂，想着那个风雨如晦的夜晚……想着，如果戊戌变法成功，那中国会怎么样？

当然，历史没有如果，它永远受限于当时的历史条件。但是历史又是能够穿越的，克罗齐说过：每一种真正的历史都是现代史……

写于 2012 年秋

世外桃源的风云际会
——访安纳伯格庄园

安纳伯格庄园为国人所知，是在习奥会，那些日子，一个听起来有几分神秘的美国西部庄园举世瞩目。其实，在美国人中，知道安纳伯格庄园的也不多，一个原因是尽管庄园原主人身份显赫，为著名的慈善家和外交家，接待不少名流，但庄园本属私人，自然曝光率不高。另一个原因，庄园后来经主人签署信托声明，希望可以成为世界各国领袖为解决紧迫议题而进行会晤交流的场所，譬如这次习奥会，但对一般美国人来说，闲暇时更感兴趣的是大自然风光。安纳伯格庄园虽然美丽，名声也只是在一定的圈子里流传。

自去年 3 月开始对外部分开放以后，参观的人也不很多，直到这次习奥会，两个世界大国的首领在庄园会晤，媒体大量报道，庄园顿时名声遐迩，接待人数本来就有限制，加上 7、8 月份因天气炎热关闭，网络售票很快就预订一空。

去的那天，恰逢南加州酷热天气，车往东开，满眼戈壁景色，气温直线上升，临近庄园，气温已经飙到 45 摄氏度。到达庄园开门下车，一股热浪迎面扑来，恍如置身干蒸桑拿房。紧走几步推开庄园大门，迎面一排纤尘不染的落地窗，窗外天空湛蓝，远山碧树绿地黄花，倒映在大厅的地面上，令人感到满身清凉，暑气顿消。

庄园占地650英亩，烈日下乘坐游览车浏览了部分外景，绿茸茸的草地，水波荡漾的湖水，高大的仙人柱和许多颇具特色的热带植物，曲折婉转的泳池，别致的太阳伞，还有一个9洞的高尔夫球场。主建筑外观如金字塔状，屋顶塔面呈粉红色，沙漠里的粉红色！远远望去，仿佛一片桃花林，给人以无限遐想。庄园虽无良田美池桑竹之属，然而如与世隔绝之美，又何尝不是令人着迷的沙漠里的桃源。

庄园又非与世隔绝。庄园里收藏有许多艺术品，有罗丹的雕塑，莫奈、德加、梵高、毕加索等的画作，还收藏了许多中国明清时代的艺术品，如瓷器等，以及其他国家的艺术品。据讲解员称，除一些法国油画是为捐献而制作的复制品外，其余皆为真品。在一座建筑物里，那些艺术品令游客断断续续穿梭于时间长廊，行走在东西方交替的场景中。

一尊来自中国的整块玉雕的卧牛引起我的注意，玉牛出自何处，何人所雕，详细信息已无从了解。岁月流逝，这尊玉牛不知经历了多少辗转颠簸，才在这里安卧下来与我对视。玉牛形态既生且动，神态安详目光清澈，庄园里主人遍宴名流，达官贵族欢聚畅谈，种种情态想必都收入玉牛眼底。不过一个多月前，中国国家主席习近平和奥巴马会晤，就在离玉牛不远的一张桌子上，习主席肯定看过玉牛，有何感想不得而知，玉石是灵性之物，卧牛若有知，一定对故国来人百感交集。

那张习奥会晤的桌子上，并排摆了大小三座钟，钟上镶嵌各种钻石、红蓝宝石等，看上去精美璀璨。想起习奥会，那天也差不多是这个时间，两个世界大国的首脑，就坐在这张桌旁，纵论寰宇谈笑世事，风云际会在宛如世外桃源的庄园中，一方呼吁建立新型大国关系，一方且呼应且观望。无论世人如何看待这次庄园会晤，随着时光的流逝，相信中美两国终究会找出一条符合两国利益的新型大国关系，果如此，中美两国幸甚，世界幸甚。

离开庄园的时候，回头眺望那座极具现代感的建筑，那些雪泥鸿爪的意象，因为那场风云际会而交织叠现，带给人更多的是略显沉甸的历史感受。美丽的安纳伯格庄园，在中美关系史上，留下了一抹清晰沉稳的色彩，将为世人所记住。

写于 2013 年夏

安纳伯格庄园趣事

安纳伯格庄园因为美国总统奥巴马和中国国家主席习近平的庄园会而闻名。夏初的一天，到安纳伯格庄园参观。

Easy Does It

安纳伯格庄园是原主人冬天避寒住的地方。目前开放的一栋房屋，是庄园中最重要的建筑。进门是一个大厅，旁边有许多房间，曲折的走廊墙上挂满各种名画及其他艺术品。所有的房间都保留原来的格局和摆设，每个房间都有不同的主题，用布艺和挂画呈现出来，有的是黄色和绿色，有的是向日葵，其中有一个是玫瑰主题，布艺和画都是玫瑰花，沙发上的靠垫上绣着一种玫瑰的名字，“Easy Does It”，恰好我也种着这种玫瑰，真是很喜欢！（“Easy does it！”有别急、小心谨慎从事的意思。）

在原主人的书房兼会客室，摆满主人和夫人的生活照片，名人包括7位美国总统，以及刚刚离开的中国国家主席习近平和奥巴马的会晤照。旁边的走廊有一面墙挂着全是英国女王伊丽莎白二世签名的照片，庄园主人曾经任过美国驻英大使，和英国皇室关系不错。伊丽莎白二世女王因此到庄园做客过。在照片前驻足良久，照片上的伊丽莎白二世女王不如正式公布的照片来得端庄美貌，但那种流露内心的微笑显得更轻松自然，不知怎么脑海中会有简·奥斯汀笔下的人物掠过……美丽的英国乡村庄园，淳朴自然的英国姑娘……放松下来享受日常生活，也许就是便装的女王给人很真实很亲切的感觉的缘故吧。

原作还是复制品？

还没去安纳伯格庄园时，看网上介绍文章，里面有很多艺术品，包括来自中国的瓷器等，但有人说那些摆设都是复制品，真品都在银行保险箱里云云。到了庄园，觉得就个人收藏来说，确实不少。印象很深的一个是罗丹的雕塑，摆在进门的大厅里，旁边是喷泉，种着一圈开着花的多肉植物，顶头天窗的阳光射下来，那种意境混合着古代和现代因素，古典艺术加沙漠风情，十分引人入胜。

庄园主人收藏的艺术品，大致有印象派和后期印象派的大师，德加、莫奈、梵高、高更，还有毕加索等等，东方各国的雕塑、摆件，甚至还有来自尼泊尔庙宇的一扇银制的门。中国的瓷器玉器不少，有几个出土的唐三彩颜色斑驳，流露出岁月沧桑，不由人不想起逝去的那些时代。看这些中国瓷器是有感触的，和那些欧洲名画不同，那些多是通过交易赠送拍卖而现世的，而中国的文物，很多都是被掠夺、抢劫或者偷盗出来的。国家积弱，文物流散，是无可挽回的一种痛，至于在哪里保存得更好，那就是另外一个话题了。

庄园的艺术品，除了印象派莫奈等的那些名画以外，其他全部是真品。那些名画，都被主人赠送给纽约大都会博物馆，这批价值大概 10 亿美元的名画，堪称世界博物馆单笔捐赠最大的一次。如今庄园里悬挂的，是数字复制的复制品，配上原画的框。应该说数字复制的画几可乱真，或者干脆说在我们眼里看来就是和真的一样。其他的艺术品，例如中国瓷器，如果要复制成以假乱真的，数字恐怕就帮不上忙了。

美国政府的官方谎言

参观的一项内容是介绍各个房间曾经住过某某名人。名人很多，印象较深的一是一个黄绿主题的房间，有两张单人床，据介绍，前国务卿鲍威尔曾在这里下榻。很怀疑自己是否听错，因为印象中鲍威尔身材高大，房间里的两张床看上去就是那种一米八左右的单人床。另一个房间有张床，据说是奥巴马在会晤的时候下榻的床，是一张双人床，总统睡的床看起来舒适多了，到底总统和国务卿有区别。

大家正对房间和床进行评论，一老美（我们这一组8个人，6个老美）问，米歇尔那天为什么不来？另一人回答说，不是说孩子放假走不开么。第一个说话的老美就说：这是美国政府一个官方谎言。大家闻言都笑了，看起来不喜欢米歇尔的老美也大有人在。米歇尔的理由确实不那么有力，毕竟她除了母亲的身份还是总统夫人，再说她又不是没离开过孩子出来参加活动。不过也没什么，不来就不来，本来就不是夫人们的会晤，后面的事情不都好好正常进行了么。当然官方总得在表面上敷衍一下，是不是官方谎言大家见仁见智罢了。

写于2013年夏

夕阳西下，横越大海

夕阳西下，金星高照，

好一声清脆的召唤！

但愿海浪不再呜咽，

我将越大海而远行。

——节录自英国诗人丁尼生《横越大海》

渴望横越大海的旅行，是童年时代一直延伸到现在的梦想……

其实就是喜欢旅行，细究起来，喜欢去的地方有两类，一类是古迹，希腊埃及柬埔寨印度西藏，这大概和喜欢历史有关。另一类就是海边，计划要把美丽的海边一个一个待过去。先生对此颇有微词，认为美丽的海边其实大同小异。我对他的这种说法不断加以讨伐：其实妙就妙在小异上，细节不同，风味就不同了。辩到最后，他总是说，没办法，你有蒙古血统，喜欢流浪！

这种说法来自小说《最后一个匈奴》，里面有一个细节，写的是小脚趾的趾甲形状。按书中的说法，凡是小脚趾趾甲裂成两半的，血统上就是有游牧民族的传承，小脚趾趾甲是光滑的一整片的，基本上是汉人的血统。

那时读到那里我才恍然大悟，我的小脚趾趾甲就裂成两半，先生的则是光滑的一片。原来这就是我们的分歧所在！

每一次我兴致勃勃地提出度假计划，先生就会问，脚后跟又痒了？然后就大发议论，说什么应该建议婚前体检要加上检查小脚趾趾甲的项目，趾甲两半的嫁趾甲两半的，趾甲一片的嫁趾甲一片的，婚后一起出门，或者一起待家里，可以避免很多争执。

真是道不同不相与谋。先生好玩，打球打牌无所不及，就是不喜欢旅行，他管旅行叫四处奔波。以前以为很多人不喜欢旅行是观念问题，后来才发现原来是小脚趾趾甲的形状问题。

先生常说，你幸亏生在现代，交通便利，通讯发达，要是生在古代，出门就是跋涉，你怎么办？

怎么办？于是先生替我描绘了一番图景：

秋收了，粮食进仓了。娃他爹披着棉袄，领着娃蹲在墙角晒太阳，娃他娘（就是我），赶着一群羊出发了。临别时，娃他爹谆谆叮嘱说，娃他娘，此去千山万水，音信不通，这群羊就是盘缠。走一程，卖一只，卖到一半时，千万记得往回走，等卖到最后一只，我和咱娃就在村头等你了……

全家人一起大笑。

笑毕，我不屑地说，我才不赶羊出门呢。我要出海，（很向往地）要能搭上郑和的船就好了。先生嘿嘿坏笑：自古女人就不能上船啊。

真是幸亏生在现代！

横越大海的旅行也有过几次，都是坐邮轮，夕阳西下金星高照时，扶着栏杆在海风吹拂下眺望海天相连处，最是心旷神怡时。很多人觉得遇到邮轮整天在海上的日子很单调，其实如果静下心来和海水一起发一会儿呆，会发现每一片海域的海水颜色深深浅浅变幻无穷，每一朵浪花飞溅跳跃也不同。和大海一起，最能让人放松，变得宁静而心胸宽阔。钟爱海的人，必要横越一次大海，才能更多地懂得大海。

回到小脚趾趾甲，关于小脚趾趾甲两瓣的传说不少，另一个广为流传的是有两瓣小脚趾趾甲的人，都是在明代大迁徙的时候集中在山西洪洞大槐树下，被族长（一类的头领）用刀砍了一下，作为后世的记号。曾经有山西的朋友和我说过这个传说，意即我是山西移民的后代。我没考证过自己的先祖来自哪里，不过心里对此传说是不以为然的：这族长一刀功力该要多深厚，否则一刀下去或许小脚趾就没了，再说了，那么多人砍得过来吗？

我还是比较接受《最后一个匈奴》里的说法，因为我就是喜欢旅行，每次旅行都是我发起，不断推动后成行的。先生总是被我催促、敲打，每当这时候，裂成两瓣的小脚趾趾甲就是话题，不断被提及，并且赋予新的故事和意义。

圣诞假期又到了。夕阳西下金星高照的时候，我即将远行……

修改于 2014 年圣诞节前夕

滑铁卢的偶然和必然

滑铁卢，这个地名已经变成有特定含义的名词，常常被人提及，谁谁遭遇了致命的一击，那地方那事件就会被称为“谁谁的滑铁卢”。

最早对滑铁卢感兴趣，是因为雨果的《悲惨世界》。读到滑铁卢的时候，为气势宏大的战争场面所震撼，印象最深的，是那场滂沱大雨中的厮杀。开始有点不解雨果为什么喜欢用这么大的篇幅详细描写滑铁卢战役，后来才明白就像托尔斯泰一样，雨果也喜欢宏大的历史叙述。雨果就像站在欧洲之最的勃朗峰上，俯瞰欧洲大地，挥洒自如地描绘欧洲的大历史，革命，反革命，专制，复辟，拿破仑的起伏，路易十八的去来……

雨果写道：“假使我们从最高处观察问题，就可以看出滑铁卢是一次有计划的反革命的胜利。是欧洲反抗法国，彼得堡、柏林和维也纳反抗巴黎，是现状反抗创举……滑铁卢是神权的伥鬼。”……如此，详细描写滑铁卢就是必然必要的。

若干年以后，我来到欧洲小镇滑铁卢，小镇安静地卧在午后和煦的阳光中，狮子山下的一片田园，曾经的古战场，现在种了蔬菜及其他农作物，清风掠过，泛起一片片绿色的波澜。狮子山据说是比利时当地的妇女背土垒成的，共有 226 个台阶。拾级而上，在当年大炮熔铸的铁狮子旁，俯瞰滑铁卢古战场，想象着雨果俯瞰着欧洲大地，为滑铁卢大笔书写着。

那一片在阳光下祥和的田园，当年曾经腥风血雨过。用腥风血雨是恰如其分的，1815 年 6 月 18 日，从上午 11 点到下午 7 点，炮声隆隆，战马嘶叫，双方的将士像潮水一样，排山倒海地涌上去，退下来，再涌上去退下来，不过半天的时间，五万将士的身躯倒在这片战场上，要怎样的惨烈才会有那样的失败和胜利？从此，滑铁卢成为拿破仑的滑铁卢，也成为法国的滑铁卢，欧洲的滑铁卢。

和大部分欧洲小镇外一样，滑铁卢的田园风光优美宁静，如果不知道那段历史，随意路过，谁会知道，灿烂的阳光照耀着的这一片片绿油油的田园下，曾经有五万将士的血肉白骨和泥土交融在一起。在多少个风雨如晦的夜里，不知道那些无名的魂灵是否会飘游在空中，呜呜咽咽地讲述着孤寂和落寞。

“一将功成万骨枯”，滑铁卢战役成就了英军统帅威灵顿的名声。可是，来滑铁卢小镇游览的人们中，很少人知道威灵顿，威灵顿纪念馆也冷冷清清门可罗雀。人们只知道拿破仑！在拿破仑的铜像前合影留念。铜像的拿破仑身着戎装，两臂交叉抱胸，两眼直视前方。神态潇洒自信，傲然直立，个子矮小的拿破仑一副君临天下舍我其谁的气概。拿破仑在滑铁卢彻底输了，但是失败仍无损于他是伟大的政治家、军事家和英雄人物。一部《法国民法典》光辉灿灿闪耀世界，足以奠定拿破仑的不朽。

常有人叹息 1815 年 6 月 18 日的那场暴雨，如果没有那场滂沱大雨，也许拿破仑不会失败，也许历史就会重写。然而，历史中的偶然性从来就是必然性的表现，没有那场大雨，也许会有另一场风暴。就像雨果写下的：假使我们从最高处观察问题，就可以看出滑铁卢是一次有计划的反革命的胜利。于是，滑铁卢的腥风血雨过后，在 7 月盛夏的阳光中，路易十八回到了巴黎，王朝复辟了。

历史从来就没有单纯的偶然性。

前后去了两次滑铁卢，每次都登上狮子山远眺古战场，脑海中有无数历史镜头闪过，在曾经在书中读过的地点，仿佛身临其境地用另一种方式重温书中描绘的历史，种种感触和感慨难以言说，这就是我喜欢在欧洲旅行的缘故，这是一块厚重的蕴藏丰富的大地。

2014 年秋改写于洛杉矶

小威尼斯

早就听说洛杉矶有个小威尼斯，盘算了很久要去。每每念及，总会先想起威尼斯的水和桥和船。

回想威尼斯，一座仿佛天堂一样的城市。

想起那些美轮美奂的建筑，壮丽的大运河和向四面八方延伸出去柔美的小河水巷，还有那些数不清的小桥，两头翘起逶迤前行的贡多拉小船。那年去威尼斯，记得那天是阴天，飘着细细的雨丝。行走间，脑海里浮起的，竟是“南朝三百八十寺，多少楼台烟雨中”的句子。灰色的烟雨中，满眼是黑色的贡多拉和船夫鲜艳的服装，两岸鳞次栉比色调典雅的古老建筑。坐船游罢大运河，怀揣着那些古老的和现代的传说，下了一座桥，又上一座桥，再走过一座桥……

时光渐渐淡去，留下的威尼斯印象，有风格各异的宫殿和其他建筑，有游人如织、商贾如鲫的繁华，更多的则是与众不同的那水、那桥和那船。

明知以洛杉矶的历史文化，小威尼斯不可能会有威尼斯的古老和典雅，还是有几分好奇，那个名叫 Abbot kinney 的意大利人，如何在洛杉矶威尼斯海滩边，开凿运河修造小桥，用小船载着童年的记忆和对故乡的渴望，缓缓流去……

身临其境的时候，小威尼斯让我惊讶不已。

也就隔着两个街区，一边是著名的威尼斯海滩。从前的威尼斯海滩，闻名遐迩的是行吟诗人、朋克艺术家，后来又被嬉皮士、摇滚乐队和大麻舞会所取代。现在的威尼斯海滩更是丰富多彩、奇装异服的街头艺术家，身着清凉比基尼的女郎，海滩健身区的肌肉男，各种商店摊贩林立，街头歌舞音乐喧嚣，游客熙熙攘攘……售卖大麻的药店，门口高挂着大麻叶形状的广告，有人在药店里倚着柜台，望着路过的人群，目光闪烁游移。加州药用大麻合法，广告上写着，交 40 美金便有医生做评估，评估符合要求便可以合法使用大麻。

也就隔着两个街区，另一边就是小威尼斯，却完全是两个世界。天是透明的蓝，水是清澈的绿，小河几转，小桥横跨，几艘彩色鲜艳的小船，静静地斜倚岸边，仿佛在睡梦的画中，小径上三两行人渐行渐远。站在小桥上，见流水里有一艘小小的船，一对男女分坐小船两端。河其实很窄，划两下三下就可到对岸，那对男女握着桨，却只是对坐着，静静地相望。盈盈秋水，淡淡春山，女的忽一抿嘴，笑意顿时在水波中荡漾开去，“肯爱千金轻一笑”，生命中所期待的深情就在那一刹那的轻笑中……

岸边多是精致的木制小舍，房子很小，花园也很小，颇有“曲径通幽处，禅房花木深”的意味。且行且看，这一处有小小的维多利亚式的桌椅，桌上摆着花瓶，插着新鲜欲滴的花朵，一套精致的青花茶具刚刚摆开，主人仿佛马上就会回来，在这里享用温馨的下午茶。那一处花园更小，繁花绿木之外，只有一张小小的摇椅，上面铺着织花的线毯，树荫花枝在上面投下影子，轻摇着一个斑驳的午后梦回……且行且看，转过墙角，一座线条简洁的小舍，门前停着辆最新款的保时捷，车主正在为爱车掸灰……

这个独特的宛如世外桃源的社区，于二十世纪七十年代开始成形，一些富有的人看中了运河的水和旁边的土地，经过不断地翻修改造，依着屋主的心愿，各种不同风格的设计，形成了独具风情的住宅区。和威尼斯不同的是，这里的建筑也美丽，但小巧玲珑，精致别样；这里的运河也美丽，却是小桥流水，一弯几回转……他们都叫威尼斯，一座是大的繁华典雅的天堂，一片是小的淡泊宁静的世外桃源。

在艳阳下的小威尼斯，来往在水和桥和船之间，很难想象附近威尼斯海滩的热闹喧嚣，隔两个街区是两个世界，一边是红尘滚滚充满诱惑，一边是宁静淡泊可以致远。

但小威尼斯又不完全是宁静致远的地方，那辆最新款式的保时捷，便可在尘世与桃源中驶出一条此岸彼岸路。闹中取静，以桃源避嚣，又随时可入尘世享受，常常是富有的人的选择和专利。当然，若心中有静，红尘便也是桃源，那也是一种富有，只是这个世界上，这种境界的富有，是极难的。安贫乐道是一种境界，需要修行，更多的时候，只是一种无奈，这却也符合人性。

离去时，彤红的夕阳西斜了，晚霞一片一片飘下来，那水那桥那船仿佛披上一层金红的薄纱。突然想起不久前路过拉斯维加斯的威尼斯人酒店，那里也有一湾静水几条小船，一片蓝天几朵白云，却也驶不出熙攘红尘。除非心中有静，大大小小的威尼斯皆不能免俗。

写于 2014 年夏

冰川的诱惑

阿拉斯加是世界上最大的一块飞地，隔着加拿大，北濒北冰洋，气候寒冷，雪山冰川绵延起伏。到阿拉斯加旅行，没有不看冰川的。这次看了三处冰川，基奈湾的 Aialik 冰川，惠提尔附近的威廉王子峡湾，以及丹纳利国家公园的丹纳利冰川。比较闻名的还有北美第一高峰麦金利雪山，因为时间关系，只是在远处眺望瞻仰。

从前是看过冰川的，若干年前一个夏日，曾经在瑞士富尔卡山口观看罗纳冰川，那时对冰川，更多的是一种好奇，在一路上来的浓绿中，看着带灰色调的一段罗纳冰川，略略有点失望，觉得缺少一种色彩和力量的震撼力量，印象深刻的只是在附近山沟里捡了块小冰雪时偶遇一场短暂的小雪。

阿拉斯加的冰川完全不同，阿拉斯加的冰川壮丽宏大，有一种横空出世震撼心灵的力量。Aialik 冰川是第一个惊诧，那天下着小雨，轮船缓缓靠近 Aialik 冰川时，发动机和人们都安静下来，在雨后的空旷中凝视 Aialik 冰川，那些刀锋般的峭壁，那些起伏的冰坡，还有经过千百年挤压滑出的浮冰，静谧中忽听“轰隆”一声巨响，一块巨大的冰块崩塌下来，剥离处露出令人心醉的蓝色，衬着灰色的天空和白色的冰川，一种时间和历史的沉重感油然而生。

威廉王子峡湾则是另一番风景，峡湾宛转伸进内陆，天气晴好时更像一个风景秀丽的大湖，湛蓝的天空，雪白的冰川，时时可见快乐嬉戏着的小海獭和大鲸，恍如身处世外桃源，时而有一片片云雾飘过，更增添几分仙境的意味。威廉王子峡湾冰川众多，名字也很有趣，学院峡湾以美国大学哈佛耶鲁命名，最吸引人的则是在 Harriman 峡湾的 Surprise 冰川，在那里停伫眺望，天是蓝的，云是白的，冰川是白里透蓝的，那种色彩的组合，不仅令人感到惊喜，而且感受到了一种来自天地间的无边的安宁。突然想起纳木错和念青唐古拉，像他们一样，威廉王子峡湾既壮丽又柔美，一番视觉的缠绵，心灵仿佛变得像冰川一样纯净，像海水一样清澈透明。

在远距离观赏过冰川之后，乘小飞机亲身接触千年冰雪积压成的大冰川，是一种无法抵御的诱惑。在阿拉斯加乘飞机登上冰川，“是地球上独一无二的体验”，“是人生难以再有的体验”，这是本地旅游公司关于乘飞机登冰川的广告语。

乘坐小飞机对我来说是要克服恐高困难的，若干年前在德国时，有一次赴爱森纳赫访友，一见面朋友就说要给一个惊喜的礼物，后来才知道这个惊喜的礼物就是乘坐底部嵌着玻璃的小飞机游览。当时就呆住了。不好意思拂朋友的好意，硬着头皮上去，结果绝大部分时间是在远眺而不是俯瞰，那次外在的表现是礼貌得体的，内在压抑着害怕导致动作僵硬，后来成为我被取笑的经典段子之一。

终究难以抵御冰川的诱惑，广告语表达的魅力也是诱惑之一。最后决定乘直升机上丹纳利大冰川。丹纳利公园色彩斑斓的秋景令人难忘，但最难忘的却是飞机每一次接近冰川，飞进冰谷，尤其是在飞机转弯的时候，冰川雪峰无言地迎面而来，又转身远去时突然产生的那种震撼和莫名的不舍的感觉。

在慢慢散去的螺旋桨搅起的漫天雪雾中，终于能够脚踏在冰川上，那种置身于几近无人的冰雪世界，会有恍如身处奇妙的远古冰河世纪的感觉，红尘仿佛在遥远的另一星球上。忽然明白了为什么很多人喜欢攀登雪山冰峰，除了冒险精神以外，千万年的冰雪世界无疑会给人很多尘世无法获得和言说的顿悟。

面对千年冰雪世界，你会敬畏、膜拜，也会倾心、迷醉；你会因它宏大而觉得人很渺小，又会因脚踏在它的一部分而感到人具有的力量；在冰雪世界里，红尘变成一种奇妙的感觉，是那样遥远，又会因为身边的直升机而伸手可及。离开时，在冰川的裂缝融化的很小很小的小溪里喝了几口千年冰水，奇怪的是水并没有想象的那样冰凉，而是入口清冽甘甜，顿时令人头脑清爽，心中充满了难以表达的欢愉……

这就是冰川的诱惑。

写于 2014 年秋

惠提尔小城故事

阿拉斯加有个名叫惠提尔（Whittier）的小镇，常住人口不到200人，是个毗邻著名风景胜地威廉王子峡湾的夏季旅游点，也是个一到冬季就几乎与世隔绝的小镇，又曾经是美军二战和冷战时期的军事基地，还是一些逃避过去和现实的人们的避嚣之处。

要到达惠提尔，过去只有夏季的水路和一条铁路和外界交通，在很长的时间里，火车一周只开一班。后来因旅游业发展，新修了一条公路，但在通过大山的时候，还是和铁路合一个隧道，而且是单线，就是说，来往不同方向的车辆在工作人员指挥下，避开火车行驶的时刻，轮流使用火车隧道进出惠提尔。

惠提尔是计划要访问的小镇，可巧的是预订的坐游轮游览威廉王子峡湾，也在惠提尔登船，始料未及的是这座被很多人视为躲避尘世喧嚣的小镇，还是夏季的旅游景点。到达的那个早上，一出隧道，迎面而来的是翻滚的浓雾，据说这里一年有80天有雾，怪不得美军会选择这里做军事基地。惠提尔曾经是美军最北最偏远的驻地所在。二战时，日军曾占领了阿拉斯加的若干小岛，据说为安全起见，西沃德的军事基地便搬到了惠提尔，惠提尔小镇三面环山，山高雾多，可以说是有利防御的天然屏障。

阿拉斯加气候寒冷，漫长的冬季，给驻军士兵带来很多不便和烦恼，于是军方在惠提尔修建了两座大楼，将所有的设施包括公寓、电影院、酒吧、商店、保龄球馆等等都放在里面，寒冬来临时，不需要出门，在大楼里就可以安然地生活。这个创意被沿用下来。再后来，在一个获奖的女摄影师的镜头里出现，被称之为“一个屋檐下的城市”。

冷战时，惠提尔是美军一个指挥中心所在地，直到现在，还有一个博物馆供人参观。里面有许多二战时期和冷战时期美军和日军，和前苏联军打交道的照片和实物。参观博物馆的那几天，恰逢中美军机在南海上空相遇，中国军机起飞拦截美军侦察机，并做了一些漂亮的被美方认为是挑衅的动作。而在博物馆看到的一张冷战时期驻阿拉斯加美军空军战机起飞拦截前苏联 TU-95 远程轰炸机的照片，不能不令人感到历史常常惊人的相似，按白宫发言人蒲萨吉的话说就是，前苏联军机正“公开透明地”侦察美军防务，而美军战机则“不专业地”起飞拦截。

时间慢慢流过历史长河，冷战结束后，美军撤走了指挥中心和驻军，小镇被赋予另外的色彩。在小镇上流连，浓雾慢慢退去，小镇一点一点显露出来，那座被废弃的美军军营大楼显出衰败和颓唐，更衬托出另一幢新装修的大楼明亮色彩的活力。夏季到来的时候，毗邻的风景秀丽的威廉王子峡湾引来的许多游客，游艇帆船挤满了船坞，来来往往登船下船的游客，使得惠提尔更像一座旅游小镇。

然而，惠提尔的另类特色却是孤独者的避嚣之处。冬季，惠提尔几乎与世隔绝。与世隔绝的冰雪世界又含有的现代意味，使它具有独一无二的气质。一些想摆脱过去生活影子的人，一些喜欢与孤独相处的人，选择了惠提尔。一位女摄影师，用她的镜头记录了这个“一个屋檐下的城市”，和那些逃离城市红尘喧嚣的孤独者，并以此获得了美国杜克大学的一项纪实摄影大奖。

每个人的故事都不一样，一样的是心灵的孤独。不知道哪一位哲学家说过，孤独是人性的一种本质存在。我一直认为寂寞和孤独是不一样的，寂寞是一种空虚，孤独则是一种饱满。寂寞往往令人痛苦，孤独则未必，能够坚守心灵一片天地的孤独，往往能令人思考和享受思考过的安宁，或是流淌或是喷发，至少是能保持一种隔绝喧嚣的安宁。

离开时，穿过大山的隧道，黄昏的惠提尔渐渐远去渐渐消失，旅行的种种新鲜一层一层地漫过来漫过去，无暇多想。只有回到洛杉矶，坐在电脑前，望着屋外满眼充满生机的翠绿，才又想起阿拉斯加。冬天快到了，冬天的惠提尔，环绕着的是亘古的冰川大山和深海，也许，这种冰天雪地的坚硬的隔绝，这种没有外界生机和喧嚣的隔绝，才能使心灵真正安静下来，享受人类与生俱来的孤独。

写于 2014 年秋

灵魂的休憩

在西方人到达阿拉斯加之前，阿拉斯加是冰雪的世界，土著的世界。阿拉斯加土著，一般为人所知的是爱斯基摩人。有一种说法，“爱斯基摩人”是当地印第安人对他们的蔑称，意为“吃生肉的人”，因此爱斯基摩人并不愿意接受这种称呼，他们自称为因纽特人，但惯性使外界的人们还是沿用爱斯基摩人这种称呼。

阿拉斯加另一土著是印第安人，阿萨巴斯卡人就是印第安人的一支。在离安克雷奇不远的地方，有一个小小的村落叫作艾克路特纳，一小群阿萨巴斯卡人和俄罗斯后裔居住在这里。艾克路特纳有个小小的历史公园，吸引人的是一座小小的东正教堂——尼古拉斯教堂，最吸引人的，却是一片色彩缤纷的墓地。墓地不大，兼具阿萨巴斯卡和俄国东正教的传统，每个坟墓上，修建有一座带有屋檐的棺材般大小的小屋，喷着色彩明亮的漆，这些小屋被称为灵魂小屋，是阿萨巴斯卡人为逝者灵魂提供依托和休憩之处。也有些坟墓上立着十字架，那是最早来到此地的东正教传教士及其后人留在他乡的灵魂。走过世界上好多地方，还是第一次看到这样的灵魂休憩处，独具一格且令人心中产生隐隐的悸动。

灵魂和灵魂是不一样的，阿萨巴斯卡人为逝者的灵魂修筑小屋，祈愿灵魂得到安息。爱斯基摩人则认为人的灵魂并不需要一个固定的依托之处，而是到处漂泊，直到找到下一个生命为止。这种转世的观念颇有点像佛教的转世，不同的是爱斯基摩人认为人的转世还是为人，所以他们活着，从不担心转世的事情。冰雪将他们与世隔绝，也凝铸他们的自信，相信灵魂能世世代代在冰雪世界中轮回。

想起卫斯理的小说《两生》，写一个杰出的科学家宝德教授，发明了当时先进的治疗黄热病的方法。教授在雅加达动乱中被杀之前，告诉朋友他的灵魂会带着所有研究成果转世，请朋友再过 20 年去寻找他。朋友苦等 20 多年，始终没有发现有才华横溢的科学家转世的痕迹，于是开始四处寻找，最终在巴布新几内亚穴居人部落发现教授转世的土著。教授的灵魂在漂泊中，也许遇到一阵强风，也许遇到一团迷雾，阴差阳错地飘到了巴布亚新几内亚的穴居部落。当朋友历尽千辛找到宝德教授时，转世的宝德教授在穴居部落生长 30 多年，当年横溢的才华已经被原始而粗钝的时间磨殆于尽，完全无法回到文明世界了。

卫斯理笔下的宝德教授的故事固然令人悲哀，但他笔下灵魂转世毕竟还是人类。佛教则不同，无论汉传还是藏传佛教，灵魂转世的下一个生命，可能是人，也可能是动物，甚至可以是鬼神。灵魂转世的结果如何，在于此生的业。民间常说这辈子要积德，要修行，不能干坏事，否则来世必然会投胎为动物，吃尽苦头云云。其实投胎为人未必幸运，宝德教授就是一个例证。

我是相信有灵魂的，所谓身心纯净的时候就是最接近灵魂的状态，所谓心神混沌的时候就是最远离灵魂的状态。从前我不认为灵魂会留在坟墓里，灵魂是自由自在漂泊着的。我也相信灵魂的下一世投胎只是人，然而卫斯理笔下宝德教授的遭遇曾使我惊心动魄了很长一段时间……

站在小小的艾克路特纳历史公园，凝视着那些色彩缤纷的灵魂小屋，仿佛看到那些透明的灵魂在安详地休憩。我想，如果，如果灵魂在自由漂泊的时候可能迷失方向，可能像宝德教授那样转世到巴布亚新几内亚的穴居部落，那么，我还是愿意不做长途跋涉四处飘流，留下来和灵魂好友们欣赏生前居住地的风光，累了就回到灵魂小屋休憩。转世后的灵魂仍然能和上世的家人亲友一起再度美好光阴，世代如此，岂不美哉。

阿萨巴斯卡人是有智慧的，可惜，人性中更多的是希望有无限扩展的自由，和对未知世界的冒险精神。阿萨巴斯卡人关于灵魂的智慧，只能静止在天高地远冰天雪地的阿拉斯加的一块小小的土地上。

写于2014年秋

猫市长和奶油花

塔基纳（Talkeena）对每一个来阿拉斯加旅行探险的人，几乎是耳熟能详。一年四季，喜爱登雪山、漂流、钓鱼，坐狗拉雪橇和寻找淘金遗址以及看极光的人们，都涌到塔基纳，仅是观光的游客，也可以在塔基纳乘坐小飞机游览北美最高峰麦金利雪山，登冰川，或优哉游哉地在那些布满艺术品和疑似艺术品的小店里闲逛一番。

然而塔基纳给我留下的是别样的感受。

到塔基纳其实只是路过，但特意拐进去。那天下着淅淅沥沥的小雨，村镇里唯一的街道同时也是公路，在雨中看上去既不干净也不整齐，与想象中古朴的小村镇颇有距离。一转身，塔基纳标志性的红色木建筑 Nagley's 杂货店就在眼前，Nagley's 杂货店建于上世纪初淘金热的时代，1921 年的建筑，在那些历史悠久的国家来说可能不算什么，但是在美国，就是古董级别的了。

小店小而简陋拥挤，楼下是杂货架和卖咖啡冰淇淋的柜台，从楼梯扶手开始一直到楼上，甚至楼上的天花板，都布满了各种动物的皮毛，并且标明是非卖品。踏着吱吱作响的楼梯，一边看着那些皮毛，一边慢慢走上楼。那些皮毛蒙着细微的灰尘，看上去有相当的历史，有熊皮、驯鹿皮、狐狸皮、海獭皮，甚至还有猞猁皮。每张毛皮应该都有一个故事：寂静的山林，波涛汹涌的大海，奔跑，陷阱，飞标，枪声，血花四溅，殊死的搏斗……想象中的一个个场景在脑海里快速闪过。那都是很久以前的事情了，在严酷的自然环境下，人类为了生存留下的印记。

Nagley's杂货店有很多故事，其中最有趣的，是那只被称为荣誉“市长”的名叫Stubbs的猫。Stubbs的名气甚至传播到中国，曾经在新浪微博上见有人提及这只猫，以塔基纳仅是一只猫做市长都可以运转自如，以说明制度的重要。作者本意是好的，只恰巧那论据不是事实。塔基纳并不是中国人说的城市那个意义上的“市”，甚至也不是美国人说城市的City，塔基纳是个Boroug，是个有运转良好的“社区自治委员会”的自治村镇。2010年人口普查仅有876人。美国公共广播电台（NPR）2012年有个节目，专门澄清猫咪Stubbs不是由“注册候选人”被民众选为“市长”，因为，塔基纳根本就没有“市长”选举，“荣誉市长”只不过是美国人幽默感的一种表现方式。

Stubbs因“荣誉市长”成名，但成名有时候真的不一定是好事情，2013年的一天，“荣誉市长”Stubbs在街上闲逛，当然也可能是在视察的时候，遭到一条来历不明大狗的“恐怖袭击”，可怜的Stubbs肋骨折断，胸腔被刺穿，不得不被送到兽医处抢救，一个月以后才回到Nagley's杂货店楼上的窝里，躺在陈旧的雪橇上那堆每一张都有故事的毛皮里养伤。那条攻击“市长”的恐怖分子狗，自知罪行严重，行凶后立刻逃之夭夭，至今下落不明。

在楼上楼下张望了一下，没看见荣誉市长猫，不知上哪溜达去了。外面的雨还没停，微微感到一些寒意，便要了一杯咖啡，柜台里一个满脸胡须的汉子，问我是否要加奶油，见我点了点头，便转身操作。在听到捣磨咖啡粉和杯罐的叮当声后，我意外发现满脸胡须的汉子正在手工萃取咖啡，不由微微感叹，没想到在阿拉斯加塔基纳这样遥远偏僻的山里，能喝到手工萃取的香浓咖啡。

咖啡端上来的时候，那位留着大胡子的粗犷汉子，特地在纸杯口挤了个小小而精致、还带着少许桂皮粉的奶油花，令我感到几分意外又几分惊喜，急忙连声道谢！在一幢百年小杂货店里，在历史的毛皮和现代的杂货包围中，一位粗犷的汉子，在一个外乡游客的咖啡杯盖上，挤了一朵美丽的小奶油花，这朵小奶油花使得这座古老而陈旧而拥挤的小杂货店充满了温暖和友爱。这位粗犷的大胡子汉子无疑是细心且热爱生活的人，这种对生活的热爱，通过一朵小小奶油花传递出来的美好，至今仍然使我感动。

路过塔基纳，没有参加任何流行或时尚的运动或活动，只是参观小小的 Nagley's 杂货老店，喝了一杯香浓咖啡，留下的是对塔基纳和塔基纳人的美好印象。旅行其实就是这样：用脚走过世界，用心感受世界，体味种种心境的变化和丰富的感受，和自己的心灵对话，我想，这才是旅行的真正意义所在。

写于 2014 年秋

鲜艳宁静的塔希提

塔希提（Tahiti，又名大溪地），浩瀚的南太平洋上一串美丽珍珠，波拉波拉岛（Bora Bora）是其中之一。它以超凡脱俗的美，被誉为离天堂最近的地方。

最初知道它是因为高更的画，第一次看到高更的原作是在巴黎的奥赛博物馆，喜欢高更几乎所有关于塔希提的画，那种大块明亮的色块，平涂的线条，透出一种原始古朴的野性，一种纯粹的自然的美。那时候就憧憬着有一天能踏上烟波浩渺的南太平洋上的这个美丽的小岛。

终于踏上塔希提，却没有期待中的激动，仿佛一切都自然而然地发生，自然而然地来到波拉波拉，自然而然地放下行装，放下旅途的疲劳，在水上屋上望着波拉波拉岛上的神秘而尖峭的火山锥。传说史上大洪水之后，最先露出的就是这块陆地，波拉波拉和波拉波拉的奥特马努山和山上的这座火山锥。

波拉波拉岛的奥特马努山是座死火山，现在海拔 756 米，据说在最后一次火山喷发前，它曾经海拔 5400 米。凝一下神，想象在那场滔滔大洪水淹没整个世界后，当方舟上的人们看见乌黑尖峭的奥特马努峰渐渐露出苍白的水面时，会是如何喜极而泣！无论海洋如何孕育初始的生命，人类终究还是要回到陆地，脚踩实了，心才会安定，大地才是真正的母亲。

远远地，天边一片迷蒙在迅速扩大，下雨了，圣诞假期正是塔希提的雨季。坐在阳台上看雨云斜斜袭来，火山锥云雾缭绕，渐渐消失在视野中。密密麻麻的雨珠打在水面上，打在木阳台上去，打在茅草顶上，天地一片白茫茫，万籁俱寂，唯有雨声……

下午茶时光，酒店送来鲜花、香槟和各种颜色的马卡龙。在雨后湿漉漉的阳台上，穿一袭蓝底白鸡蛋花的长裙，斟一杯淡黄的香槟，捡一块鲜红的马卡龙，想起刚来的路上有很多美丽的扶桑花，想起高更的画里鲜艳的色彩。

换上泳衣，下一转木制螺旋楼梯，就可以从水上屋跃入碧澄的水中。戴上浮潜镜的感觉是美妙的，你可以当自己也是一条鱼，追逐一群群美丽的珊瑚鱼，在水里尽情嬉戏。庄子语：子非鱼，安知鱼之乐。想他老人家一定不会游泳，所以不明白知鱼之乐其实不是一件难事，尤其在塔希提这样接近天堂的悠远美丽所在。

游过泳，便去划独木舟。在海上荡舟游泳最是惬意，海浪被挡在珊瑚礁外，礁内海水清澈无比，随着深浅变幻着浅蓝色、浅绿色、浅蓝绿色、浅绿蓝色。鲜黄色的独木舟划过一层浅蓝荡过一层浅绿蓝，不变的是宁静而快乐的心情。

交回独木舟，在沙滩上闲逛，忽遇一只浅紫褐色的螃蟹，见我蹲下来拍照，立刻停止横行，举着大钳子气势汹汹地直冲过来，从它一大一小的钳子可看出，这是一只曾经历过生死搏斗的螃蟹，在这美丽如天堂的世界里。

看到一张球网横在沙滩上，心念一动，借了一个排球，路过的游客看见了，要求加入，凑了六个人开打，刚弯下腰半蹲摆好姿势，学生时代的记忆便像海水一样涌了上来……不知道多久没有摸排球了，没垫几下球就觉得手臂开始红起来了，传球也不到位，不过大家都差不多，打了个好球，互相击掌，打坏了，嘻嘻哈哈也很开心。

玩了半天渴了，点了个绿色的大椰子水喝，在水边吊床上打个盹，朦朦胧胧地听椰树在风中沙沙作响，空气中飘来若有若无的栀子花香气息……“诺阿诺阿”，当年高更寻找一个能包裹内心孤独的世外桃源，一种追求原始和梦幻的艺术热情。今天的我，寻找一片海水般透明的宁静……吊床在风中微微摇晃着，此时心已澄净，无尘可染可拂。

写于 2014 年

塔希提妇女和"马乎"

没到塔希提时，以为塔希提人和夏威夷人是同一个种族，实际上有所不同，虽然都是蒙古人种和澳大利亚人的混血，但据说塔希提人血统里是南蒙古人种。不过我分辨不出来，觉得总体上差不多，尤其是当那些女性跳起草裙舞的时候。

觉得有区别还是因高更的缘故，高更的"塔希提妇女"画作里淳朴的塔希提妇女和那些带着热烈阳光的色块，使得塔希提妇女已经成自然、原始、淳朴、美丽的桃花源里妇女的象征。

那天去用餐，在餐厅门口看见一位发栀子花 Tiare 的女孩，用现代人的眼光看，女孩未必是漂亮的，但这女孩身上焕发出来的气息，只能令人想起美丽。我问可不可以拍一张照，她一笑，那种眼神，仿佛不经意间从高更画作上塔希提妇女的眼中流转过来，一种浑然天成的璞玉般的质朴。

在岛上常常可以看到这种少女，高更笔下塔希提妇女的后代，令人感慨的是一百多年时光流去，岛上的许多少女淳朴依旧。当然还不只是少女，刚上酒店所在的小岛时，码头有一个小小的欢迎节目，几个男人在弹唱伴奏，一位胖胖的妇女，穿一件大花长裙，在音乐中缓慢地起舞，一下子就吸引了我。她把没有曲线的身材舞得曲线柔婉流畅，一双手只是轻轻地在面前上下滑动，划出一道道圆弧，在音乐中，她的眼神也是那样淳朴清澈，略带一点迷离，带着身姿和手臂，舞出一种超凡离俗的韵味，令人着迷。

那天在沙滩上晒太阳，正觉得口渴，远远看见一位侍女拿着托盘和菜单姗姗走来，心想真是来得巧。侍女走近前来，刚一开口我就愣住了，那完全是男人的声音，定睛一看，侍者身材窈窕，脑后绾了个髻子，髻子边上戴着一朵鲜艳的大红扶桑花，脸上化着细致的妆，眉眼间是女性的妩媚，举止温柔。不好意思仔细打量，还是发现了，她 / 他的胸脯是平的。

点完饮料，望着她 / 他风摆杨柳般地离去，突然想起来，该不会是易性人吧！后来才知道，岛上这一类人被称为“马乎”（Mahu），这些男性在形体、语气、装扮甚至神态上都酷似女人，有的甚至比女人更有女人味。

十八世纪，当欧洲探险家第一次来到南太平洋群岛的塔希提岛时，就发现这个特殊的人群。这些男性从小自认为是女性，穿女装，留长发，模仿女性的举止和说话腔调，并接受男性的追求，但从来不和女性交媾。而当地人认为“马乎”是天然自生的，不当他们是同性恋，也不会歧视他们。

据说这也是高更喜欢塔希提的原因之一，高更的画作《希瓦欧阿岛巫师》里的巫师郝普阿尼，长发戴花，据说就是“马乎”的形象。有趣的是高更的朋友曾经告诉高更，本地人根据他的长发和头上戴的莫希干人的小帽子，也有在暗地里把高更当作一个“马乎”。

想起前不久有一位著名的社会学家，因为性伴侣的曝光引起激烈的讨论，其实该伴侣就是易性者，和“马乎”（Mahu）一样，只不过性别刚好相反。易性者被认为是在心理和社会身份对性别的自我认同，有学者认为属于性别身份识别障碍，加州议会通过一项被称为男女同厕的法案引起轩然大波，也是与易性者有关。

在酒店度假的时候，见过三四个“马乎”，他们都从事女性侍者的工作，他们生活在自己认定的性别里，待人大方态度可亲。不知道他们如何如厕，想必要按照生理上的性别，大家想必也熟视无睹。

在文明世界，例如欧美或中国，无论是对同性恋还是异性恋，接受的程度往往被认为是社会是否进步的象征，可是在塔希提，曾被认为是远离文明的地方，人们早已接受 Mahu 这样的易性者。在当下，易性者这样公开从容不受非议地生活在社会中，据我所知，只有在塔希提。

什么才是文明的进步？

写于 2014 年

离天堂最近的地方

塔希提主岛名叫帕皮提，要去波拉波拉岛，必须经由帕皮提转机。回程的时候，特意去帕皮提住一天，为的是看高更博物馆。

谁知高更博物馆不开门，据说是修葺，已经修葺好几个月了，尚不知道什么时候可以修好。在这个慢节奏的地方，这是很容易理解的。旅行社说，可以带我们去博物馆，但只能看个外貌。外貌就算了，留一个念想吧，再说了，塔希提这个地方，来一次是不够的。

高更博物馆看不成，就去看集市。集市也是我在旅行中喜欢看的，在集市里可以看到本地的各种食材、民间工艺品等，还可以看到本地的各色人等。

去得晚了，集市里主要是卖花卖水果和小工艺品的摊子，各种鲜艳的花朵和水果琳琅满目，更鲜艳的是当地人的衣着，一位穿着大红抹胸裙子的摊主，大大方方地摆 Pose 让我拍照，被太阳晒成蜜色的皮肤，非常令人羡慕；穿大花裤衩的男人，悠闲地摇着芭蕉扇，一副不在乎生意的好坏的神情；卖小首饰的老太太，打扮得花团锦簇，浅蓝色的大花长裙，头上戴着各色花朵穿成的花环，一边穿珠串，一边轻声地招徕顾客……

想起前天乘船到外海看鲨鱼和魔鬼鱼，船主是夫妇，女的烫着蓬松的头发，高高地扎在脑后，穿一套雪白的比基尼，负责开船和统管一切，男的精瘦，穿一件橙色的传统吊裆裤，负责照顾客人并表演节目。女主人时不时抽着烟，大声说笑，随着音乐扭摆唱歌，看上去非常快乐。

船上还有两个十来岁的男孩，据女主人说是她的侄儿，上船做学徒。两个男孩一个是本地人模样，另一个一看就是混血儿，那种本地人和白种人的混血儿。本地男孩心灵手巧，不仅干活得力，唱起歌打起鼓也是好手。混血男孩长相清秀端正，留着齐脖的金色长发，从发根可以看出是染的。和本地男孩不同，混血男孩显得羸弱一些，脸上时时带着几分忧郁，无论干活、唱歌打鼓都不如本地男孩。

船刚到目的地，大家纷纷戴上潜水镜下水，混血男孩一个猛子扎下水，起来却满脸是血，原来是鼻子磕到石头了，幸好伤不重。女船主用本地话大声斥责，混血男孩沮丧地低头不语，接下来的时间，不是蒙头大睡，就是抱着船柱望着远方发呆。男女主人都不理睬他，或者说没时间理睬他。

阳光明晃晃地照耀着，珊瑚礁外海天一色，蓝色的海浪打在船舷上，溅起一朵朵白色的浪花，一群群魔鬼鱼和鲨鱼在食物的引诱下，交替地在游客中间游来游去。这样的美景和快乐的嬉戏，一点没有打动混血儿，也许他早已熟视无睹了，也许对他来说，最重要的是怎样融入学徒的生活，怎样尽快学会挣钱。可怜他不过才十来岁。换一个地方，像他这样的孩子，还在上学，还会和妈妈撒娇。

快艇在疾驶，游客们在男主人和本地男孩的歌声鼓声中笑着，在大家的笑声中，混血男孩也露出笑容，仍是带有一丝忧郁，这是个不认命因而不快乐的男孩。

塔希提人的快乐，常常被形容为知足常乐，颇有中国老子的境界。老子曰："祸莫大于不知足，咎莫大于欲得，故知足之足，恒足矣。"塔希提人知足常乐的快乐是封闭的，若这封闭被打破，更多的欲望期望溢入，即使无祸无咎也不免不快乐。就像那混血儿男孩，有了别人没有的特质，生活仿佛打开一扇小窗，窗外是朦胧的远景，明知和现实有着难以逾越的距离，又总抱有一丝憧憬而产生悸动。对他而言，这种悸动带来的不快乐，能否成为改变生活境遇的动力，就要看个人造化了。

像塔希提这样被誉为离天堂最近的地方，桃源里的人们也要为衣食奔波，孩子们早早离开学校，学习技艺，以便将来能够养活自己和家庭。在塔希提，会看见很多灿烂快乐的笑容，如果细心一点，也会看到笑容后面的酸楚人生。

塔希提终究只是被誉为离天堂最近的地方，不是天堂。

写于2014年冬

后院传说

蜂鸟吉米的故事

吉米是我家第一只蜂鸟。自从春末夏初挂了两个糖水瓶，后院陆陆续续就来了很多蜂鸟，开始的时候，蜂鸟们争相吸食糖水，你来我往，上下飞舞，唧唧啾啾，一派热闹景象。但是很快，雄鸟之间就展开了一场激烈的争夺战，吉米就是凭借勇力，力挫群雄，成功宣示了对糖水瓶的主权，成了一方霸主。

最初，吉米把两个糖水瓶都占为己有，只要有其他蜂鸟靠近，吉米都很凶狠地把它们赶走。后来，吉米对相距 5 米的另一个糖水瓶有了点力不从心的感觉，把吃到糖水都变成驱赶别人的能量消耗，太不合算了。于是吉米很明智地放弃了另一个，每天早起晚归，兢兢业业地守着自己的糖水瓶，为了节省体力提高效率，还把守护的地点逐渐移到附近的凤尾棕榈上，继而进一步移到糖水瓶旁边的吊盆上。从此，吉米开始过着衣食无忧的幸福日子。

话说有恒产就有恒心，可是吉米自从有了恒产糖水瓶后，却渐渐地失去恒心了。

每天，从早到晚，吉米站在吊盆的横枝上，除了有时驱赶一下前来偷食抢食的蜂鸟，余下的时间，只有两件事，一件是整理身上的羽毛，过去天天忙着觅食，哪有这么多时间整理羽毛？现在，吉米身上的羽毛每一根都被精心整理过，因为食物充足，营养丰富，整齐的羽毛油光发亮，在阳光下闪耀着美丽的光芒，这是吉米最得意的事情，只可惜现在不是繁殖季节。

另一件是眺望风景，这是很赏心悦目的事情，极目远眺，极远处山峦连绵起伏，深蓝浅蓝灰蓝以致几近透明的淡蓝，层次分明渐渐融入天边。远处高速公路上的车流在阳光反射下闪闪烁烁，近处社区绿树掩映中，各种建筑错落有致，红瓦灰瓦夹杂其中，真是美不胜收。可是，吉米知道，人类有一种症状叫作“审美疲劳”，那意思吉米明白：就是说哪怕是琼瑶仙境，天天看，也就那么回事了。新鲜期一过，吉米就得了审美疲劳症。

这还不是严重的问题，严重的问题在于自由。吉米虽然不识字，但是去过的地方多，也听过人类念过一首诗，叫作生命啊，爱情啊，若为自由故，都是可以不要的，充分说明了自由的极端重要性。吉米想起了过去的自由自在的生活，那时候每天要忙着觅食，南加州气候温暖，一年四季都有鲜花开放，虽然辛苦，但是温饱还是没问题的。那时候，吉米在美丽的花丛中穿插飞舞，品尝各种花蜜，遭遇许多蜂鸟，有朋友也有敌人，虽然有时候还要躲避天敌，但那也是丰富多彩生活的一部分。

那时候吉米多么快乐啊！现在吉米虽然守着糖水瓶，衣食无忧，但是吉米没有了自由！从早到晚都得守在糖水瓶边，因为一旦离开，就可能永远失去了。吉米倒是不像人类那样为了自由可以把生命爱情置之不顾。吉米只是一只蜂鸟，没有那么高的情操，但是吉米也热爱自由。每天，吉米守着糖水瓶，一边怀念着自由自在的往日生活，一边苦苦思索着自由的问题，糖水瓶还是自由？ To be or not to be ?

渐渐地，吉米开始倦怠了，经常飞出去漫游，守在糖水瓶旁边的时间也越来越少，驱赶别的蜂鸟也不那么卖力了。随着时间的推移，在吉米的心里，蓝天白云鲜花绿草的呼唤声越来越强烈。终于，在一个阳光灿烂的早晨，糖水瓶旁再也看不到吉米的身影，吉米自由自在地飞走了……

吉米的离去，在糖水瓶旁留下了真空，引发了新的激烈的争夺战，这时候，鲍伯横空出世——这是后话。

2010 年写于洛杉矶

保守派蜂鸟鲍伯

话说吉米的离去，在糖水瓶旁留下了真空，引发了新的激烈的争夺战，这时候，鲍伯横空出世——

蜂鸟鲍伯出现在一个晴朗的夏日，当时蜂鸟们鏖战正酣，有的像F-22战机，箭一般地俯冲、爬升、盘旋、追击；有的像阿帕奇直升机，令人惊叹地在空中戛然而止，倒退，让追击的蜂鸟刹不住而扑空。十几只蜂鸟翅膀的破空声，身体相撞的砰砰声不绝于耳，速度之快，技巧之高超，令人叹为观止。鲍伯的出现让空中的集体鏖战立刻终止，鲍伯懂得占据有利地形，鲍伯懂得各个击破，鲍伯更快更准更凶更狠，鲍伯立在糖水瓶的架子上，目光炯炯、蓄势待发的样子令人想起了中国武林大侠致命一击之前的英姿，虽然鲍伯从来没去过中国。

就这样，鲍伯轻易地夺取了糖水瓶的主权，并且进行了完全地牢固地有效地控制。

大局已定，鲍伯过上了吉米曾经过的丰衣足食的生活。和吉米一样，解决了温饱问题，鲍伯也开始思考，和吉米不同的是，鲍伯的思考更为细致和务实。例如，鲍伯就不认同吉米的审美疲劳，鲍伯更注意细节。那高速公路上的车流，每一分钟都呈现不同的状态；错落有致的灰瓦红瓦，在晨曦和暮霭中各具特色，还有远处的山景，用中国诗人苏轼的诗句来形容，就是“晴方好”“雨亦奇”。细节决定一切，在鲍伯看来，吉米的审美疲劳就因为浮躁而忽视了细节。

鲍伯对自由也有自己的看法，因为在人类院落里穿行时间长了，鲍伯知道人类喜欢站队，自由派或者是保守派，民主党或者是共和党，最近还冒出一个“喝茶”的茶党。如果借用一下，在鲍伯看来，吉米就是自由派，喜欢无拘无束，充满浪漫幻想，说实在的，鲍伯对吉米的离去很不以为然，守着糖水瓶就没有自由？又没被关在笼子里。再说了，世界上本来就没有绝对的自由，再有漫游的自由，也不能飞到欧洲亚洲。冬天就要来临，没有糖水瓶，缺衣少食，就会丧失漫游的自由，不得不躲在一处亚冬眠，随时可能被自由自在的天敌吃掉！因此鲍伯自诩为保守派，守着保障实力的糖水瓶，享受自认为是足够的自由，绝不轻易改变现状。

和吉米动辄出击的方式不同，鲍伯在技巧方面灵活有效得多。对待来偷食的蜂鸟，有时候，鲍伯采用鸣叫的方式来警告，鲍伯是真正的美国蜂鸟，营养好，膀宽腰圆，中气十足，鸣叫声也足以吓走胆小的小蜂鸟；有时候，则以快速扇动翅膀的动作表明即将起飞，当这些都不奏效的时候，鲍伯就出手了，快稳准狠是鲍伯的撒手锏，很少有蜂鸟能够逃得过鲍伯的攻击，有时候，鲍伯能在快速的追击过程中狠狠地痛啄来犯的蜂鸟，令其他的蜂鸟望风而逃。

面对另一个糖水瓶经常出现十几只蜂鸟共享的和谐景象，鲍伯对此嗤之以鼻，在鲍伯看来，那是临时瓶主蜂鸟托尼和印地软弱无能的表现。鲍伯绝对不允许任何对主权的冒犯，有时候，连别的蜂鸟从糖水瓶旁边经过，鲍伯都毫不客气地驱赶。如果正逢风雨天，另一个糖水瓶糖水告馨，饥饿的蜂鸟们会冒死前来抢食，这时候的鲍伯，展现了钢铁般的捍卫主权的决心和行动，无论来多少蜂鸟，追打多久，鏖战过后，糖水瓶的主权始终牢牢地握在鲍伯的手中。

大好江山，引无数英雄竞折腰。一瓶糖水，令多少蜂鸟争起舞。强大的实力和务实的理念，使如今的鲍伯颇有超级蜂鸟的气概，高高地站在吊盆的树枝上，一览群鸟小。

2010年写于洛杉矶

峣峣者易折

蜂鸟鲍伯自打下江山，便打算悠然自得地享受美好生活。想想吧，每天天蒙蒙亮，鲍伯一睁开眼睛，就看见可爱的糖水瓶在不远处随着晨风微微晃动，生活有多美好？鲍伯知道人类有句俗话叫“早起的鸟儿有虫吃”，说的是鸟儿们为了生存，都得早早爬起来四处寻觅虫子果腹，起晚了，就得饿着肚子去找午饭，甚至午饭都可能没着落。蜂鸟虽然不吃虫子，但是起晚了，附近的花蜜也可能被早起的蜂鸟吃光。现在鲍伯占据的这个糖水瓶，简直就和传说里的聚宝盆一样，香甜的糖水源源不断而来，从此鲍伯真可算得是衣食无忧了。

人类有句话说的是“打江山容易，坐江山难”。鲍伯打江山打得气势磅礴，有勇有谋，力挫群雄，才成为一方霸主。坐江山呢？鲍伯遇到前来抢糖水喝的蜂鸟，总是毫不留情地警告、驱逐，常常是穷追猛打，越过草地，翻过山坡，双双消失在远处。可要是有蜂鸟以为鲍伯一时半会回不来而飞来偷吃，肯定是刚吃两口，鲍伯就威风凛凛地从天而降，偷吃的蜂鸟遭到新一轮追打，落荒而逃……

如此周而复始，虽然辛苦，鲍伯也没觉得坐江山有什么难的，没有糖水瓶的时候也要打架抢吃，只不过现在对手多了些而已，鲍伯年富力强，倒也乐此不疲。相反地，鲍伯还在不断地胜利中找到满足感，每当战斗告一段落，鲍伯都在糖水瓶旁的枝头上耀武扬威地叫唤几声，仿佛在高奏凯歌。

但后来发生的事情，就让鲍伯坐江山的难度，开始升高了。这里有糖水瓶的消息，经过蜂鸟们一传十,十传百，方圆几里的蜂鸟们都闻讯而来，尤其是傍晚时分，饿着肚子要睡觉的蜂鸟们，或者在阴雨天，找不到食物的蜂鸟们，都蜂拥而来抢糖水吃，最多的时候，糖水瓶周围的蜂鸟有十几至二十几只，远远望去，就像一群在蜂巢外面飞舞的蜜蜂，一群真正的“蜂鸟”。

每当这时候，鲍伯就会越战越勇，以一当十，但鲍伯虽勇，也不免寡不敌众，那十以外的蜂鸟，也还是可以抽猛子吃上几口，这时候鲍伯就不免气急败坏，用嘴啄，用脚蹬。有时候一两只很小的蜂鸟，脖子上的毛还没长全，被鲍伯啄着头，忍着痛也要吃一口，一副可怜见的样子，也没能使鲍伯心软下来。

鲍伯常在人类的院子里穿行，听到的俗话不少，但是有一句古话鲍伯肯定没听过，或者听过了也不能明白，那就是“峣峣者易折，皎皎者易污”。和其他的蜂鸟，例如时不时肯让别的蜂鸟浅尝糖水的另一糖水瓶主蜂鸟萨米相比，鲍伯就太过刚强了，把糖水瓶视为命根子，视为丝毫不能让步的主权。无刚无以自立，但是凡事过犹不及，过于刚强便如那峣峣者，就很容易折断。

这一天终于来了，鲍伯在狂追猛打的时候，不知道是遇到更强悍的对手，还是撞到哪里，上嘴尖竟断了一截。这长嘴是蜂鸟的命根子，蜂鸟要靠它才能在花心里吸蜜或吸糖水，嘴断了一截，还怎么能进食呢？大祸临头的鲍伯，不知道怎么办才好，围着自己的糖水瓶转来转去，开始还打起精神追打来喝糖水的蜂鸟，渐渐地，鲍伯开始力不从心了……

第二天早晨，鲍伯仍然守着糖水瓶，它蹲在树枝上，忧伤地看着前来狂喝糖水的蜂鸟们……糖水瓶仍然在晨风中微微晃动，里面的糖水在晨曦里轻轻地闪光。那鲍伯曾经视为霸主标志的糖水瓶，却再也不属于鲍伯；香甜的糖水，还有那些满山遍野鲜花里的花蜜，断嘴的鲍伯再也吃不到了。

下一天，树枝上空荡荡的……

2010 年写于洛杉矶

一只颠覆常识的兔子
——彼得兔的故事

有一段时间，经常听人说起常识这个词，有时候，看人在网上写文章或辩论，常识好像变成了真理，颠扑不破；又或是万金油，哪儿都能抹一下。

查《现代汉语词典》，关于常识的解释就是：普通的知识。

既是普通的知识，那就不一定是真理。认识问题，解决问题，有时候依据常识可以，有时候就肯定不够。而且，这普通的知识，也是会随着客观条件的变化而变化的，套句时髦的话，就是，常识也要与时俱进。

我家的彼得兔，就是一只颠覆常识的兔子。

彼得兔的名字源于我喜爱的英国作家碧翠克丝·波特（Beatrix Potter）的童话《彼得兔的故事》。那年到英格兰湖区旅行，还专门去波特故居寻访，可惜那天故居关门，只好在大门口发了一会儿呆，希望能看到彼得兔的后代在草地上蹦蹦跳跳。最后失望而归。

严格地说，彼得兔不是我养的，只是住在我家附近的一只野兔。之所以说是我家的，是因为彼得兔对我家的草地有超乎常识的热爱，和我们结下了不解之缘。

搬家不久，有事出门一个多月，回来时发现后院的草地秃了一大片，不光是秃了，上面还铺了一层干湿不等的兔子粪。这就是彼得兔干的好事。开始也不太在意，以为人回来了，兔子就会走了，草地慢慢补种就是了。谁知道彼得兔丝毫没有走的意思，眼见草地不断地秃下去，心里就开始嘀咕了。

终于，在一个月明星稀的深夜，我们在阳台上乘凉聊天，忽然看见彼得兔的身影，只见它在草地上施施然地溜达了一会儿，就开始大嚼起来。先生立刻弄出动静，彼得兔闻声飞一般地不见踪影了。

总算知道了彼得兔进来的方向。第二天到院子栏杆边一看，栏杆外面的灌木丛里居然被踩出了一条光溜溜的小路，那几天正在读越战的书，就管它叫“胡志明小道”。彼得兔每天经“胡志明小道”钻进来，在我家的草地上狠吃狠拉，吃到几乎露出草根，新鲜的排泄物把小草沤死了。

从此我们和彼得兔开始长达六个月的拉锯战。

我们买了一英尺半高的铁丝网，把栏杆下部围住。可是没几天，彼得兔就在栏杆底下打洞过来。我们把洞用木板堵上，再盖上土。下一天，彼得兔竟然在大白天越过一大块坡地，从另一个邻居家钻过来，在被我们堵上的洞址从里往外打了个洞。当时我简直不相信自己的眼睛，立刻拿相机拍下来。

其实兔子吃点草本来也没什么，要是彼得兔会认字也好，立个牌子，上面写着“爱护小草！请勿随地排泄！”，就让它吃点草算了。主要是彼得兔下手太狠，滥杀太多无辜小草，还把我变成拾粪工。我下定决心，非要把它赶走不可。

我和先生商量，在 Big5 店有看到卖气步枪、气冲锋枪，还带先进的红外瞄准镜，100 多美元一支，买一支来教训一下彼得兔如何？先生说恐怕不行，加州法律好像不许虐待动物的。那买些麻醉药撒在草地上怎么样？说着就仿佛看到彼得兔吃了几口草软瘫在草地上，被我揪着耳朵捉住了。先生听了就笑，美国这地方，你去哪里买麻醉药呢？再说，麻倒以后呢？先生问。也是，即使买得到药，麻倒以后也不知道怎么办，不许杀死不许吃，最后还得放回去。

好几次，我在大门外看见彼得兔的身影，有一次它还人立起来歪着头看我。彼得兔是不怕人的，《彼得兔的故事》里，彼得兔可怜的老爸被格雷古先生捉去做成馅饼，彼得兔尚且不怕，何况这里没有人会杀死兔子做馅饼。彼得兔或许会怕天上的鹰，这里的鹰会捉野兔，还有听说捉走小宠物狗的；或许会怕郊狼，这里有一种叫作 Coyote 的郊狼，月黑风高的时候，会听见郊狼和狗儿们抑扬顿挫地唱和。彼得兔怕鹰怕狼，就是不怕人。

就这样，没隔几天，彼得兔就突破封锁来大嚼几顿。无孔不入的彼得兔有时身轻如燕，会从邻居家的芦苇丛上爬过来；有时柔若无骨，很小的空间也能毫无困难地通过。我们呢，就跟在后面“亡草补牢”，把找出的漏洞一一补上。最后，所有的栏杆都围上铁丝网了，剩下的是靠近坡地的“悬崖”。先生说，这回彼得兔来不了了，除非它会攀岩。我也松了一口气，以为从此可以高枕无忧了。秋天也深了，栏杆外面的“胡志明小道”落满了黄叶，慢慢荒废了。

一个冬天的早晨，我出门前看了一眼草地，忽然发现昨天刚剪好的草地凹下去一块，心里顿时一沉，过去一看，果然，彼得兔又来了。

这一回无论如何找不到彼得兔进来的地方。最后，我怀疑彼得兔是从大门进来的，先生不相信，我说，铁门的缝虽然很小，但是彼得兔会“缩骨术”。《彼得兔的故事》里那一只彼得兔就是从大门底下“挤”（squeeze）进花园的。先生摇摇头不信，不相信是因为大门外就是车道，道旁都是草地，通常野生动物对危险都很警觉，随处就有东西吃，何必要进来冒险？

先生说的是常识，但是彼得兔早已不按常识行事了。我用面粉在铁门下撒了一条宽带，相信彼得兔会像它的前辈一样，从大门下挤进来。第二天早上，果然，面粉上有两行小小的脚印，彼得兔果然从门边上挤进来了！进来后，它还顺着面粉带来回走了两趟，我想象它得意洋洋的样子，又好气又好笑，拿起相机拍下那些可爱的小脚印。

就这样，彼得兔千方百计地钻进来谋杀小草，我们则紧随其后围追堵截。上个月，我们找到了一个管壁被兔毛擦得很干净的泄水管口，用花盆盖住。上个星期，我刚用一块石头压紧了一块挨着墙根松开的铁丝网。

谁说这不是一只颠覆常识的兔子？常识告诉我们，野兔是杂食动物。常识又告诉我们，野生动物有很高的警觉性，会尽量避免危险。彼得兔的周围到处都是绿草茵茵，灌木成丛，食物随手拈来，可是它偏偏要历尽险阻，锲而不舍地进到我家的后院里吃草。

最令我们百思不得其解的是，彼得兔吃的就是那一块草地，大约两米见方。有时候，我们想，这块草地大约是兔们的米其林餐厅，彼得兔是一只饕餮兔；有时候我们又想，说不定这片草有长生不老的功效，彼得兔有特异功能发现了……我们要不要也尝一尝……

总之，常识无法解释彼得兔的行为。其实，关于动物，常识已经远远不够了。那天看电视，看到美国某一个码头，一只长嘴的鸟，居然会叼面包扔到水里喂鱼，然后捕食吃面包的鱼。我在瑞士的时候，还看见一只小蜂，在我的餐盘上，把火腿肉推成一个小圆球抓着飞走。这类事情，如果不是亲眼看见或经历，是很难令人相信的。

所以，常识往往需要与时俱进。死抱住过去的常识，只能影响我们开阔眼界，开拓思维。

六个月来，彼得兔成了我们生活的一部分，每天早晨出门前，我都会去看看那块草地。平静了一段时间，我就会说，彼得兔好久不来了。

彼得兔还会来的。下一次，也许在某一个早上，阳光灿烂中，彼得兔一身攀岩装备，靠在“悬崖”边支着门牙对我笑。也许在某一个傍晚，草坪中央忽然露出一个洞，彼得兔头上顶着一块草皮，探出半个身子，大声叫道：“Hi，我在这里呢！”

2010 年写于洛杉矶

仙草

彼得兔是我给它起的名字，其实它的学名是 Cottontail，也称北美白尾灰兔，意即尾巴像一团白棉花，身上是带灰色调的浅棕色，脖子上有一块暗橙红的颜色。这里犹如动物的天堂，社区里到处都有彼得兔的身影。彼得兔不怎么怕人，在一定的距离外，人和汽车都不影响它们觅食和玩耍。如果人靠近一定的距离，彼得兔就会竖起耳朵，一动不动，假装自己是一块石头，一旦距离太近了，“石头”就会警觉起来，一团小棉花球一晃，就消失了。

这种兔子在北美广泛存在，虽然看上去蛮可爱，但无论乡下的农夫们和城里房主，都不喜欢它们，它们吃掉农夫们的庄稼，破坏后院草坪，破坏力既大，繁殖能力又强。不知乡下农夫们采用什么办法，城里的房主们都是在栏杆下部围上铁丝网。但这样也往往不能奏效，我家的彼得兔，就千方百计地要进后院来吃草。

说千方百计一点不为过，整个后院栏杆下部都用铁丝网围得严严实实的，于是彼得兔往土里打洞，从芦苇丛上翻越，往铁门下的缝隙挤进来，破坏铁丝网接头处……后院东边和邻居家相邻的一排小矮石墙足有 65 厘米高，也成彼得兔施展身手的地方，曾经看见一只彼得兔，身形一矮就到了矮墙上，倏忽之间便不知去向，仿佛中国武侠小说里的轻功高手。后来只好把矮石墙上的栏杆也围上铁丝网。碰到园艺专家吉姆，描述了一番彼得兔的身手，吉姆见怪不怪，一笑说，“它们差不多会飞！”

一天晚饭的时候，突然发现栏杆那边黄玫瑰下面冒出两只长长的小耳朵，仔细一看原来是一只小彼得兔，不知怎么跑进后院来了。立刻追出去，小彼得闪电般地东突西撞，最后逃之夭夭。一检查，原来小彼得兔从邻居家“推开”石墙和栏杆接头处的铁丝网，溜进来吃草。

这是最令人困惑的，外面到处是草地，邻居家也有草地，彼得兔为什么偏要设法进来吃草？进来后，又总是吃同一块草？都说兔子不吃窝边草，是不是因为彼得兔住在邻居家，所以要来吃窝这边的草。可是对面邻居家门前的一片冬青树里，也住着一窝彼得兔，三天两头都看见它们出来吃窝边草，有一次还看见邻居山姆大叔用捕笼逮到了一只活蹦乱跳的小彼得兔，放到后山去了。

也曾试过用捕笼，里面共计放过苹果两块，梨两块，胡萝卜若干，白菜叶若干，甚至还试过香脆饼干。但是每一次的结果，都是里面的美味不见踪影，而笼门还高高地挂在那里，想象着彼得兔叼着美味，气定神闲施施然全身而退的样子，不由得气哼哼。

春去秋来，算起来彼得兔也繁衍好几代了，仍然锲而不舍，千方百计进出后院，就为了吃那一块草，这草到底有什么好呢？真是百思不得其解。也许，在彼得兔的家族里，流传着一个古老的传说：从前，有一个阳光灿烂的地方，那地方有一个后院，院子里有一块草坪，里面有一小块草，神仙在上面洒过甘露，只要吃了那仙草，就会变得身轻如燕，变得聪明无比，变得能飞翔，能长生不老……真是一个美丽的传说……

2010 年写于洛杉矶

在美国种菜

落笔之前，听说国内好些市民开始种菜，原因和通货膨胀有关，最近蔬菜价格大涨，有喜欢园艺也有条件的就在院子阳台屋顶种起菜来，当然要靠自己种菜解决生活问题那是不可能的，只是有些帮补作用罢了。有亲友问，你在美国种不种菜？我说：种，怎么不种。

刚来美国时，听说有一种说法：只有华人才喜欢在后院种菜，老美邻居常常会为此感到不快。但是到了 2008 年奥巴马总统上台以后，情况就不同了。第一夫人米歇尔亲自在白宫开辟菜园，取名叫“胜利花园”。这个名字源于当年罗斯福夫人在白宫开辟菜园，那也是经济困难的时候。

去年春天的时候，有一天到 Home Deport 去买花，看见来了一辆大型厢型车，里面装满了各种菜苗，许多美国人兴致勃勃地挑选菜苗。谁说美国人不喜欢种菜？我看了也不禁心痒，回家说动我家领导，在后院的一角，也开辟了一个小小的“胜利花园”。

后院原来种了玫瑰和其他南方花卉，有了小小“胜利花园”以后，当然有了更多的快乐，但是烦恼也接踵而来，主要来自各种小动物：兔子、老鼠、松鼠、小鸟，有时候还有浣熊会爬墙过来觅食。刚刚发芽的小菜苗，昨天还生机勃勃，早上去看就踪影全无，也不知道被谁吃掉了，买了小篱笆也挡不住。番茄结果了，被浣熊啃掉红的那一半，剩下青的那一半只好丢掉。

春天的时候去纽约，买了一包莴笋种子，一共育了 10 棵苗，最后竟一口也没吃到，全被兔子、老鼠、松鼠还有青虫吃光了，老鼠和松鼠是亲眼看见的，老鼠还被抓了个现行。这之前，还不知道老鼠也懂得吃青菜有益健康呢。

青虫也是防不胜防，美丽的蝴蝶翩翩飞过去，转眼虫儿就茁壮成长起来了。最大的一只足有十公分长，拇指般粗，身上还有吓人的黄色花纹，到网上求助，有网友说俗话叫“猪儿虫”，很有几分神似。小小的青虫就不用说了，从鼠口余生的莴笋，全被吃得干干净净。

就这样，从春到秋，最后吃到口里的只有黄瓜苦瓜西红柿和茄子。这些都是因为吊在空中，所以才能逃过小动物的嘴，不过也算有令人开心的小丰收，吃不完的还到处送人。特别是有一棵名叫“丽莲的黄色传家宝”的西红柿，长得有一人多高，果皮很别致，黄色有竖条纹，吃起来味道清甜略带酸味，很像水果，所以我非常喜欢。至于虫子，自从自己种了菜，才知道超市里那些整齐漂亮的青菜，原来都是用过了杀虫剂。

南加州因为干旱缺水，种菜成本较高。种菜一是因为喜欢园艺，二是因为安全。美国人喜欢有机食品，商店里有机蔬菜价格高昂也颇受欢迎。用过杀虫剂的菜，对人体的健康有害是不言而喻的。美国滥用杀虫剂的现象很严重，不久前还在《洛杉矶时报》上看到说因为滥用杀虫剂，南加州的蜜蜂已经减少了很多。蜜蜂都因为滥用杀虫剂而减少了，平日里吃的菜，都不知道有多少杀虫剂在里面。

因为种菜，写过一篇《共和党的花园民主党的菜园》，那上面说，美国的政治钟摆开始向左转，共和党要翻盘恐怕不容易。没想到世事多变，这次中期选举，没有耐心的选民们完全忘了谁是烂摊子的制造者，把对经济的不满都发泄到民主党头上，于是共和党成功在国会变天。两年以后的大选，不知道共和党是否会夺回白宫？如果是，不知道白宫的“胜利花园”是否还会存在？

不管怎样，我的小“胜利花园”会存在下去的，久居都市，无须“昼出耘田夜绩麻”，但“也傍桑阴学种瓜”，即便有烦恼也是一种快乐！

2010年写于洛杉矶

水管工

南加州阳光灿烂也气候干燥，后院的花果瓜菜和草坪，每天都得浇水，幸亏有自动喷灌系统，否则是一个不小的负担。喷灌系统每天辛勤工作，免不了出状态，这时候就得请水管工来修理。

说起美国的水管工，2008 年大选的时候很出了一阵风头。俄亥俄州有个水管工名叫乔，被共和党总统候选人麦凯恩拿来抨击奥巴马，说是乔辛勤工作努力赚钱，打算盘下老板的公司，摇身一变为白领人士，如果奥巴马一加税（年薪 25 万以上），可怜乔的老板梦就灰飞烟灭了。麦凯恩说得热闹，可奥巴马一句话就驳了回去：有几个水管工年薪 25 万？

就是，有几个水管工年薪 25 万？有专家出来说，水管工的平均年薪大约是 4 万美元。4 万美元年薪的水暖工，将将属于中产阶层下层吧。水管工乔借此大大出名，西装革履上电视侃侃而谈，还说要竞选议员，不过后来没见有下文，美国国会议员有没有水管工出身的？好像没有听说过。不过要竞选议员的难度是很大的，除非他有很强的诸如筹款等的能力。

请来的水管工名叫杰西，墨西哥裔美国人，壮壮实实的小伙子。据他自己说念过大学，后来改行出来做水管工。杰西来我家做工，每小时 80 美元，第二小时优惠价 60 美元。通常来了以后，视察一下情况，如果要买零件，则开车去买零件的时间也是算在内的，所以来一次，一般都要两小时或以上。这么粗粗一算，年收入何止 4 万美元，如果满工的话，虽然达不到年薪 25 万，十五六万美元的收入应该是有的。杰西能不能满工不得而知，不过从来没有随叫随到，看起来生意是不错的。这样的收入，大学毕业到公司工作的一般人，也是达不到的。这么好的收入，工作时间又自由，要不是拧不动扳手，我都想去做水管工了。

有一次杰西带着一个侄儿来做工，侄儿原在明尼苏达州念大学，暑期来看望杰西小叔叔，被南加州的灿烂阳光和四季如春的气候迷住，立刻宣布不回明尼苏达，放弃在读的学位，要搬到洛杉矶，边读书边跟随杰西小叔叔做水管工。明尼苏达那个地方，一年有十个月是冬天，想想那冰天雪地就害怕。冰天雪地的后院，是种不了什么东西，也就不需要喷灌系统。估计在那里做水管工，光是修修屋里的水管，年薪拿不到 4 万美元吧。

可是有一次看一个最宜居住的城市排名，明尼苏达州首府明尼阿波利斯居然排名第 4，阳光灿烂的南加州洛杉矶竟排第 92 名。当然排名不仅仅是根据阳光的多少，还有交通房价物价治安等等，洛杉矶的空气质量全美最糟，全美交通最拥挤的 10 个城市，洛杉矶荣居榜首，洛杉矶的房价也高，物价也比别的地方高点，治安呢，总体来说不错，但有些地方确实很不好。

不过和我曾经居住过的北京和香港比较，洛杉矶的空气还是很不错的，每当月上东山，可以清楚地看到月亮上的山和疑似桂花树和小白兔的影子。洛杉矶的空气质量之所以是全美最糟，是因为美国的其他地方的空气太好了而已。和冰天雪地的明尼阿波利斯相比，我还是愿意住在南加州的洛杉矶，享受灿烂的阳光——大自然的无私馈赠。水管工杰西侄儿的选择，不是没有道理的。

后来很少请杰西来了，搬到美国的人们，住的时间长了，慢慢都学到美国人自己动手的美德。偶尔看到杰西，还是那样忙，因为很多外国的富人不断涌进南加州买房子，这些人还不懂美国人自己动手的乐趣所在，那些在阳光下充满生机的后院，就是水管工杰西们赚钱的好地方。

2010 年写于洛杉矶

小鸟小丫

人和自然的和谐相处，是居住在南加州的深刻感受。住家附近有一条河，河上有一座公路桥，每天早晚开车经过桥上，都可以看见一只或几只白鹭款款飞翔，这时候脑海里常常会浮起杜甫的著名诗句："一行白鹭上青天"。在后院给蜂鸟准备的糖水瓶，每天也有几只黄鹂光临，又应了那句："两个黄鹂鸣翠柳"。蓝天白鹭，红花黄鹂，一副人和自然和谐的诗情画意。

有一种名叫北美歌雀的小鸟，雄鸟非常漂亮，头上和胸脯上是金红色的羽毛，叫声婉转清脆，非常动听。雌鸟则灰扑扑的，负责做窝生蛋、抱窝孵小鸟。这种鸟非常恩爱，成双结对地飞，经常看见它们上下转圈嬉戏，时不时用鸟喙接吻一下。

初春，天刚蒙蒙亮，院子里就传来了它们动听的歌声。一天看见屋檐底下有一堆带小棘果的干树枝，知道有小鸟开始做窝了。几天过去，觉得它们好像进展很慢，趁小鸟不在窝里，我搬架梯子爬上去瞄了一眼，发现它只是把树枝铺在小台子上，并没有做成窝的样子，心里有点奇怪。隔一天发现那稀稀拉拉的树枝又掉到了地上，我好心把这些树枝送回去，第二天发现它们又掉了下来。

也许这只小鸟是新手，不会做窝？先生安慰我说放心，小鸟天生就会做窝的。可是，一个礼拜过去了，它还没把窝做成。先生又说，真不会做窝，就会被自然淘汰掉，因为不适合生存。一个周日的下午，我在后院看书，它飞到凉棚下的风扇叶上，歪着头看我，叽叽喳喳地叫。一副恓恓惶惶的样子，身上的毛都蓬起来，好像小时候看见的抱窝的母鸡那样。我心想，该是来求救吧。

虽然知道有优胜劣汰的道理，还是不忍心看它那可怜模样，于是我起身，到车库翻了半天，找到一个用来育苗的纸皮花盆，这种花盆的颜色和泥土一样，猜想可能比较容易被小鸟接受。我把花盆底剪下来，里面铺上一些剪碎的旧毛巾和小树枝，做成一个窝的样子，搬梯子爬上去，放在屋檐下它们搭窝的地方。下来后一想，如果被它蹬下来怎么办，又把花盆拿下来在底上涂上胶水，再爬上去黏在屋檐底下。

晚上聊天说起来，大家都不相信小鸟会接受我的赠予，都说动物有自己的自然规律，人一干扰，它们就会飞走了。我将信将疑，一夜无话。第二天早起到窗外一看，差点不相信自己的眼睛，它正在我给它做的窝里忙乎着，我高兴地差点叫出声来把它惊走。傍晚，我怀着忐忑的心情再次爬上高高的屋檐看一眼，一个很漂亮的鸟窝已大功告成。里面外围是粗一点的草叶围成厚厚的一圈，中间是细细的草叶，我原先放在里面的碎毛巾，被撕碎夯实在窝底，夹杂着细密的绒毛。想着小鸟的尖嘴和脚爪，真想象不出它是怎么做到的。

原来这只小鸟只是不会搭窝架子啊！但它居然接受了我给它做的窝，并把里面布置得漂亮精致，给未来的鸟宝宝准备了一个舒舒服服的安乐窝。我们决定给这只小鸟起个名字，先生说它这么憨，就叫大宝好了。可它是雌鸟，大宝是男孩的名字，最后大家一致同意叫它小丫。小鸟小丫就成了我们生活中的一部分。

两天后，小丫开始下蛋，一共下了 4 个蛋，两周以后，孵出了 3 只小小丫，还有一只在很小的时候不明原因掉下来死了。现在想起来，可能是窝架子太小了，小小鸟互相拥挤，把它挤下来摔死了。到底不是小丫自己量身制作的，不过这样已经很难得了，小丫肯接受人替它做的窝，说明它对人没有戒心。在小丫抱窝育儿的那一个月，我每天都要看看它，它也习惯接受我，只要不走得太近，它都只是歪歪头看看我，然后做自己的事情。

人和动物本来就应该和谐相处在大自然里。在美国，动物保护观念深入人心，动物们也似乎知道这一点，小鸟小丫接受了我为它做的窝，就是一个很生动的例证。

2011 年写于洛杉矶

一条幸运的加州王蛇

后院角落边有一小块地，种着一棵西红柿和一株圆茄子。夏天来了，经常看见一只大青蛙跳来跳去，其乐融融。一个周末的下午，却在那里发现了一条一米多长黄白条纹的蛇。那里有一张为了防止松鼠偷吃番茄而罩在那里的防鸟网，这条倒霉的蛇大概是为了追杀那只大青蛙，所以自投罗网，被缠住之后越挣扎缠得越紧，最后被缠着不能动了。这条蛇为了一顿丰盛的午餐，差点搭进一条性命。

先生胆大，揪着蛇尾巴把它拉了出来。蛇是拉出来了，却不知怎么办。不知道是否毒蛇，也不知道加州的有关法律是什么，据说有规定抓住野生动物以后，不能留 18 个小时以上，否则如果被人举报，就会因违法受罚。谁会想留一条蛇在后院呢，我可是一秒钟都不想留它，可是怎么才能把这条可怕的蛇送走呢？一时商量不出办法，于是打 911。

那边问清楚情况，要了地址电话，说转给动物控制中心，他们很快会派人来。15 分钟后，一辆车停在门口，一个穿着制服笑眯眯的小伙子，拿着套索、长叉子走过来。

这是一个非常爱蛇的小伙子，他看了情况，拿出一把小刀，一边挑割蛇身上的网，一边对着蛇说话，同时还为我们普及蛇的知识。为了让蛇尽快离开，虽然非常怕蛇，我还是拿出了指甲刀盒里的小剪刀给小伙子剪开蛇身上的网子，希望能加快解救进度。

小伙子说，这是一条加州王蛇，无毒。之所以叫王蛇，是因为它对加州常见的毒蛇的毒都有免疫力，尤其是对响尾蛇。说加州有很多响尾蛇，有的有小儿手臂那么粗，加州王蛇是响尾蛇的天敌，会吞吃响尾蛇。听得我毛骨悚然。小伙子还说，看见小响尾蛇，尤其要小心，因为小蛇不像大蛇那样有控制能力，小蛇一旦受惊，会在刹那间把所有的毒液都喷出来，被咬伤者往往会因此生命垂危。

正说着，加州王蛇突然咬了一口小伙子的手，只见他立刻捏住蛇头，我看见他手指被咬出了两个血点，可小伙子一点不生气，一边掰开蛇嘴一边说，“嗨，小家伙，别咬我。”那口气就好像被家养的小猫咬了一口那样亲昵。

这条蛇真不知道好歹，人家救它呢，它还反咬一口，犹如一个现实版的伊索寓言“农夫与蛇”的故事。小伙子却极力为蛇辩护说，不是的，这种蛇十分温和，他还是第一次被这种蛇咬，可能是因为被网缠得太紧、太久，很惊慌，也很痛苦，所以禁不住咬了人一口。

看起来真正了解蛇的还是爱蛇的人。细细想去，不知道“农夫与蛇”故事里的那条蛇，是不是因为冻僵醒来以后也过于惊慌和痛苦而咬人，说起来蛇也不吃人，没必要咬死农夫。伊索大概不懂蛇，故误解了，也许就是一个不能沟通的误会导致的悲惨结局。

蛇被解救了以后怎么办？上次听一个朋友说，他们家车库进了一条蟒蛇，动物控制中心来人捉住后，带出了门就放在旁边的山坡上，弄得朋友好几天心里忐忑不安。我希望小伙子把蛇带走，不要放在附近。小伙子说，是要带走的，带回去检查看有没有受伤，然后还是要放掉的。我问，如果是响尾蛇也放掉吗？小伙子说是的，只要不受到威胁，响尾蛇不会随便攻击人的，它们还是应该在大自然生活。人类应该爱护动物，尤其是野生动物。

这小伙子是捕蛇者，同时也是个爱蛇者。美国动物保护者对野生动物的态度就是让它们回归大自然。要是换个地方，这条蛇也许就逃不脱被打死或被吃掉的命运了，尤其是它还咬了人。但是在这里，它被解救，被带回去得到很好的照顾，最后还能回到大自然中继续自由的生活。

这是一条幸运的加州王蛇。

2011 年写于洛杉矶

憨笨又聪明的哀鸽

加州的春天来了，是小雨润如酥的季节，那种遥看近却无的草色，给远远近近的山蒙上一层绒绒的绿色，鸟儿们繁殖的季节开始了。

数了数，前院后院共有 7 对小鸟在忙忙碌碌地做窝，北美歌雀、小黄莺、哀鸽等等。日子一天天过去，春去夏来，小小鸟儿们破壳而出，先是啾啾唧唧嗷嗷待哺，后来羽毛丰满展翅飞走，鸟爸鸟妈们基本完成传宗接代的任务，除了那对憨笨的哀鸽。

这对哀鸽刚来的时候，我有点搞不懂是什么鸟，有点像斑鸠，又有点像鸽子。后来才知道是北美特有的哀鸽，大约算是斑鸠的异国远房亲戚。常常在傍晚听见哀鸽的叫声，声声忧伤悠远空寂，哀鸽的名字大约由此得来。

这对哀鸽很令人不解地在前面车库门口一株仅 1.80 米多高的名叫“蓝色土豆”的灌木顶上做窝。窝是露天的，上面完全没有遮盖，看着真替它们担心，风吹日晒雨打是一回事，天上经常飞来飞去的乌鸦老鹰，这样选址，很容易成为被偷袭的目标。

哀鸽和斑鸠一样，是雌雄鸟轮流孵蛋。那几天恰遇倒春寒，每天晚上气温只有六七摄氏度，有时还下大雨，早上起来看到小鸟全身湿透，还坚持在那里孵蛋，心里很是感动，真是可怜天下父母心。本来想帮它们搭个防雨的棚，可是家人说不行，弄不好吓走母鸟，小小鸟就要饿死了。

终于有一天，回家的时候发现哀鸽在附近徘徊哀鸣，天快黑了还不回窝，我心里狐疑，搬了张凳子踩上去一看，吃了一惊，窝里已经空了。大概是被马路对面松树上住着的一对大乌鸦吃掉了。第二天，在院子外发现两个半个的空蛋壳。可怜的小小鸟！

憨笨的哀鸽，和斑鸠一样，据说做窝的笨拙是出名的。那对哀鸽离开以后，我去检视它们留下的窝，看了不禁觉得好笑，就是一些小树枝横七竖八地搭在灌木顶上，是我见过的最马虎最简陋的一个鸟窝，我都怀疑鸟蛋会不会从缝隙里掉下去，或者小小哀鸽孵出来后，那样娇嫩的身子会不会被硌得慌。

哀鸽的憨笨是有缘故的。在美国的五大湖地区，珀塔瓦托米族的母亲们常给孩子讲述这样一个传说：当鸟儿们第一次来到世界上时，都要学习很多知识，如何飞翔、歌唱和觅食，尤其是要学习如何筑巢，学习选择筑巢所需的材料、巢穴的构造和编织方法。在智者授课程的时候，鸟儿们都认认真真地学习，唯独小哀鸽开始打瞌睡，结果只学会了收集树枝，再将树枝摆放在树上，永远也不知道如何编织一个结实、温暖的鸟巢。

但是哀鸽又有聪明的一面，哀鸽在印第安文学中频繁出现，普埃布罗族神话中，聪明的哀鸽可以帮助人们找到水源，同时也是人们期盼着的赐雨者。哀鸽在这方面确实聪明，每天傍晚，都有哀鸽到后院泳池旁喝水，它们能在 SPA（按摩池）和泳池之间的流水处找到最佳的地点和角度喝水。有一次，一只被人们认为是聪明的鸽子落到后院，焦渴难当的鸽子绕着泳池好几周也找不到喝水的地方，最后还是我看不下去，拿了一碟水给它喝才算没渴坏。这时候，憨笨的哀鸽，把聪明的鸽子比下去了。

还是那句话：上帝在关上这一扇门的时候，打开了另一扇窗户。

2011 年写于洛杉矶

加州罂粟花

在院子一角撒了一包加州罂粟。罂粟籽极细小，撒在土里瞬间就不见踪影。一场冬雨过后，针尖般的芽露出来，再几度春风春雨，几度骄阳，一片绿色的罂粟就生气勃勃地伸枝，展叶，孕育蓓蕾，然后绽开一朵朵金色的笑脸。

朋友来访，看到美丽的花儿，听说是罂粟花，不免吃惊，罂粟花？那不是可以提炼鸦片的罂粟花吗？已经不止一个朋友提这样的问题了，还有个朋友忧心忡忡地进行联想然后提及儿子的一个同学在抽大麻的问题。每一个人都问：种这个花不违法吧？

怎么会呢，我说，加州罂粟花是加利福尼亚州的州花。

据说，很久很久以前，加州满山遍野都是这种金黄色的罂粟花。罂粟花盛开的时候，整个大地像铺上了一层金黄色的毯子，衬着蓝天、白云，纯粹而浓郁的色彩，将大自然的美丽毫无保留地展现出来，没有人不为此惊叹。

后来，随着殖民者步步侵入，大自然遭受破坏，加州罂粟越来越稀少。终于有一天，有爱护自然的人们为加州罂粟建立了罂粟花保护区。有好几个春末去过羚羊谷保护区，看那些美丽的罂粟花是如何漫成金色的海洋，堆成金色的山峦。

加州罂粟花生命力非常顽强，在加州这样每一棵树每一丛花都需要人工浇灌或滴灌的干旱地带，初夏罂粟花谢的时候，极细微的种子散落在土地里，只凭着南加州冬春不多的雨水，就能发芽，生长，在加州灿烂的阳光下，蓬蓬勃勃地开出美丽而热烈的花朵。

其实加州罂粟（California Poppy，学名：Papaver Californica 又称 Fire Poppy、华菱草等）是一种观赏性强的植物，和那种用来提炼鸦片的罂粟花是同科但不同属的植物，就像猫儿和老虎同属猫科，但猫儿是猫儿、老虎是老虎那样。传说当年北美本地的土著，采了罂粟作为药用，可以止牙疼，还可以让过于兴奋的孩子们安静下来。因为不具成瘾性，现在还有用它做成浸剂，据说有镇静和抗焦虑的功用。

加州蓝天丽日的夏天来了，罂粟花结籽，渐渐枯萎了。以为清理罂粟花很容易，就自己动手，不料拔第一棵就因为用力过猛跌了一跤，因为它的根太深了。这才知道罂粟花对水的要求很少很少，它的根就一根，没有过多的毛根，非常细长，深深扎在土地里，只要土层深处有一点点水，罂粟花就能快乐地生活着，在清风中摇曳，在阳光下绽开动人的笑容。

加州罂粟的花语是希望。多么好的花语！希望是生命中最积极的动力。无论加州的夏天如何炎热，秋天如何干旱，冬天如何清冷，加州罂粟的种子蛰伏在土地里，默默地耐心地等待着，只因为心中充满了希望。

希望是生命中最积极的动力。没有希望，生命便没有意义。

那些日子，每天早上起来打开窗户，看见一朵朵金色的笑靥，就在心里给自己一个小小的希望，像一朵小小的加州罂粟花，让生活变得多彩和生动起来……

2011 年写于洛杉矶

玫瑰花糖

玫瑰可以做成玫瑰花糖，而且颇受欢迎。中国古时就有“以花入馔”之习，例如词圣苏东坡曾把松花、槐花和杏花入饭共蒸，密封几日后得酒，并写道：“一斤松花不可少，八两蒲黄切莫炒，槐花杏花各五钱，两斤白蜜一起捣，吃也好，浴也好，红白容颜直到老。”

“红白容颜直到老”，听起来非常诱人，尤其对于女人。但是细细琢磨，这个方子制作并不容易，先说松花，邻居家有一棵大松树，高约数丈，枝繁叶茂。每当春风起时，后院和阳台上就有覆着一层黄黄的轻薄的松花粉，但要收集一斤，难度可知。再说南加州这地方，杏花还时有可见，槐花是从来没见过的。

红白容颜不得，退而求其次，食菊花可以明目，“东篱同坐尝花筵，一片琼霜入口鲜”，这种境界，如今已经很难得了。还有梅花也可以入馔，药性可除烦安神、止渴生津。据说诗人杨万里就喜欢用梅花蘸糖食用，并写有诗句，因不喜欢杨老先生的那个“嚼”字，故不录在这里。梅花虽好，于异国他乡取之也不常见，前门种了一株梅花，每年冬末春初一树银花，总觉得梅花高洁，不忍“嚼”用，更不用说入馔了。

所以只有玫瑰。

后院种了一些不同品种的玫瑰。喜欢大朵和浓香的玫瑰品种，色彩上以红黄为主调，加上紫橙白及一些双色玫瑰，种的时候将不同颜色的玫瑰错开来，到了盛夏，满园花枝摇曳，色彩缤纷，芬芳满庭。

玫瑰的品种有的适宜插花，插在案头花瓶里花团锦簇。有的适宜观赏，就让它们风姿绰约在枝头。有的适宜食用。除了制作玫瑰花茶，可以做汤，熬粥，做冰淇淋……还有一种很受欢迎的食用方法，就是制作玫瑰花糖。

玫瑰花茶在商店常有看见，玫瑰花糖就罕见了，只能自己动手制作。

选的大红色香气浓郁的玫瑰花，摘下鲜嫩的花瓣，洗净晾干放在玻璃碗中，小石臼彻底清洗干净，一边加玫瑰花瓣一边加白糖，轻轻捣碎细细研磨，直到白糖和花瓣完全混合。红色的花瓣和白糖混合后，变成玫瑰红的颜色，名副其实的玫瑰花糖。

制作好的玫瑰花糖，放入玻璃瓶中，置于避光处保存，如果放冰箱则口感更好。

玫瑰糖清香甜蜜，可以用碱粽子、汤圆沾着吃，可以加在茶里……按时下流行的说法，玫瑰花糖可以美容养颜，有滋润作用的蔗糖和玫瑰花相结合，可以温经补血、养血安神。自己动手做出来的玫瑰糖，新鲜且安全。

最喜欢的是加在酸奶上，雪白的酸奶上一簇玫瑰红，看起来赏心悦目，吃起来齿颊花香。酸奶利于养生，加上养颜的玫瑰花糖，较之苏东坡老先生的原料难得的方子，酸奶玫瑰花糖来得方便得多，如此长期食用，相信“红白容颜直到老”也是可以期许的。

2011 年写于洛杉矶

手有余香

加州午后的阳光透过凉棚细细的格子悠悠地洒下来，一寸一寸地延伸着，凤尾棕榈树的叶子慵懒地垂着，青葱的草坪那边，花坛里的玫瑰红黄白紫地绽放……

女友来访，一起坐在后院喝茶，闲闲聊天。茶点是压成花瓣状的亚麻籽小煎饼，茶是上好的正山小种，加了几片自己晒的红玫瑰花瓣。正山小种香气高长带松烟香，滋味醇厚，加入玫瑰瓣，更添些许清新花香。两人浅斟慢饮，细细品味，感受花韵茶韵的交相融会，犹如诗人陆游所说的奇妙境界："细襟灵爽，微吟齿颊香。"

用的玫瑰花瓣来自一株以美国第 16 任总统林肯先生命名的大红玫瑰，一种杂交茶香月季玫瑰。美国有历史学家称林肯先生为"国家的拯救者"，每年的总统节，就是纪念华盛顿和林肯两位伟大的总统。林肯先生虽然伟大，但长相常被政敌攻击，连著名文学家霍桑也说他其貌不扬，虽说男人以气概气质才学能力为重，长相不甚重要，但如果总统长相英俊，总是可以加些分吧。林肯先生其貌不扬，但以他名字命名的玫瑰花，却雍容华贵，又红又大，香气芬芳浓郁，是我最喜欢的品种之一，也是我制作玫瑰花茶的主要原料。

摘采花瓣要在清晨，露水未干的时候，拣浓香型的玫瑰，将尚未开全的花朵摘下来，清水洗净后摊开来晾干，再放到阳光下晒干，然后把它们小心装进干净的保鲜袋收藏起来。南加州的阳光声名远扬，晒干的玫瑰花瓣，浓郁的花香里，渗着灿烂干爽的阳光味道，闻一下就令人神怡。

制作好的玫瑰花茶，可以单独沏茶，也可以加在其他茶叶中，红茶绿茶皆可入味。中医认为玫瑰花味甘微苦、性温，最明显的功效就是理气解郁、活血散淤和调经止痛，因此女性服用最合适不过。就像这样安静的午后，和一两好友闲坐，一杯沁人心脾的玫瑰花茶，清风丽日下，也算是惬意人生了。

玫瑰花香甜，不仅人喜欢，连松鼠也爱吃。有天傍晚在厨房，不经意间看见后院栏杆边有一朵红玫瑰花在上下晃动，心里有点奇怪，没有风，花朵怎么会这样晃动？过一会儿，竟然见到那朵红玫瑰花朵在做水平运动，我吃了一惊，仔细一看，竟是一只松鼠，它把花朵从枝上咬下来，然后叼到一边大快朵颐，因为松鼠的毛色和土壤接近，所以恍然望去，不见松鼠，只看见花朵在移动。松鼠也吃玫瑰花，如非亲眼看到，简直不能相信。

女友走的时候，送了她两包自己晒的玫瑰花瓣，一包是精选的用来沏茶，一包是普通的用来入浴。女友很高兴，打开来闻了又闻，又仔仔细细地包好，再三致谢而去。送别女友回来，心情大好，想起那句著名的谚语，“赠人玫瑰，手有余香”。

印度古谚有：赠人玫瑰之手，经久犹有余香。“Gifts were the hands of Rose, durable forward something lingering fragrance.” 英语谚语则是：“The rose's in her hand, the flavor in mine.”意思都是一样，赠人一

枝玫瑰，礼物微不足道，但它带来的温馨都会在赠花人和爱花人的心里弥漫，进而升华成为一种美好的感情，令人久久难忘。

2011 年写于洛杉矶

松鼠阿帕奇

邻居家有一棵大松树，树上住着一只松鼠，一双滴溜溜的小眼睛，一把蓬松可爱的大尾巴。经常举着大尾巴从大松树上空降过来，有时候白天也大摇大摆地在草地上溜达。我给它起了个名字叫阿帕奇，借用美军直升机的名字，美军借用的是印第安人部落名字，所以无须担心版权问题；这名字挺适合这松鼠的：好比印第安人，这家伙是个土著；它的空降功能也好比直升机。

那时候邻居的大松树枝繁叶茂，圆滚滚的松果遍布树枝上，阿帕奇不愁温饱，空降过来也就是闲庭信步一下，偶尔我会给它留点果仁什么的，阿帕奇也老实不客气地笑纳。

那时候，我和阿帕奇和谐相处，怡然自乐，颇有点桃花源的味道。

好日子很快就过去了……

美国遭遇百年不遇的金融危机，许多人一夜之间沦为贫困阶层，食不果腹。第一夫人米歇尔在白宫开辟了一块自留地，种上瓜果蔬菜，美其名曰“胜利花园”，并号召大家有样学样，自给自足。我家后院一角也搞起了小小“胜利花园”，种了些瓜果菜苗。随着瓜菜们生机勃勃地发芽开花结果，四面八方的动物食客们就都蠢蠢而动，闻味而来。今天捉到一只大老鼠，明天看见一只走鹃贴着墙根溜进来。鼹鼠奋力打洞，小鸟专拣鲜嫩的菜心下嘴，甚至浣熊都翻墙过来凑热闹；阿帕奇更是近水楼台先得月，又不怕栏杆鸟网，凭着能上天入地的本领，开始变成小小“胜利花园”的头号公敌。

刚种下去的黄瓜苗，也被它一棵一棵全吃掉了。真好似饥荒年代，毛楂楂的瓜苗，囫囵吞枣吃个精光，也不嫌扎喉咙；青菜苗和豆苗，是美味健康早餐；玉米刚开始灌浆，就被开膛破肚吃掉了。一棵西瓜苗，刚结了个绿色条纹的小瓜，才长到网球那么大，阿帕奇就啃下来，再啃一口发现又青又涩，便弃之如敝屣。

朋友送了一棵意大利面条瓜，据说瓜熟了以后，用筷子在瓜瓤里使劲搅，可以搅出一条一条如意大利面条般的瓜丝来，熟食凉拌皆宜。我对这株瓜苗抱以很大的期望，希望能够做一盘清香可口的意大利瓜丝面条，大快朵颐一番。每天早晨都要去看一遍意大利面条瓜，看着它开花，结果，一天一天地长大……终于，一天早上出门的时候，看见阿帕奇的大尾巴一闪，赶过去一看，可怜的面条瓜躺在地上，身上被咬了一口，也变成一只阿帕奇丢弃的敝屣了。

第一颗意大利面条瓜不幸被阿帕奇咬掉后，第二颗迅速成长起来了。这次我买了根塑料杆立起来，让瓜四面不靠，杆的下部还涂上润滑油，阿帕奇如果想爬，定叫它爬一步退两步。那天傍晚，暮霭沉沉，远远看见阿帕奇在瓜下流连徘徊，一副惆怅无奈的样子，估计口水把大尾巴都打湿了。

但是最终塑料杆和润滑油都没挡住阿帕奇的利爪和利齿。阿帕奇会杂技，网上到处都看得到的松鼠们在觅食时展示的杂技天赋。阿帕奇啃瓜的时候被我捉了个现行，我说，阿帕奇，能不能等瓜熟了以后我们分着吃啊？利益均沾如何？阿帕奇看了看地上刚咬下来的小瓜，眨眨眼，朝我龇了龇牙，大尾巴一晃，扬长而去。

朋友说，就让它吃吧，松鼠多可爱啊，你吃大头，它吃小头。我说，哪儿啊，现在是它吃大头，我一口也没的吃。

是啊，一直觉得松鼠多可爱啊，从前看见阿帕奇，就是一蓬可爱的大尾巴；现在看到阿帕奇，眼里只有白花花的牙齿。才知道农夫们为什么讨厌那些可爱的小兔子、可爱的小松鼠，因为辛辛苦苦种出来的作物，被它们啃的啃，咬的咬，汗水就白流了。

今天看到新闻，说大半个美国干旱，动物们发起大迁徙，某地许多人家后院迁来大批松鼠，在树上筑巢荡秋千，乐不思蜀。住家们多年经营的蔬菜果树，惨遭松鼠狂吃滥咬，最后颗粒无收。

可爱和可恶，有时候边界是很模糊的。

2012 年写于洛杉矶

柠檬黄瓜

在美国种菜，没有不种黄瓜的，黄瓜皮实，加州气候又好，年年种，年年丰收。吃不完就到处送人。偏偏在加州黄瓜是最稀松平常的蔬菜，只好自我标榜说自己种的是没有农药的环保菜，才好意思“硬”送给邻居和朋友。清洁工丽莉常常带走一大包，丽莉是墨西哥裔，家里有 5 个正在长身体的儿子，食量惊人，如狼似虎，那些长相不好不好意思送人的黄瓜，悉数被她要走。

其实黄瓜并非黄色，绝大部分黄瓜都是绿色的，只有变得很老的黄瓜，才会显出淡淡的黄色。黄瓜原名“胡瓜”，汉朝时张骞出使西域时带回中原。“胡瓜”变为“黄瓜”，始于后赵皇帝石勒，石勒本是入塞的羯族人，对被称为“胡人”十分恼火，遂下令禁止使用“胡”字。只是当时不知道为什么不叫“绿瓜”而要称“黄瓜”？

黄瓜被引种到美国是 15 世纪，离张骞出使西域，时间悠悠地过了一千六百年，想想还是中国人有口福。有时候在网上看到黄瓜爱好者协会一类的网页，介绍的品种之多，令人眼花缭乱。不过到了加州本地苗圃，可选的就不多了，“日本黄瓜”，“柠檬黄瓜”，“亚美尼亚黄瓜”。还有一种用来腌制的小黄瓜，因为不做腌菜，所以没种过。

“日本黄瓜”好像没什么可说的，和在中国南方见到的黄瓜一模一样，可能是从日本引进的，故而名之。但是推想过去，日本的黄瓜，也是从中国过去的，汉朝张骞出使西域时带回中原，后来再传到日本。吃起来口感味道也和中国黄瓜一样，凉拌热炒皆宜。

买了一棵“亚美尼亚黄瓜”，种得晚了点，只得一颗瓜，两头尖，中间宽，有点像长长的棒槌，外表上有几条圆圆的棱，颜色是浅浅的粉黄带点隐隐的浅绿。看来看去，怎么也不像黄瓜，吃起来口味有点甘甜，不很脆，和黄瓜相差颇远。一查，原来此黄瓜不是彼黄瓜，是甜瓜的一个近支，只不过外表有点像黄瓜，就被叫作亚美尼亚黄瓜。

“柠檬黄瓜”就有趣多了，英文名是：Lemon Cucumber，第一次看到时，觉得很稀奇，果实是圆形的，样子有点像柠檬，比柠檬要大一些，熟了以后，表皮上带点小小的黑刺，柠檬黄瓜的颜色是真正的嫩黄色，叫“黄瓜”是当之无愧的。

有朋友看到，说可能是转基因植物，宜观赏不宜食用。上网一查资料，柠檬黄瓜原产于澳大利亚（一说来自俄罗斯），有记载的是1894年被带入美国。1894年的美国已经是世界工业强国，但转基因技术还远没出现，所以可以放心。

种了一棵柠檬黄瓜苗，也没怎么特别照管，大大小小的果实倒结了不少，切开一看，肉薄籽多，尝了一小块，果肉脆口，微带柑橘的清香，据说都拿来做沙拉，可是肉实在太少，籽太多，家人都没有兴趣，只好作罢。倒是觉得横切面的图案很好看，有点像梅花清雅的花瓣，于是就拿透明保鲜纸仔细包好，放在台子上当作摆件观赏。有一天灵机一动，仿照冬瓜盅的做法，把柠檬黄瓜切开，挖去内瓤填进肉馅，做成“柠檬黄瓜盅”，结果大受家人欢迎，才算是物尽其用。

说起来，在美国种的这些黄瓜中，柠檬黄瓜才是名副其实的“黄瓜”。

2012 年写于洛杉矶

香草美人和香草君子

后院种了不少香草，罗勒、迷迭香、薰衣草、紫苏、薄荷等等，南加州气候温和，香草们一年四季都能生长，鲜用或晒干，烹饪、调酒、沏茶皆宜。

说起香草，常常想到香草美人，香草芳菲，茵茵如织，美人如诗，巧笑倩兮。香草美人，可谓相得益彰。

但香草美人又另有说法。一般认为，“香草美人”之说源于屈原，《离骚》中多处提到香草与美女。汉·王逸《离骚序》:“《离骚》之文，依《诗》取兴，引类譬喻，故善鸟、香草、以配忠贞，……灵修、美人，以譬于君。”前人大多认为香草比喻品格高尚，美人代指明君贤臣。

屈原的“香草美人”喻指明君和贤良之士，可我比较喜欢翩若惊鸿的女子离政治远点，或者说离明君贤臣远点。在这个意义上，王维的“香草如君子”，虽然直白些，还是较合我意。

香草如君子，想起三杯鸡。三杯鸡是很受欢迎的一道菜，据考证源于江西，传说与文天祥有关，其中一位重要的调味料就是香草罗勒。

罗勒又叫九层塔，英文名Basil，来自希腊语的“国王”，据说因为是在康斯坦丁大帝和海伦发现神圣十字架的地点上方长出的一种香草。

中文名九层塔，主要因其花序重重叠叠如塔状的外观而得名。罗勒在西餐中是很常用的香料，常用于做沙拉、烤肉、烹制面条等等。中餐的用法也不少，有九层塔炒鸡蛋、九层塔烧茄子，等等。和九层塔有关的菜肴，最有名的就是三杯鸡了。

三杯鸡又与文天祥有关。文天祥，南宋民族英雄和爱国诗人，以忠烈名传后世。1278 年，文天祥率军在广东五坡岭与元军激战，兵败被俘，受俘期间，元世祖以高官厚禄劝降，文天祥宁死不屈，从容就义。读文天祥诗句有“风雨天涯芳草梦，江山如此故都何？”，风雨如晦的夜晚，诗人望天涯芳草，念江山故都，拳拳爱国心，感人至深。文天祥传世的名句有：“人生自古谁无死，留取丹青照汗青。”舍生取义和视死如归的高风亮节激励了无数后来者。

传说文天祥被害前夜，有老人敬佩文天祥，用九层塔和鸡块为主料烧三杯鸡为文天祥送行。当时的狱卒是江西人，得此菜谱，回江西后每年文天祥的忌日必烧此菜为纪念。

香草如君子，品格高洁，忠贞不渝。用九层塔烧菜为文天祥送行和作为纪念，恰好表达了百姓对民族英雄的爱戴和崇敬。

后来三杯鸡渐渐流传到四川和台湾，三杯鸡常常被当作台湾菜。台湾菜在洛杉矶很流行，每个台菜馆几乎都有三杯鸡。因为喜欢九层塔特殊的芳香，三杯鸡是我常做的菜，除此外，有时候做西餐沙拉、烤肉，也会放些进去。所以后院常年种有几棵。香草可携美人，可为君子，脱尘出俗；又入西餐出中餐，凉热皆宜，蕴人生百味。如此香草，谁人不爱?

2012 年写于洛杉矶

翡翠珠与佛珠

院子里灯柱上挂着一盆翡翠珠。

翡翠珠（Senecio rowleyanus），属菊科，多年生常绿草本多浆植物，原产西非。

翡翠珠的叶子像一颗颗晶莹碧绿的珠子，密密地缀在柔软细长的茎蔓上，犹如条条翡翠珠项链，挂在那里，随风起舞，婀娜多姿。

第一次认识翡翠珠是在北京，有一次参观一个花卉展，发现这种非常别致的植物，很是喜欢，但是负责摊位的女孩说是非卖品，又问哪里有卖，答曰不知道。再追问这盆花是哪里的，女孩一笑，说是西山植物园的。

因为特别喜欢，老是念念不忘，后来大老远地跑了几次西山植物园，精诚所至，终于感动那女孩，女孩说，这花不卖的，但是看我特别喜欢，就剪了一枝，说很容易扦插成活的。拿回来扦插，果然很容易就活了，摆在书桌上，一颗颗豌豆大的绿油油的珠子，蜿蜒盘在盆里，渐渐就开始发芽，刚刚发出的嫩芽呈极淡的紫红色，看着它一天天鼓起来，慢慢变成绿色的珠子，再发芽、抽枝，绿珠一粒随着一粒，垂下盆沿。读书写字累了，看一眼，心里就充满一种淡淡的喜悦……后来离开北京，那一盆翡翠珠就送给了朋友，不知现在是否绿意还在？

到了加州，种花种草之余，有时候还会想起那盆翡翠珠，后来偶然在苗圃看见，立刻就买了一盆。养了两年，不仅满盆翠绿，还分盆繁殖送给同样喜欢翡翠珠的朋友。

翡翠珠还会开花，花朵极细小，一顶蓬松的细细的球状白花，犹如小小的蒲公英。把小花朵的照片贴到微博上，有博友回应说：原来佛珠还会开花。一查，果然别名也叫佛珠。

称之为佛珠，自然是因为一串串圆珠形的绿叶的缘故。制佛珠可用的材料很多，但佛典里记载的却不多，一般认为以“七宝”所制成的佛珠最为尊贵。诸经中对“七宝”的说法各有不同，《般若经》有金、银、琉璃、砗磲、玛瑙、琥珀、珊瑚七种。如用绿琉璃制成的佛珠，形态上就很像翡翠珠植物了。

同是绿色珠形植物，有人看似翡翠珠，有人看似佛珠。读佛经里讲到明心见性，意即摒弃世俗一切杂念，彻悟因杂念而迷失了的本性，就能做到即心是佛，而又见性成佛。佛由心生，心中有佛，所见万物皆是佛，到了这种境界，不仅看到翡翠珠是佛珠，看到万物皆与佛有关，皆是佛。

这种境界老实说很难得。那么看到这种植物就想起翡翠珠宝，是不是就很世俗，其实也未必。世俗不一定就是贬义词，绝大多数人都是在世间生活着，就如佛家出世讲明心见性是修行，儒家入世讲尽心知性与存心养性也是一种修行。

再说了，从佛典记载的制作佛珠的被认为是最尊贵的“七宝”来看，也脱不去金银珠宝，反而是佛珠最早的制作材料木槵子（一种乔木的果实）和后来常见的菩提子，不在“七宝”之内。

所以，不必拘泥于翡翠珠还是佛珠，只要喜欢它的美好就可以了；就像生活一样，出世也好入世也好，只要知性修心，宁静和快乐其实无处不在，在翡翠珠中，也在佛珠中。

2012 年写于洛杉矶

神似毕加索

闲了去逛苗圃，想买一盆可以吊在凉棚下的花，最好是有那种红色的吊钟花，挂在糖水瓶旁边，可以吸引小蜂鸟们。

没有吊钟花。一盆矮牵牛花吸引了我的目光，带着细毛的小绿叶衬着一朵朵玫瑰红的花朵，花心是深蓝紫色，有 5 条深色的线从花心放射到花瓣边，许多细细的脉络清楚地显现在玫瑰红的花瓣上，最奇妙的是花瓣的边缘镶着一圈鲜绿色，整盆花枝叶繁茂，色彩鲜明，非常赏心悦目。

这盆花的名字叫“Pretty Much Picasso”，是矮种牵牛花的一个新品种，据说曾在国际上获过奖。以我有限的园艺知识，绿色花朵极少有，镶绿边的花朵更是罕见。“Pretty Much Picasso”，我把它翻译成“神似毕加索”，虽然缺少诗意，但也将将达意了。

培育这种矮牵牛花的园艺家，一定是毕加索的崇拜者，取这个名字，当然也和花朵的鲜艳色彩和清晰的线条有关。去年出游，在一个海底世界，看到一条鱼在孤独地游着，身上有一块块一条条斑斓的色彩和线条，那条鱼的名字也叫“毕加索”。起名的鱼类学家，想必和培育“Much Picasso”矮牵牛的园艺家一样，对大师情有所系。

毕加索，这位艺术大师，以色彩与线条的生命之舞演绎了旷世才情，他的传世之作被无数人喜爱，这种喜爱从绘画艺术绵延至花朵及动物。牵牛花“Pretty Much Picasso”，令人想起他的玫瑰红时期（又称粉红时期）的作品，暖洋洋的玫瑰红花朵，鲜明的绿色镶边，弥漫着一种美妙的气息，仿佛那就是青春和爱情。那条色彩斑斓表情淡漠的鱼儿，就像毕加索的超现实主义的绘画，望着那在水波中游动的不对称的线条和鲜艳平涂的色块，毕加索笔下的《女孩和小船》顿时浮现在脑海里。

认识毕加索，是从他的超现实主义作品《格尔尼卡》开始，《格尔尼卡》在毕加索超现实主义作品中，因为源于真实的事件，加之一向沉默的毕加索开口解释画中的象征意义，表达了对法西斯的控诉，所以是最容易理解的作品。然后是那张著名的《亚维农的少女》，当时非常惊异那些打破传统的构图、透视等的手法，由此开始对现代绘画产生更多的兴趣。

毕加索的作品，令人印象最深的是他对自由的追求和把握，无论哪种表现方式，哪种风格，具象或者抽象，色彩或线条，都能随心所欲地驾驭和表现，没有什么外在的表现形式能够束缚住毕加索的内心表达。看过毕加索的不同时期不同风格的众多作品，有许多是自己喜欢的，或者说，最喜欢的是那些色彩色块和线条传达的不可言说的奇妙感觉。

去过两次巴塞罗那，都错失参观毕加索纪念馆的机会。第一次恰逢纪念馆关门，第二次在巴塞罗那机场转机，因为时间很充裕，就计划去参观毕加索纪念馆，了却一桩心愿。谁知机场行李寄存处不堪重负，想寄存两件行李竟排了两小时队，最后只好作罢。好在毕加索作品极为丰富，欧美各大博物馆艺术馆都有收藏，前不久去洛杉矶盖蒂博物馆，还看到大师的作品，欣赏的机会还是有许多的……

“Pretty Much Picasso”牵牛花在后院的凉棚下优雅地开放着，每天清晨，镶着绿边的玫瑰色花朵渐次绽开，自由地追逐着加州灿烂的阳光，以它的美丽的色彩和线条，向毕加索大师致敬！

2012 年写于洛杉矶

后院厨师

加州的别称是“阳光州”，其实只有南加州才能使这个别称名副其实。南加州的灿烂阳光举世闻名，据说一年至少有300天是阳光灿烂的日子。搬到南加州住下来，才知道这里一边是浩瀚的太平洋，一边是连绵大山和山那边的沙漠，因此有很特殊的气候，阳光灿烂，四季恒温，干爽少雨，非常宜人。

南加州的阳光灿烂使美国饮食文化的特点之一——烧烤，得到最大限度的发扬光大。在南加州的多数地方，几乎家家后院，都有烧烤炉以及其他配套设施，有的甚至冰箱水槽一应俱全。一年四季，社区里的空气里都可以闻到烧烤的味道。尤其是傍晚时分，常常想起陶渊明的诗句：“暧暧远人村，依依墟里烟……”

加州人酷爱烧烤，像阵亡将士纪念日（Memorial Day）这样看上去很严肃的节日，人们也会合家聚会或呼朋唤友在后院或者公园里烧烤各种食物，把这个节日当作欢度夏天的开始。

在加州，大部分人的烧烤炉都是天然气的，也有些讲究的使用炭柴。烧烤的食材多是牛羊或猪的肉排，肉馅饼（用来做汉堡），玉米，洋葱，蘑菇等等。除了这些用于烧烤的食材，还要准备蔬菜或者土豆沙拉、饮料、甜品等等。

大餐就要开始了。炉火熊熊，炊烟袅袅，亲朋好友纷纷来临，桌上堆满了大碗的沙拉，大瓶的汽水饮料和啤酒、红酒，刀叉和纸盘子。

那么，谁是后院的厨师呢？关于这个问题众说纷纭，争议不断。

传说美国人烧烤常常遵循一个固定的程序：

头一天，女主人去超市采购，肉类沙拉水果甜品……女主人把买回来的肉排腌好放冰箱。

当天，女主人把要烧烤的肉排香肠等从冰箱拿出来，码放在大盘子上；女主人准备好烧烤用的酱料和长刀叉等厨具；女主人张罗碗碟酒杯，在桌上摆好沙拉饮料、面包餐巾纸等等。女主人把盛满烧烤食材的大盘子送到靠路边的台子上，交给正在烤炉附近长椅上享受啤酒或者和来客大谈时事政治的男主人。

男主人则摆开架势，把肉排等从盘子里摆到烤炉的铁架子上。这时候，高调的烧烤正式开始，置身于火热的烤炉前，男主人间或还不忘喝一罐啤酒，继续刚才中断的关于伊拉克或者是阿富汗、关于枪支该不该管控的话题，以及亲切礼貌地回答女主人关于不要烤煳的提醒。

香味四溢的肉排、香肠、肉饼、玉米源源不断地被男主人从女主人送来的大盘子里挪到烤炉铁架子上，再挪到女主人手中的盘子里，送到餐桌上。女主人还要照应女宾，和那些活蹦乱跳到处捣乱的孩子。最后，酒足饭饱的客人个个称赞男主人的烧烤功夫了得，堪称一流大厨师。

心满意足的客人们离去后，女主人收拾桌子，洗碗碟，打扫卫生……男主人踌躇满志地对女主人说，怎么样，我这个厨师不错吧。女主人反驳说，食材是我买的，腌制是我做的，你不过是在烤炉上烧烤一下，充其量就是个烧烤匠而已。男主人诧异了：大厨师不都是这样吗？

要想烧烤出美味，选购食材，配制腌料，掌握火候，都是必不可少的。男主人在这三道程序只操作了最后一道，所以说是“后院厨师”总觉得有点名不副实。

烧烤请客的过程，女主人确实一点都不轻松。不过在烤炉前烟熏火燎也不是一件容易的事情，后院的风从这吹过来，从那吹过来，只要一会儿，头发和衣服就都是烟味肉味，就这点来说，男主人的牺牲精神是值得称赞的，男人们也很享受这种牺牲，仿佛当年牛仔们在西部荒野里，点起篝火大块吃肉大碗喝酒的豪迈时光再现。

因此，值得把“后院厨师”的名称送给他们。

2012 年写于洛杉矶

美国梦和狗

搬到加州，养狗就一直是一个话题。

提到美国，都会想到“美国梦”。美国梦之所以一直被世人所津津乐道，当然包括很多的精神层面，例如自由民主，例如平等机会，等等。但具体到物质生活，美国梦常常被描绘成：“一套独立住宅，两辆车，一条狗和两个孩子在阳光灿烂绿草茵茵的后院嬉戏”，这样田园般富有诗意的生活，是现代人在城市喧嚣中尤其向往的，由此可见，狗狗在美国梦里的作用是非常重要的。

美国人对狗情有独钟，狗在美国是家庭成员的一分子，很多人家，狗狗可以登堂入室，可以上沙发，甚至上床和主人一起睡觉。据说美国的狗狗占全世界狗狗总数的六分之一，名列第一。

因此，在大多数人眼里，一个美国梦，狗狗是不可或缺的。

决定了养狗狗，先到宠物商店买必需品，一位热情的女售货员趁机给我们上课，应该这样应该那样，建议买这个买那个，从狗粮到毛梳到睡垫到玩具，我们照单全收。只是在买牙刷牙膏的时候我有了疑问，小狗狗肯让人刷牙？想象着小狗狗张着嘴支着牙让人刷得满嘴泡沫，然后仰头咕噜咕噜——低头“呸”地漱口，忍不住就笑了起来。女售货员也笑，并再次强调刷牙的重要性。不过到现在为止，牙刷和牙膏都还没派上用场。

准备就绪，在网上挑选，下单，付款。一只名叫科迪的查理骑士王小猎犬，一只聪明乖巧时而淘气的小狗狗就这样来了。科迪来的时候还不满两个月，自己乖乖地坐飞机从北卡罗来纳州飞到洛杉矶，我们到机场接回家来，正式成为家庭成员。如果看过《欲望都市》，里面夏洛特养的那只颇具风度的名叫伊丽莎白的小狗，就是查理骑士王小猎犬。

不满两个月的科迪非常可爱，咖啡色的软毛披满全身，四条腿是白色的，脸上到头顶有一条白色的宽带，白宽带的头顶部分有一个咖啡色的小圆点，据说那就是纯种的标志之一。一对圆圆的大眼睛，楚楚可怜地看着人，和购买时看到的照片不同的是，科迪的小鼻子上多了点小雀斑，家人都很喜欢，说很俏皮的样子。

有时看着科迪在阳光灿烂的后院嬉戏，觉得生活在美国的狗狗十分幸福，有主人宠爱，有营养丰富的狗粮，有各种服务设施，有专门的法律禁止虐待此宠物，如果有人购物时把狗狗独自放在车上，就会触犯法律……可并不是所有的狗狗都这么幸福，那天看报纸，说因为失业率居高不下，有养不起宠物的人会狠心把自家的宠物抛弃，好心人捡到可怜的流浪狗送到宠物收容所，收容所设开放日让民众来挑选收养，收容所资源有限，最后，未被领养的宠物只好被安乐死。

在美国养狗狗，费用是不小，尤其是一旦狗狗生病，就是有保险也得花一笔费用。金融危机后，失业率居高不下，很多人美国梦碎，自家的房子保不住，生活要靠救济，有可能，养狗对他们来说就是负担。据说那些没被收养的狗狗，知道自己将面临悲惨的命运，一反平时摇尾巴讨好人的样子，绝望地趴伏在地上谁也不理，这样的报道看了令人心酸。

狗儿在美国，是梦想的载体，幸福的象征，人们因着狗儿和自然界重新连接起来，这种联系使人们的生活更加丰富、更加完美。而在同时，当环境状况发生变化时，如何对待狗狗，也是对人性中爱心的一种检验。

2012 年写于洛杉矶

好奇心和与人为善

科迪（Cody）是一只查理骑士王小猎犬。

科迪的爸爸妈妈住在北卡罗来纳州，科迪 7 周半的时候，自己坐飞机飞到洛杉矶，被我们从货运机场接回家，从此成了我们家的一员。

查理骑士王小猎犬，是一种品种古老、既活泼又文雅的狗狗。查理骑士王小猎犬在 17 世纪的欧洲宫廷很受欢迎，深受英王查理一世和查理二世喜爱，查理骑士王小猎犬的名字由此而来。

为了迎接科迪，做了很多功课。查理骑士小猎犬属于好奇心非常强的狗狗，出门时必须拴着绳子，否则有可能看到汽车后因好奇心飞奔过去被车撞伤，或者四处游玩探险而走失。科迪还是非常友善的狗狗，一本书中记载了一个真实的故事，一家人进了小偷，这家人养的查理骑士王小猎犬不仅不会看家，而且还对小偷表示了极大的善意，摇着尾巴随着小偷进出各个房间，最后，当小偷把偷走的东西装上车的时候，这只狗狗也跳上车，跟着小偷走了。

好奇心

因为好奇心太强，科迪小时候，带他出门散步，科迪总是一边前进一边在地上做扇形嗅闻的动作，不肯好好走路。所以经常被麻麻批评：

看看“人家的孩子”，都好好走路，怎么你就像个“扫雷器”？不过科迪是充耳不闻，连头都懒得抬，对“别人家的孩子”毫无兴趣，依旧扫雷不已。

好奇心太强的另一个表现，就是不管麻麻在干什么，都要过来凑热闹。麻麻在后院种黄瓜苗，科迪看着麻麻倒腾来倒腾去，以为是玩具，叼起一棵黄瓜苗试图研究，麻麻伸手去夺，科迪以为麻麻和他玩游戏，叼着黄瓜苗拔腿就跑，那时候麻麻还不知道即使是小狗，也是追不上的，最后只好气咻咻地放弃那棵黄瓜苗。麻麻不追，科迪也对黄瓜苗没兴趣了，只可怜那棵黄瓜苗早早夭折。

水管漏水了，在土地上积了一小洼水，被科迪发现，立刻兴高采烈地去玩水，先是踩来踩去，后来就开始刨泥坑，顿时泥水四溅，科迪也成了一只小泥狗。小泥狗是不肯回家洗澡的，麻麻略一思忖，蹲下来捡根棍子在泥地上划来划去，科迪见状大喜，以为麻麻和他志同道合，也是玩泥水的高手，立刻凑过来试图加盟，说时迟那时快，被麻麻一把捞住，抱回去洗澡。

与人为善

科迪经常趁麻麻疏忽大意，逮住机会就逃出去玩。每到这时，麻麻或者靠山担心他走失，常常鞋都来不及换就追出去。科迪逃出去会四处溜达，如果没遇到人，科迪就会玩个痛快，从这家前院跑到那家前院，再去公共地带探险，麻麻或靠山只能跟着，因为捉不到。等他玩够了，才会停在一处草地上，假装低头嗅这嗅那，等麻麻或靠山来捉，然后乖乖地回家。当然，回家以后照例要被关禁闭。

如果路上有行人，比如美女在散步或者帅哥在跑步，那捉科迪就容易多了，只要呼唤美女帅哥帮助，美女或帅哥一出手示意，科迪就会四足狂奔过来投怀送抱，并且狂摇尾巴表示友善和巴结。接下来美女帅哥会把科迪交给麻麻或靠山，科迪这才惊觉上当，但是已经“秃累特”（“Too late”意为“太晚了”）了。

科迪经常跟麻麻或者靠山去Home Depot，那里的工作人员都认识他，科迪看到谁都摇尾巴表示友善或巴结，工作人员常说，很少看见这么快乐的狗狗，跟谁都友好。有时候遇见新来的工作人员，还会问：科迪为什么总是这么快乐？

科迪对人友善，有这样的基因遗传是一方面，另一方面，是他从来没有受过人——无论是家人还是外人的欺骗、欺负和虐待，总是受到很好的照料和对待。因此他对人们总是抱着信任，世界对他来说充满阳光，他也就充满阳光。

2012年写于洛杉矶

注：“靠山”和“麻麻”分别指收养科迪（Cody）的男女主人。

科迪上学

科迪刚满两个半月，靠山就送科迪去上学。学校设在 Petsmart 里，一位训狗师主讲，一群狗主人围坐一圈，狗狗们则卧在地上听。狗学校，说到底是狗主人的学校，训狗师把如何训狗的知识传授给狗主人，并且做好示范，然后狗主人回家后，依样画葫芦地训练小狗。若是有的狗主人觉得有困难或者懒得训练，可以送到专门的狗狗训练营去训练，不过费用不菲，所以一般人都是把狗儿送到 Petsmart 一类附设狗狗机构的学校去训练，有经验的则自己训练。

科迪上的是初级班，其实按年龄，科迪上学是早了点，不过科迪很聪明，在家已经学会不少小把戏，所以靠山觉得他可以胜任。查理骑士王小猎犬的聪明程度，据说在狗狗中只能排到 40 名左右，科迪应该是本品种中最聪明的那一部分。这话说出去，朋友都笑：“孩子都是自家的好！”

初级班学的课程主要是最基本的坐、站、卧下、放弃等等。放弃（Drop it）是要求听到口令后把嘴里叼的东西放下。科迪上了 4 次课，学会了所有的课程，但是最后考试的时候，科迪才拿到 3 个 A，“放弃”那一门只得了个 C。成绩单拿回家，麻麻大惑不解，不是说都学会了吗？靠山支吾地说，那门课回家忘了复习了。原来如此。不过老师还是让科迪毕业了，鼓励为主嘛。毕业照上，科迪顶了顶博士帽，不怎么开心的样子坐在老师怀里。

麻麻认为科迪不开心是因为没考好，靠山则认为考试成绩不重要，只是博士帽不舒服。只有一顶帽子，大大小小的狗戴来戴去拍照，上面沾上各种味道，肯定有狗狗不适应，不适应就不舒服就不开心，很正常。

考试成绩的重要性很快就显露出来。一天大家吃饭，饭桌上有一盘红烧带鱼，科迪闻到香味便不肯离去，坐在桌边眼巴巴地看着，希望能捡到洋落。大家对科迪的可怜相熟视无睹，但是有人不小心掉了一块带鱼，说时迟那时快，科迪仗着地形有利，一口就叼住了。那块带鱼刚刚被咬了一小口，鱼刺已经露头，如果被科迪吃下去，很可能会划伤消化道。

麻麻赶紧大声喝令科迪 Drop it！（放弃！）快吐出来！科迪对双语口令完全忽视：到嘴的肥肉，谁肯吐出来？又不是傻狗！麻麻一急之下，捉住科迪，用手伸进科迪嘴里，试图掏出那块带鱼，麻麻的手指已经碰到带鱼了，又一次说时迟那时快，科迪脖子一伸，把带鱼咽了下去。大家面面相觑，无计可施。

担了一夜心，还好没出意外。麻麻召集家庭会议，做出两项决议，一、决定自己训练科迪，专攻 Drop it！二、送科迪去学校继续学习，上中级班。第一决议学习放弃口令那部分，经过麻麻严格训练，聪明的科迪很快学会了 Drop it。至于第二决议，靠山和科迪对上学这件事很消极，散步的时候，只听见靠山对科迪说："麻麻要送你去上学，怎么办？"怎么办？科迪一副事不关己不操心的样子。最后靠山祭出中级班课程太难的武器。

据靠山说，中级班的课程，有一门是抗干扰训练，要求在Petsmart门口坐5分钟，主人没有发令不能站起来或离开。靠山说，按科迪眼下的好奇心和友善度，在人来人往的Petsmart门口坐5分钟是不可能的，1分钟不动都难。因此靠山代科迪提出申请，是否能等科迪长大了，比较懂事以后再去上学？

想想靠山说的也是实话，科迪上学的事情，就这样无限期地搁置了。

2012年写于洛杉矶

狗儿战术家

科迪（Cody）是一条三个月大的查理骑士王小猎犬，小男孩。汤米（Tommy）是一头六个月大的法国斗牛犬，也是小男孩。

法国斗牛犬源于英国斗牛犬，是美国人最钟爱的狗儿品种之一，查理骑士王小猎犬曾经是英国王室的象征之一，似乎是所有人都喜欢的狗儿品种。

汤米（Tommy）跟着主人拜访科迪的主人，遂成为好朋友。

所谓不打不相识。

科迪是那种见到谁都很友好或者想讨好的小狗，汤米却不是。第一次见面，看上去骁勇善战的汤米看着向他摇尾巴示好的科迪，一个箭步冲上去就把科迪掀翻了，晕头转向的科迪爬起来就逃，汤米又一个箭步……几个回合下来，焦头烂额的科迪夹着尾巴逃到汤米主人脚下，请求避难。

接下来是科迪在汤米主人的怀里，洋洋得意地看着被训斥的汤米，汤米若无其事地坐在不远的地方，摆出一副守株待兔的样子，仿佛在说：别急！你总得下来吧。

接下来几个回合，汤米和科迪各自做了十数个虎跃和滚翻动作，可怜科迪个头比汤米小一倍，体重小两倍，年纪小三个月，毫无招架之力，只有拼命逃，间或救助于主人。偏偏主人们认为那不过是小男孩之间的嬉戏，不怎么加以理睬。

可是，慢慢地，情况竟开始有了微妙的变化。

汤米这种法国斗牛狗，聪明，勇敢，但是有个弱点，就是吻部较短，通俗地说，就是扁脸扁鼻子。吻部短气流不畅，很难自然散发出体内的热量，所以比较怕热。

还有，汤米的尾巴极短极短，最多一两厘米，紧紧贴着臀部。科迪对此非常不屑，那还叫尾巴吗？谁都知道动物的尾巴有多重要，运动的时候就靠尾巴保持平衡。汤米的迷你尾巴，对奔跑中的平衡的控制不力，是汤米的第二个弱点。

这两个弱点被更聪明的科迪发现了。

于是聪明的科迪开始制定战略战术，实施反攻计划。

第一个战术是，绕着圈跑，消耗汤米的体力。汤米爆发力好，速度快，但是要命的是汤米的尾巴弱点，科迪的战术对几乎无尾的汤米非常奏效。灵活的科迪突然转个急弯，汤米无法很好地控制转弯的平衡，只好绕个大圈，平白浪费了体力。有时候科迪逃着逃着突然刹车拐弯，体格厚重的汤米刹不住，就直直冲了出去，跌个正宗的狗啃泥。当然，汤米追上科迪的次数还是多数，但是科迪有耐心。

第二个战术是，绕了足够的圈子，趁着汤米气喘吁吁地赶来之前，把汤米的水盆打翻，让又累又渴的汤米无水可喝。科迪这一招屡屡得手，听起来是有点不够朋友，不过两军交战，断其粮草，自古就是良策。

怕热的、短尾的汤米就这样败在科迪手下。气喘吁吁的汤米被体型小一倍的科迪压在地上，科迪用嘴咬住汤米颈部的皮，又咬耳朵，咬……科迪在报一箭之仇，不，很多“一个箭步”之仇。

幸亏汤米是法国斗牛犬，幸亏有一身咬不穿的厚皮，幸亏汤米性情敦厚。

狗儿们中如果有军事战略家，可以把这个以小胜大的案例写进去了。

最后，科迪和汤米都累了，就各自找找主人，或者在一起休息，友好地喝一盆水，间或一起散散步，对一只拖鞋做一些小小的争夺，或者在绿茵茵的草地上探寻一些有趣的东西，在灿烂的阳光下追逐蝴蝶蜻蜓……

太阳就要下山了，狗儿们卧在绿茵茵的草地上，身上的皮毛在斜阳微风中闪着浅浅的光泽……汤米的主人告辞了，汤米友好地和科迪碰碰鼻子，跟着主人离去，科迪目送着汤米，久久地坐着，夕阳在那里剪出一个小小的影子。

2013 年写于洛杉矶

后院卫士

科迪的与人为善，注定科迪无法像德国牧羊犬或拉布拉多那样成为担负起看家本领的工作犬。但这并不意味着科迪不能成为后院卫士。

科迪还未来时，后院因为种了很多瓜果蔬菜，成了许多动物的垂涎之地。在瓜果蔬菜生长过程中，不断有彼得兔及老鼠松鼠地鼠走鹃浣熊大蛇小蛇各种鸟类等等，从四面八方轮流来骚扰，植物们时时有“一大波僵尸正在袭来”的恐惧感，不同的是动物代替了僵尸，菜农代替植物迎战。

科迪小时候对这些动物没有感觉，带它出去散步，只是沿途低头“扫雷”，对路旁坡上或草地里的兔子视若不见，在后院玩耍，时而有松鼠跳跃而过，科迪也只是看一眼就算了，注意力在草地或土里的小肉虫子。夜间科迪睡在屋里，与夜行动物们无缘相见，彼此倒也相安无事。麻麻经常觉得奇怪：科迪不是猎犬吗，怎么对小动物都没感觉呢？那时候的科迪，处于猎性未开的混沌状态中。

时间过得飞快，转眼科迪就一岁了。在那些日子里，仿佛有一只看不见的手，在科迪身里什么地方的按钮上按了一下，科迪突然就觉醒了，抬起头来，变成了一只小猎犬。

觉醒了的科迪，首先改变的是散步时不再扫雷，虽然还保持好奇心，但对会活动的物体，例如兔子，表现出极大的兴趣，这些年社区里兔子繁殖得很多，散步一趟，看见七八只兔子是常事。散步时的科迪，只要闻到兔子的味道，就立刻进入追捕的状态，爆发力使得麻麻几乎拉不住。这时候只有靠山才能控制住兴奋的科迪，大概这也是科迪将靠山当作靠山的缘故吧——比他有力量！

自从科迪猎性觉醒，后院的小动物们立刻章法大乱，科迪最喜欢的，是追捕蜥蜴，这也和蜥蜴坚守阵地不肯迁徙有关，蜥蜴仗着灵巧的身体动作和可以随时掉落迷惑敌人的尾巴，十有九九可以逃出生天，院子里常常可以看到断了一节尾巴的蜥蜴在飞快地爬行。小老鼠就没那么幸运了，经常被多管闲事的科迪狗拿耗子，不过科迪不吃小老鼠，戏耍一下，被麻麻看到就夺走扔掉了。

科迪最讨厌的是乌鸦，只要听见乌鸦叫，立刻汪汪狂吠，如果乌鸦敢到后院来，科迪必定飞奔出去驱赶，赶走为止。其他的小鸟，有时落在草地上吃虫子吃草籽，科迪也不依不饶地追来追去。曾经大摇大摆横过草地的松鼠，现在经常被科迪追得屁滚尿流，有一次看见一只松鼠被追赶得从围墙栏杆上一跃而起，在空中划出一道弧形（估计打破了松鼠奥林匹克运动纪录，才得以逃走。彼得兔就不用说了，到处都有科迪的味道，彼得兔才不自找麻烦呢。

科迪看见麻鹰也不爽，不过麻鹰一般不到后院来，只是在天空盘旋一下。有一次罕见地有两只麻鹰在后坡的一棵树上交配，科迪非常不屑地对他们狂吠：大白天的，节操呢节操呢？一只麻鹰被惊走了，另一只麻鹰气哼哼地盯着科迪，麻麻见状急忙过去解围。麻鹰也不是好惹的，社区里曾经流传着小宠物狗被麻鹰叼走的传说。

科迪成了后院的卫士后，麻麻再也不必大战动物了。小动物不来，蛇没有食物也不来了；松鼠搬到松树靠近邻居家的那一边居住，轻易不敢越界；彼得兔爱护自己的性命胜于“仙草”，搬往他处；过去一到春天就进驻屋檐下做窝繁衍后代的小丫（一种北美歌雀），来得少了；挂在后院的糖水瓶，不复再有蜂鸟群舞的景观；从前夏日夜晚后院时起时伏的蛙鸣和蟋蟀，现在只偶尔有零星响起……

科迪视这一切为理所当然，而且随着成长，领地感也日益增强，只要有别家的狗儿经过，科迪必定在铁门里朝着那狗儿吠叫一番，宣示一下主权和领土。

2013 年写于洛杉矶

科迪和莉莉

莉莉是一只骄傲的日本柴犬，女孩，比科迪大一岁十个月。对一岁以内的小狗来说，大一个月就大很多，据说狗狗的一岁等于人的七岁，大一岁十个月的柴犬，对科迪来说，就像是大姐姐。

可是莉莉脑子里一点也没有做姐姐的概念。莉莉随主人来家里做客，看到科迪，互相嗅了一下，自恃身高力大的优势，立刻就把小不点科迪压倒，完全不把身为半个主人的科迪放在眼里，科迪个小力薄，只好四脚朝天表示投降。接下来，虽然莉莉主人随身带了莉莉的窝和玩具，但莉莉占据了科迪的迷彩图案的窝，科迪只好到莉莉的粉红窝里待着。结果是一身短毛的莉莉在迷彩图案的窝里神气活现像个淘气的男孩，长毛披肩的科迪在粉红的窝里畏畏缩缩像个羞怯的女孩。

当主人们聊天的时候，科迪和莉莉在草地上玩耍，更多的时候是在“厮打”，这是狗儿们排座次的一种方式，科迪虽然曾经以出色的狗儿战术胜过另一个朋友汤米，但是对付汤米的战术对莉莉完全无效。因为莉莉灵巧和速度都远在科迪之上。

莉莉身体轻盈，动作敏捷，奔跑起来既快又轻巧，又比科迪大一岁十个月。莉莉可以轻而易举地追上科迪，再把科迪按倒在地，再张开大嘴做咬状。每一次都是莉莉占上风，随着时间的推移，战况没有一点改观。科迪既跑不过莉莉，也来不及实施什么战术。

科迪很沮丧，不过科迪是好脾气，再怎么说莉莉也是客人嘛。可是骄傲的莉莉很快就反客为主，莉莉的玩具莉莉玩，科迪的玩具也是莉莉玩，只有莉莉不玩的时候，科迪才能玩玩具。喝水的时候莉莉先喝，即使是科迪自己的水碗，莉莉也要抢先喝一口。科迪无可奈何，安慰自己，不是说一种叫作弱肉强食的丛林法则吗？

这个法则立刻就在莉莉和科迪身上显示了。吃饭的时候，主人们在莉莉和科迪的饭盆里放上各自的狗粮，以为他们会各自安静进餐。不料主人们一转身，莉莉冲过去照着科迪的肚子就是一口。科迪的惨叫声惊动了所有人，莉莉的主人赶紧把莉莉抱走，科迪的麻麻抱着科迪心痛无比，但也不好意思说什么，到底人家是客人。

莉莉咬科迪显然是为了狗粮，在莉莉看来，她为老大，应该先吃，等她吃够了科迪才能吃。小不点科迪竟然无视老大，还不该狠狠咬一口？按现在的话说，莉莉是个女汉子。

女汉子发飙的直接后果，是主人们在他们进餐的时候把他们隔开。间接后果就是，莉莉失去了玩伴。科迪有意避开莉莉，只要莉莉凑上来，科迪就走开，或者找主人去。惹不起还躲不起吗？

轮到莉莉郁闷了，红花也还要绿叶衬，没有老小也就没有老大，科迪不肯和莉莉嬉戏，莉莉既孤单又没有成就感，于是莉莉下力气讨好科迪，把科迪的窝让出来，叼自己的玩具给科迪玩，科迪心一软，两人又和好了。

不料好景不长，在主人给俩人喂小饼干当点心时，莉莉又冲过去在“不懂规矩”的科迪肚子上咬了一口，科迪又惨叫了一声。这一次主人们都不乐意了，莉莉挨了一顿狠训，科迪被麻麻抱到沙发上安慰。

科迪再也不肯和莉莉一起玩了，无论莉莉如何讨好科迪，叼来各种玩具，把鼻子伸到科迪鼻子前碰碰，科迪对莉莉的玩具视而不见，对莉莉凑过来的鼻子，总是冷淡地把头转开。

科迪太伤心了，他从来没有这样被咬痛的经历。莉莉也很失落，不是天经地义的生存法则吗，为什么主人要发脾气？科迪会不理她？

如果没有主人的因素，科迪恐怕不敢不理莉莉，莉莉会继续趾高气扬地做老大，先挑好窝睡，先吃好的，先玩玩具……但是，狗儿的丛林法则遇到了人类的介入，就打了个大折扣，因为人更强大更有力量。

也许莉莉会慢慢懂得在人类的介入下，如何和其他狗狗相处。最好的办法，就是去上狗学校听人类教她如何学习社交。

2013 年写于洛杉矶

科迪和他的朋友们

科迪活泼可爱，尤其喜欢交往，是一只名副其实的 Party Animal（派对动物）。

在美国，狗狗在学校有一项重要的课程要学，就是社交。这门课，科迪就是学霸，不用学就满分。

美国有一种狗狗“幼儿园”，就是当主人有事或外出时，将狗狗送去照顾的地方，分日托和全托。麻麻和靠山出门，科迪就会被送去全托。如果麻麻白天有事，或者觉得应该去社交了，也会把科迪送去日托，幼儿园每天都有两次活动时间，日托的另外一个意义是让科迪和很多小朋友玩，学习和实践狗儿社交。

科迪一到幼儿园，立刻就被称为 Party Animal，他会向所有的男女老师阿姨示好，讨好，以致后来麻麻一带科迪走进那家 Petsmart，都有工作人员叫他的名字，还有一次，一位工作人员甚至说，上班时大家一看到科迪，就很高兴：今天科迪来了。

科迪在幼儿园交了许多小狗朋友，但我们只在老师写的评语上看到那些狗儿朋友的名字：Snow，Katy……因为接送时间不一样，很少能看到科迪在幼儿园交的好朋友。

但在社区里，科迪的朋友就是常见的了。

科迪有一个要好的朋友叫苏摩，苏摩是一条狮子狗。浑身长满蓬松的金毛，一对小眼睛经常眯着，但眯着的小眼睛丝毫不减苏摩作为狮子狗的威严。科迪和苏摩的认识始于科迪散步路上两家主人的交谈，在关于狗狗的交谈中，狗狗们也在试图交往，科迪主动向苏摩示好，尾巴几乎摇成一个圆圈，苏摩则冷静地站着，不动声色地接受科迪的示好，偶尔低低头嗅一下科迪。大家就算认识了。

自那以后，科迪每天散步经过苏摩家，就会看到苏摩站在铁门里等着，科迪则奋力拉着牵引绳向前，冲到苏摩面前，摇尾巴，时不时还亲吻一下苏摩的鼻子眼睛，无论科迪如何巴结示好，苏摩总是一副王者的气派，冷静而高贵。

苏摩就像狮子王，披着鬃毛君临天下，岿然不动地站在那里；科迪就像来朝见的臣子，巴巴结结地摇尾讨好……可是有个细节值得注意：有时候科迪够不着苏摩，苏摩会不动声色地悄悄向前移小半步，以便科迪示好。

就这样，两个狗狗朋友每天都会面。他们一定也在交流，可惜内容不为人所了解。

有一天，散步时没看见苏摩，科迪站在铁门前若有所失，犹犹豫豫地走了。接下来的一周时间，苏摩都不曾出现。

再下一周，苏摩出现了。令人吃惊的是，苏摩仿佛变成一头真正的狮子王！头上披着长鬃毛，身上只有短短的毛，尾巴修过了，像狮子那样在尾尖上留了一簇毛。苏摩的麻麻解释说，天太热了，给苏摩剪一下毛，美容师把苏摩剪成狮子样，以为可以振起苏摩的雄风，不料苏摩竟因此害羞，十多天不肯出来见人。

麻麻和靠山听了都忍不住笑起来，科迪不笑，科迪看到久违的苏摩高兴极了，扯着牵引绳就朝苏摩奔去。苏摩仿佛有点不自信地低头看了一下自己，抬起头来接受科迪“朝拜”时神情竟有几分羞涩。就这样，美容师的一把剪刀把苏摩从王者变成了平民。

苏摩的外形更像狮子王了，苏摩的神情却回到了狗狗世界。从此苏摩每天照例等候着科迪散步经过，两个朋友不再像是国王和朝臣，而像是住在一条街上的发小。

日子一天一天过去，科迪和苏摩的会面已经成为两狗生活中的固定活动。偶尔苏摩不在铁门里等着，麻麻就会对科迪说，苏摩跟他粑粑麻麻出门了。我们出门时，大约苏摩也会这样想。

直到有一天，苏摩的麻麻告诉我们，他们要搬家了，因为退休，要搬到离女儿近一点的地方去住。我们开始议论两只狗狗的分别。

苏摩家终于搬走了。科迪每天散步，苏摩家铁门那里再也没有出现苏摩的身影。刚开始的时候，科迪经过时还会对着空荡荡的铁门驻足片刻，慢慢地，科迪就习惯了，再后来，每天经过时，不再抬头驻足，迈着平常的步伐走过去，仿佛淡忘了一切。

可我相信如果有一天他们见面，他们一定不会忘记对方，还会在一起亲热问候。

狗儿是最重情义的。

2014 年写于洛杉矶

西部牛仔

邻居家新养了一条大黑狗，名叫牛仔。是拉布拉多和别的狗的混血儿。说是大狗，其实来的时候刚过一岁。

牛仔刚来的时候，不声不响地隔着栏杆看我在后院干活，或者看科迪和靠山在草地上嬉戏。直到有一天，牛仔觉得自己熟悉了情况，邻居家的动静对他不构成威胁，于是，在一个早晨，牛仔突然发出惊天动地的吠叫，从此邻居们不得安宁。

牛仔对所有进入他的视野的人物和动物都抱有戒心，但是牛仔的智商又不够高，搞不清楚领地的标志是什么，只要在离他两米的小菜地里干活，牛仔也会愤怒地狂吠，如果在那里干十分钟活，牛仔也会在那里吠叫十分钟，叫得口吐白沫也不肯罢休。

刚开始的时候，科迪会和牛仔隔着栏杆互相对吼几声，没多久，科迪觉得牛仔有点不可理喻，就不再理他。有时候科迪在后院闲逛，遇到牛仔冲着科迪狂吠，科迪只是看一眼牛仔，然后走开。

在美国，狗狗这样狂吠有可能受到有关部门的警告。前不久报载美国某个州，有个大汉受不住邻居狗无休止的狂吠，一怒之下开枪打死狗狗因而吃上官司。通常来说，狗主人没有更多的办法制止狗吠，很多狗主人甚至没有寻找制止办法的念头。狗还能不叫吗？他们这样认为。

牛仔属于很难调教制止的狗狗，邻居主人给牛仔戴上防吠叫狗圈，不料牛仔竟然能忍住不适，坚持继续狂吠。后来邻居给了我一袋狗饼干用来安慰牛仔，结果是牛仔叫得更欢：我要吃小饼干。

牛仔慢慢长大了，隔着栏杆看到我，会主动坐下来，做出乖乖孩的样子，等着我给他小饼干吃，但是别以为给了小饼干就可以靠近栏杆，牛仔会一边吃一边对领地可能受到威胁继续狂吠。

再后来，牛仔的狂吠渐渐有了清晰的内涵，那就是焦虑和寂寞。邻居们都知道，只要听见牛仔四面八方无休止的巡回狂吠，那一定是家中无人。邻居有时候周末出门不带上牛仔，于是整个周末，牛仔的吠声此起彼落，绕着社区回声不止。

这时候的牛仔是令人同情的。说到底他还是个一岁多的小狗，一个人孤独地被留在家里，焦虑、寂寞、孤独、恐惧、饥饿困扰着他，还要担起看家的重任，有时候，他的吠叫就是在为自己壮胆：我很强大，你们别来招我！

有时候在后院干活干到一半，觉得牛仔实在聒噪得不行，又看他可怜，会回屋拿点小饼干喂他。有趣的是，无论科迪在干什么（多数情况下他在沙发上打盹），他都能知道麻麻想干什么。只要站在牛仔面前，一回头，科迪肯定坐在一边，眼睛瞪得圆溜溜地看着麻麻，那意思是，我的小饼干，我也得有一份是不是？

隔着栏杆，暖暖的太阳下，一大一小的两条狗乖乖地坐着，等着小饼干吃。吃完小饼干，带着科迪回屋，听见牛仔在后面又叫了起来，我明白他的意思，他在说：别走，陪陪我，我还要小饼干！

别看牛仔的名字响亮，平日叫得欢，其实是一条敏感胆小的狗，老祖宗早就说过了，叫的狗不咬人。再过去几家的邻居，养了一条美国斗牛梗，铁门栏杆上挂着一个牌子，上写："注意！内有大狗！"那条斗牛梗从来不叫，当他趴在铁栏杆里冷冷地看着过往行人时，经过的狗儿都屏声敛气，埋头自顾走路。有一次斗牛梗出来散步，牛仔不知死活地冲着斗牛梗吼吼，斗牛梗不动声色地转过来看了一眼牛仔，顿时，牛仔吼了一半的声音生生被咽下去，尽管隔着栏杆，还是转身夹着尾巴逃走了。

其实狗的社会和人的社会有很相像的地方。

2014 年写于洛杉矶

美食美味

食色性也和色食性也

有一个问题是：不下厨的美女和不美的厨神，二者择其一，你选谁？

时下风行美食，书店里铺天盖地的是各种美食食谱，网上有各种美食专栏，有人专写美食博客，电视台美食节目花样繁多，我经常看的就有 Discovery（探索）的旅游生活频道，世界各地的美食无所不有，令人馋涎欲滴。香港几个电视台也不甘落后，推出各种美食厨房，有“肥妈厨房”、“大厨厨房”，最火爆的是无线台周日晚上的“美女厨房”，据说收视率奇高，最多的一集录到 256 万人次收看。“美女厨房”是真正的美女上阵，不光有本港演艺圈中热门美女，还请来台湾演艺界美女，秀色加上美食，收视率想不高都难。

“美女厨房”的卖点在于美女，可是上阵的美女多半不善烹调，很有点临时抱佛脚的味道，编导又故意选择些不好处理的食材，例如螃蟹、章鱼、鳝鱼等等，美女们有的手忙脚乱，有的鸡手鸭脚，不是打翻酱油碗，就是烧煳了锅，便有怜香惜玉的美男评判英雄救美，出手相助，最后美食上桌，主持或嘉宾便试吃，故意做出种种难以下咽作呕的难堪状，平添不少搞笑的气氛。

据调查，这个节目老少咸宜，男女通吃。男人主要看美女，不光模样靓，还无伤大雅地走点光；女人看美女也看美食，会烧菜的看笑话，不会烧菜的看热闹；小孩子们看评判的搞笑作呕状，乐不可支。可谓各取所需，各得其所。因此，这个“美女厨房”，严格来说应该算娱乐节目，不算美食节目。

由“美女厨房”又引出许多话题，其中有一话题，问：男人娶妻，不下厨的美女和不美的厨神，二者择其一，你选谁？这里不涉及有没有钱出门吃饭或雇厨师的问题，就是一个不假思索脱口而出的选择。结果绝大部分男人选择了不下厨的美女。

古代圣人有“食色性也”的语录，非常人性化。饮食，男女，人之本性也。美食和敦伦，都是美好人生不可或缺的，最低限度也是要吃饱，再完成传宗接代的任务。不过圣人是把“食”排在前面，“色”排在后面。细想过去，大约圣人的时代，生产力低下，物质匮乏，美食比较罕见，“周礼”里记载的皇家的美食，根据疏注，在现在看来也不过是平常东西，例如八珍中的“淳熬”是肉酱油烧白米饭，“淳母”是肉酱油烧黄米饭，其他也就是羊羔乳猪之类，远没有后世的奢侈和穷凶极恶。

孔夫子说“食不厌精，脍不厌细”，精细到什么地步，没有文献可考，只知道他老人家是肉割得不正不吃，听起来还只是停留在形式美的低级阶段。皇帝和圣人如此，广大劳动人民就可想而知了。可见那时候“食”的主要问题是吃饱，吃饱了才有力气敦伦，才能保证香火得到延续。所以圣人把“食”排在“色”前面，是由当时当地的条件决定的。

如今世界飞速地进步，物质生产高度发达，物质资料高度丰富，可以说，在大部分地方，至少在香港，是不存在吃不饱的问题了，就算找不到工作，政府还会发综援，保证不饿肚子。香港又号称美食之都，中西美食，林林总总应有尽有，无论是港岛九龙的大酒店，还是铜锣湾、兰桂芳，还有九龙城、鲤鱼门，只要你想吃的，没有吃不到的，口味还绝对正宗。美食对大部分人来说，不再是难以企及的了，而且较之古代，不知精细了多少，丰富了多少。

所以，当被调查的男人回答问题的时候，多半正好享用过美食，或者正要去享用美食。既然不光“食”不成为问题，连美食都不在话下，这时候，“色”的问题就凸显出来了，凸显出来的结果就是上面的问题：在不下厨的美女和不美的厨神中，几乎所有的男人都不假思索地选择了不下厨的美女。

这应该也能算作是时代的进步吧？圣人“食色性也”的语录，与时俱进的话，应该改为“色食性也”了，声调上也比较有节奏，读起来朗朗上口，而且富有时代特征。

2006 年写于香港

广东东北菜

到深圳购物，顺便吃北方菜，香港虽说是美食天堂，但主要以粤菜上海菜西菜为主，大陆的北方菜，在香港很难找到正宗的，所以一到深圳，就喜欢找北方菜馆。

早先并不怎么喜欢东北菜，但在北京时被家人朋友影响，慢慢也就接受了。这家东北餐馆在深圳很有名，骨架和酸菜白肉血肠锅味道不错，量也大。进门就有身着花花绿绿衣裳的姑娘招呼，一坐下来，就觉得自己立刻充满了大块吃肉大碗喝酒的豪爽气。

算起来有半年多没有来了，拿起菜单，轻车熟路地点了酸菜锅、骨架、醋溜白菜、玉米饼子、咸鱼。一会儿骨架上来了（所谓骨架，就是北京人叫腔骨南方人叫龙骨的那种东西），看了盘子里的菜呆了一下，以前是一个大盘，骨架足有四五寸长，在盘子里堆得高高的。现在变成小一点的盘子，骨架斩成小孩拳头大的一块块，很秀气地坐在盘子里。再一会儿醋溜白菜上来了，居然用五寸盘，天，比我家的菜盘还小！接下来是酸菜锅，记得以前是一口铁锅，带着火热气腾腾地上桌，现在呢，一个中等偏小的砂锅往桌上一放就是了。这是东北餐馆吗？我问自己。

记得二十世纪九十年代在北京，那时候东北菜刚打进北京，我们经常去花园路的一家东北餐馆，第一次去真开了眼界，尖椒土豆丝一端上来，立刻目瞪口呆，满满的尖尖的一大盘，心想至少用了五个土豆吧，当饭吃也吃不完呢；骨架上来就更吓人了，一份估计用去了三分之一根腔骨。那两份菜一下子就让我见识了东北人的实在和豪爽，再看看现在桌子上的菜盘和菜，不禁怀疑，是不是广东食文化的魅力，把豪爽的东北大汉变成了秀秀气气的广东姑娘？还好，骨架吃起来味道还算地道，还是我记忆中的那种熏香，酸菜锅虽小，酸菜却是满满腾腾的，用筷子捞了半天，才捞起七八根粉丝，白肉、血肠也就象征性地点缀一下。唉。

一顿饭吃下来，总的来说味道还行，就是分量和有效成分缩水了。味道还是东北菜的，分量变成广东菜了。一顿饭吃下来，再没有大块吃肉大碗喝酒的豪爽劲了。

回来给我家领导打电话，说今天吃的是广东东北菜，领导纳闷，遂解释给他听，领导听完大笑，说这就是通货膨胀嘛，不奇怪啦。

2006 年写于香港

中餐的魅力

接 Niki 的一封感谢信，Niki 暑假来香港旅行，在我家住了两星期。信上说她离开香港后又到欧洲大陆旅行，一路上很想念我做的饭菜。呵呵，这真使我高兴。

我是个好客的人，有客人来家，唯恐人家吃不饱，每餐都要弄出四菜外加一个汤。Niki 刚来的时候，对我做的饭菜持很谨慎的态度，每样浅尝即止，我也不觉得意外，英国人嘛。但是很快，她就放开肚皮大吃了。家里有老外客人不是第一次了，大凡老外来家做客，不用像中国人那样要频频劝菜，基本上随意就好。因此我们吃饭的时候就都不去关心 Niki 吃什么，只聊天，不劝菜。当然我是假装不关心的样子。几天下来，我很快就知道 Niki 喜欢什么菜了：香菇鸡汤、排骨萝卜汤、香煎鱼（各种海鱼），油焖大虾、糖醋排骨、红烧冬瓜、饺子、葱油饼、盐煎豆腐……最后她居然还喜欢上了榨菜肉丝和厦门肉松拌饭。通常来说，老外是不大容易接受腌制的食物的。Niki 不吃的东西是卤猪蹄，英国人不吃猪的膝盖以下的部分，这我知道。不过她喜欢吃和猪的膝盖以下部分一起煮的卤蛋。鸡爪她也不吃，这也属于膝盖以下的部分。不喜欢吃的还有鱼丸、鱿鱼卷、腐竹、面条等等。这个应该是没办法的，中国人自己也很多对食物挑挑拣拣的呢，何况最挑拣（不是最讲究）的英国人。

看着大家把饭菜一扫而光，心里蛮开心。一个星期以后，Niki 开始抱怨吃得太多，吃胖了。我最怕女孩因为怕胖不吃东西，所以极力否认她胖了，并大肆批评香港人崇尚的瘦近于病态，不美观不实用也不利于健康。Niki 将信将疑，同时也抗拒不了中餐美食的魅力，余下的一周仍旧大吃大喝。我们还带她出去吃北京烤鸭，吃潮州菜的冻花蟹，吃上海菜的点心……最后，Niki 完全不提胖瘦的话题，只对香港的美食和我的家常菜赞不绝口，然后带着我装在她箱子里的榨菜、肉松、茶叶等等，心情愉快地登上了回家的航班。

看到中餐对老外这样战无不胜所向披靡，心里也不免有几分得意。最近又有消息传来，两年前来我家做过客的那个女孩 Ellen，要以志愿者的身份到海南岛教英语一年，然后回英国修中文专业。这真是好听的消息！谁能说这里面没有中餐的魅力在起作用呢？

2006 年写于香港

美味大闸蟹

又到了吃大闸蟹的时候了。

最喜欢吃蟹，小时候喜欢吃海蟹，后来喜欢吃红蟳，再后来发现黄油蟹好吃，除此之外还吃过潮州冻蟹，以及一些诸如阿拉斯加蟹之类的外国蟹，吃来吃去，最后觉得大闸蟹可以算蟹中之王了。

但是大闸蟹性寒，我的胃素来较弱，因此每到秋风起、菊花黄的时候，就特别注意胃的保养，不吃凉的，不吃硬的，不吃太饱，也不饿着，仔仔细细地照料着自己的胃，就为了能吃大闸蟹。

但再怎么保养，家里领导也拘管得紧，说是一周只可以吃一次大闸蟹。觉得太少，据理力争，说人家嗜蟹的都是一天三只或一天一只；又说平时都不吃肉，再不吃些蟹蛋白质就不够了；又说胃保养得很好等等等等，无奈领导不为所动。力争无效，就另辟途径。领导喜欢打球，有时周末说要打两天球，打两天就打两天吧，各玩各的。进了十月，打两天球？拿大闸蟹来换，一只换一天换不来，一只换两天也行。这样胡搅蛮缠，加上同学朋友聚会，一季下来也能吃上好一些。

吃大闸蟹喜欢自己拆着吃，也不要姜醋，就喜欢它的原味，所有的蟹粉类菜肴都不喜欢。开始也不知道为什么，后来读到［清］袁枚的《随园食单》才恍然大悟。袁枚的《随园食单》，据说是喜欢阅读的美食爱好者，饕餮，或者美食家必读的一本书。袁枚在“独用须知”里说：“味太浓者，只宜独用，不可搭配。……何也？此数物者，味甚厚，力量甚大，而流弊亦甚多，用五味调和，全力治之，方能取其长而去其弊。何暇舍弃本题，别生枝节哉？”袁枚说的“此数物者”就包括蟹。说得很有道理，甚合我意。不过萝卜白菜各有所爱，也有喜欢吃蟹粉的。上周北京来了几个朋友，大家欢聚，席上就有大闸蟹和蟹粉鱼翅。看见蟹粉鱼翅就想起袁枚的话“金陵人好以海参配甲鱼，蟹粉配鱼翅，我见辄攒眉”。袁枚敢攒眉，我则不敢攒眉，怕被朋友们批评。后来用蟹粉鱼翅与蟹粉小笼包和一个懒得剥蟹而喜欢蟹粉的朋友换了一只大闸蟹，皆大欢喜。

那天去一家酒楼吃饭，要了一只大闸蟹，吃后向老板提问：是否时间稍早？怎么不如去年的蟹好？老板是来自上海的老香港，因为相熟，所以实言相告：其一，时间再晚一周会更好一些。其二，今年是大闸蟹的小年，蟹比较少而且肯定不如去年的肥美。其三，现在内地人富起来的越来越多，阳澄湖的大闸蟹，包括那些在阳澄湖浸一晚上就走的大闸蟹，早早就被北京上海广州那里的人用大价钱订走了，过去在香港吃好蟹的风光已经不再了。其四，老板还透露出一个消息，据说香港上市的大闸蟹，有来自美国的。这真是新闻，美国也产大闸蟹？不过想起来，美国很多地方山清水秀，湖泊众多，有蟹应该不奇怪，一方水土养一方蟹，说不定别有风味也未可知。后来我到了美国，才知道美国根本没有大闸蟹，而且，美国严禁大闸蟹进口，理由是为了防止大闸蟹侵入后影响本地蓝蟹的生存。再后来，尝过美国蓝蟹，无话可说唯有叹息：美国人算是没有口福的。

2006 年写于香港

2014 年修改于洛杉矶

天厨星

写了一篇《中餐的魅力》，立刻就有同学朋友来电来信，嘻嘻哈哈，强烈要求来我家吃饭。心里一得意，就不免有几分忘形，想起现在流行私房菜，便盘算着是否回北京回厦门开一家《×家菜》，转念一想，万一有人问起来祖上是否有人在宫里府里做过事，那是一定答不上来的，还是谦虚一点改叫《××家常菜》比较安全。据说餐饮业获利丰厚，干几年，专宰这些老饕同学朋友，说不定就可以变成富婆了。朋友听了大笑，说这事你不行，先不说你身体吃不消，那些工商税务检疫消防你根本对付不了。让朋友这么一说，顿时气馁，我生性腼腆，最怕要对付什么人，于是富婆梦灰飞烟灭。

就是，想赚钱，做什么不好，何必一定要想开餐馆？想来想去，大概与天厨星有关的缘故。

天厨星在紫微斗数里只排在乙等星，地位属次等，在玄学家眼中，它对个人的影响力，远不及主星、六吉星等，仅起辅助作用而已，有些过于严肃的玄学家甚至不屑谈及。天厨本来是代表俸禄之星，并不单纯指与入厨有关。不过民以食为天，俸禄亦与食有关，所以也有玄学家把它归于入厨之类。

据说命带天厨又分三种：

第一种是命宫有天厨，这种人讲究饮食，喜欢下厨，喜欢待客。这种待客是亲自下厨烧菜待客，不是上菜馆酒楼大宴宾客的那种。这一种人我见过的最极端的例子是香港某大学校长夫人，这夫人身为贵妇名媛，平时不与那些浅薄的只知道炫耀的阔太交往，一门心思只在烹饪上，家中的厨房完全是专业设计。出门旅行，除了品尝美味就是拜师学艺，拜过好些米其林星级餐馆的大厨，还有过在四川把一家菜馆包起两天只为学艺的故事。不用说，厨艺是一流的。

第二种是事业宫带天厨，就是从事餐饮业。或大厨或名师，也可能就是三级厨师，这里面还有天分的区别。当然还包括开餐馆酒楼的大小老板。

第三种是福德宫里带天厨，这是最受欢迎的一种。这种人喜欢吃，讲究吃，有的吃，却不要下厨。就是民间说有口福的一类人。

对比一下，我大概是第一种，喜吃愿做；虽然我很想是第三种，只吃不做。但是这大约属于命中注定，只好认命了。不过我的天厨星大概很小很小，远不及那位大学校长夫人的星星那样灿烂辉煌。所以我也就在家做几样家常菜，家人亲友、三五知己罢了。

开餐馆，那得事业宫中有星才行，没有，就不作他想了。

老饕同学朋友多半是第三种。比如 Cherry，Cherry 是我的朋友，她在评论中夸我是勤快有耐心的人，我很感谢。其实她不知道我并不是生来勤快耐心，而是生来命宫带天厨而已。Cherry 是美女加才女，我替她琢磨，一定是事业宫里文昌星闪闪发光，福德宫里天厨星发光闪闪，所以不用下厨房烟熏火燎仍然口福多多。其他有口福的同学朋友请依此类推。城中村夫关于热爱生活的评论亦可如此解释：无他，命也！

有朋友来讨教做菜诀窍，我做菜其实一般，《中餐的魅力》写出来有自吹自擂之嫌，不过下厨多年，体会还是会有一点的：

1. 食材一定要新鲜，调料尽可能要正宗。

2. 要讲究细节，比如材料的准备，腌制的时间，下锅次序，火候，时间等等，一定不要怕麻烦。

3. 中餐讲究镬气，如果怕油烟，味道就要打折扣。

2006 年写于香港

香港的民俗盆菜

香港过年民俗，盆菜是一大特色。

盆菜在丰富的中国菜中别树一帜，其主料和配料众多，烹调方法各不相同，而且排放方式相当讲究，最后还配上不常见的木盆为盛载器皿。“盆菜”自此名倾中外，不少中外旅客因此慕名而来，品尝这独特的菜式。据说“盆菜”还可能是著名“一品锅”的鼻祖，甚至跟“火锅”、“打边炉”、“煲仔饭”也有点关系。

传说南宋末年，元兵南下，陆秀夫等朝官自浙江安徽逃难到福州，并立赵罡为帝。宋帝等在福州藏匿不久，又经漳州逃到香港九龙，后宋帝病死，众臣拥立赵昺为帝。不久，宋帝君臣等人移师向西，在途经今日的新界时，当地居民见皇师驾到，当然殷勤招待，但仓卒之间要找来大量盛装菜肴的器皿也着实不易，于是居民就地取来一些大木盆以盛载菜肴，这样的一个急中生智，竟成就了今日的香港的民俗名菜“盆菜”。

传统盆菜以木盆盛载，材料则一层叠一层的排放。不过，现在大部分盆菜都改以铜盆、瓷盆等来盛载。自从盆菜发明至今，新界原居民每每于岁时祭祀、大时大节、乃至婚嫁庆典等礼仪时，都会以“盆菜”招待客人，最为著名的是围村盆菜。

在香港新界的围村，传统盆菜的制法都是父子相传，或是村民之间互相传授。每当中国传统节庆来临时，村里几位德高望重的师傅都会肩负起制作盆菜的重任，而且一次可以制成数以百盆美味无穷的盆菜，真正是“大制作”，场面非常热闹。

从前盆菜是用传统方法炮制的，主要采用南乳、面豉酱等作调味。而现在的盆菜一般用豆瓣酱、头抽、南乳等来烹制，但绝不添加味精之类的添加剂。从前品尝一席盆菜往往都要于三日前预订，因为烹煮一个传统盘菜是相当繁复和辛劳的工作，一道具有乡村风味、正宗的围村盆菜，其实是由很多人分工合作，在祠堂内预备和烹煮的。

第一天要上山砍柴。从前没有石油气或煤气，所以必须预备充足之木柴以便夜以继日去烹制盆菜材料。现今仍有不少围村坚持以木柴为燃料，因为围村居民觉得只有木柴火才可以煮出盆菜的真正风味。假如邻近有荔枝园的话更是理想，皆因荔枝柴木的火力较强劲。当地有俗语谓：“你有牛白腩，我有荔枝柴。”随着科技发展，现代化的食肆和食品制造工厂已经完全利用电力、煤气或石油气来烧菜了。

第二天则要购买和准备充足的新鲜材料。围村盆菜通常不会用冻肉或冰鲜的产品，古代农村社会没有电冰箱，必须新鲜买制。美味的传统盆菜只能由新鲜的材料制作出来，更重要的是，传统盆菜用于节庆祭祀的宴会。假如只是随意求便宜图方便地使用罐头、冰冻、即食产品之类去制作，围村人便有感对上天神灵、祖宗乡亲不敬。现今名贵的盆菜会配上海鲜和鲍参翅肚之类为材，则是现代社会演变的结果。

第三天大清早便要开始炆猪肉和其他材料。围头炆猪肉最考师傅功夫，亦是围村盆菜的一大特色。古法炮制的围头猪肉是要把半肥瘦的猪腩肉出水、上色、入味、风干后再猛火追出油和慢火收水炆制，经十多小时的耐心烹调后，便成为入口软滑甘香、肉汁香浓丰富、不肥不腻、别具特色的围头猪肉，令人一吃再吃，不能停箸。除了炆猪肉，制作盆菜的材料相当丰富，古代所用的材料最少有八样，包括萝卜、枝竹、鱿鱼、猪皮、冬菇、炆鸡、鱼球和猪肉。近代的用料更是多不胜数。

各种材料经分开烹调后，会被师傅一层一层有序地叠进大盆之中，这工序又称为“打盆”。“打盆”是有正宗的要求的，上三层是米鸭、鸡、鲮鱼球、干煎虾碌等干料，下三层则是萝卜、猪皮和围头猪肉等容易吸收汤汁的材料，这样便可做到汤汁一层一层地往下渗。吃的时候一层一层地吃下去，一层比一层的滋味鲜美。

近年来，香港人过年食盆菜已成为一种时尚潮流。我亦赶时尚吃过两次，坦率地说，滋味不错，但没有想象的美味无比，大约是没有遇上顶级厨师，或者预期太高的缘故吧。另外，吃盆菜的一个缺点是习惯上没有使用公筷，这么大盆菜，难免有人想吃上面有人想吃下面，人一多一翻两翻，就会影响食欲。时代进步了，传统习俗也应该改进，更注重卫生和健康。

2006 年写于香港

老街异香

澳门的美食名闻遐迩，葡萄牙殖民百年，澳门的饮食深受影响，除了有粤菜外，葡国菜还分为正宗葡国菜和土生葡国菜。粤菜在澳门基本和广东香港的粤菜一样，正宗葡国菜就不用说了，土生葡国菜则糅合了本地风味和印度、东南亚风味，吃起来别具一格。当然和香港一样，澳门还有来自全球各地的美食。

这次去澳门，专门在老街小巷里寻找美食。大酒店里的美食固然精致美味正宗，但是那份精致却少了一点乡土的亲和力。当然，去老街小巷寻觅美食，一定得当地朋友介绍，那种专门为游客准备的餐厅，除了参加旅行团被导游带去而别无选择外，一般来说，是不愿意去的。再好的餐馆，只要专门为游客服务，必定心躁气浮，沦为快餐似的饮食服务。只有那种专为本地人回头客的餐馆，才能保持水准，值得光顾。

澳门有一条小街，名福隆新街。石板路，两旁是栉比鳞次的小店，窄窄的回廊下，带有古意的红门板，抬头是雕花镂空的红窗，古旧欧式的路灯。小店多是风味美食，以及远近闻名的各种饼店，这些饼点，是游澳门必买的手信。

有一回我读到一本描写饮食文化的书，里面提到福隆新街有一家粥店，叫“三元粥”。粥有各种，其中最出名的是“肉丸粥”。据说每一碗粥里的肉丸，都是每日现买新鲜猪肉，现打现放进粥里滚熟的。因为现打现放，肉丸里的肉汁受热后立刻封在丸子里，吃起来鲜嫩鲜韧鲜美无比。从前一盘肉馅，要用调羹打上三四十下，才一颗颗放进粥里，后来生意太好了，改为打二三十下，后来又改为十几下、七八下。七八下也好，总胜于事先做好放冰箱里的丸子。

这次专门到福隆新街寻找三元粥店。小街并不长，来来回回地走了两趟，仔仔细细地一间一间看过去，粥面店好几家，就是没有三元粥。在街边发了一会儿呆，忽然看到一位老人走出来，上前问好并询问三元粥店的下落。老人一听就笑了，说三元粥结业了，“结业了？点解啊？”我很感意外。老人说：“做不了了，不做了。”十分诧异，又不便深究，一时不知道说什么好。老人看我的困惑样子，指着不远处说，有一个人现在在那间粥面店做，你可以去那里吃。谢别老人，我走到那间粥面店门口，犹豫了一下，终于转身走开了。

还是把对那碗肉丸粥的美好期待留在心里吧。

一间著名的小店就这样消失了，一句“做不了了”是很意味深长的理由。我想，在现在这样的市场，要保持手工操作，精心选料，物美价廉地招揽回头客，确实不容易。也许，主人就是不愿意见自己的粥店沦为快餐粥店而结业吧？

吃了一次葡国鸡，据说是正宗葡国菜，去的这一家是本地朋友推荐的，在金沙后面的一条老街上。叫什么马什么餐馆。我经常吃了好吃的菜，不认路的毛病就犯了，连带着记不住餐馆的名字。端上来的菜是诱人的金黄色，香气扑鼻。里面有鸡腿、土豆、洋葱、西红柿。等等。趁热吃，非常美味。

后来在香港又吃过一次葡国鸡，但已经不复再有澳门老街的味觉和感受了。美食常常就是这样，离开了当地的环境，风味就打了折扣。有时候也许和心理有关，但天时地利人工水土食材等等的不同，却是确确实实存在的。

2006 年写于香港

香港茶餐厅和性感奶茶

茶餐厅是香港街头的一道风景线，茶餐厅的奶茶是风景里的性感女郎。

走在香港的街井坊间，举目可以看见茶餐厅的招牌，不张扬，不炫耀，在南国的阳光和细雨中平凡、安静地等待着人们的来临。

茶餐厅又是香港独有的文化，它沉淀在所有香港人的记忆里，无论他们走到世界的哪一个角落，只要提起茶餐厅，就能唤起他们丝丝缕缕的乡情。

茶餐厅在香港有超过半个多世纪的历史了。大英帝国统治香港，绅士淑女们把在英国饮下午茶的习惯带来香港，后来渐渐普及至各阶层，茶餐厅因此应运而生。现在香港人仍然钟情茶餐厅，但是已经不仅仅是下午茶了，从早到晚都可以进去“叹茶”。茶餐厅热闹，市井，便宜，抵食。闲人在里面可以看报，聊天，聊马经，聊股市，抨击时政；打工族可以解决午餐，快速，实惠，老少咸宜。

茶餐厅的食物，中西日泰新马印，兼容并包，但水准参差不同。如何享受，取决于各自的选择。比较著名的老式茶餐厅有：湾仔的檀岛咖啡饼店，中环威灵顿街的乐香园，跑马地的祥兴咖啡馆等等。这些是传统的茶餐厅，古旧的桌椅，粗厚的茶杯，手绘的餐牌，老式的热水瓶，怀旧气氛浓郁。现在有些新开的茶餐厅，装潢现代化，干净，清雅，还有贵宾房，镭射音响，适合时尚的年轻人。倘若自由行来香港，一定要光顾茶餐厅，品味最能代表香港中西交融的特色文化。

每个茶餐厅的食物各有水准，但是，每个茶餐厅的奶茶一定是各有特色，成为各自的招牌。茶餐厅的奶茶，讲究的是每天早上选取几种茶叶混合，用白洋布过滤，加上细碎蛋壳，有的据说还用丝袜加碎蛋壳，（当然肯定是干净的丝袜）从高处反复冲击。曾经目睹这样的反复冲撞奶茶的过程，非常见功夫。冲出来的奶茶，香、醇、浓、厚、滑，喝这样的奶茶，是一种美妙的味觉享受。这样的奶茶是五星级酒店袋装红茶加奶不可比拟，也是家中用顶级红茶冲泡加奶所不能比拟的。

港式奶茶的这种特有的甘浓香醇，仿佛香港街头诱人的性感女郎，那种东方的含敛和西方的美艳的糅合，恰如其分地展现，令人回味无穷。

老式茶餐厅，用的是厚厚的白瓷杯。曾经读过李碧华的散文，她娓娓地写道："用厚瓷杯喝奶茶，如同吻上一个厚嘴唇。男人和女人的厚嘴唇，向来是比较性感的。"对这样的描写印象极深刻，料不到喝奶茶也会有这样的性感体验。以至到了香港，第一次在茶餐厅用厚瓷杯喝奶茶，看着厚厚的瓷杯沿，很是犹豫了一下。

从前在德国，经常用厚瓷杯喝水喝饮料，在那里，厚瓷杯常常用来衬托屋外郊野的风情，从未想过会有别的体验。然而到了香港，因为李碧华细腻感觉的缘故用厚厚的瓷杯喝香醇奶茶的体验确实不同了。只是现在，在各种场合喝香醇的港式奶茶，为卫生起见，常常用一次性的纸杯，那种吻上厚嘴唇般然后品味甘香醇厚的港式奶茶的体验饮食性感的机会，已经很少了。

2007 年写于香港

食语和食不语

圣人云："食不语，寝不言"（《论语·乡党》）。说的是吃饭的时候不要说话，睡觉的时候还是不要说话。圣人讲究养生讲究礼仪，在他老人家看来，吃饭的时候叽叽喳喳，睡觉的时候喳喳叽叽，不仅不利于健康，而且也不成体统。

睡前一定要看书，所以"寝不言"是做得到的。可是吃饭不说话，十有八九做不到。应酬吃饭及和朋友吃饭，难道大家就为凑在一起埋头苦干？在家吃饭，忙了一天，晚上团团坐定，一边吃饭一边面面相觑？如果聚会饭桌上没有声音，那叫冷场，一定会有人千方百计地找话题以活跃气氛。如果家里饭桌上没有声音，那就是有人生气了。

因此"食不语"是很难做到的。

但是圣人的话肯定是有道理的。俗话说，"不听老人言，吃亏在眼前。"不听老人的话都要吃亏，不听圣人的话还用说吗？

那天，在家吃饭，饭桌上听了一个好笑的话，本来正在吃一只虾，笑得开心，忽然觉得嗓子眼一阵刺痛，糟了，刺到喉咙了，所有的笑声立刻刹住。接下来是喝醋，喝了一勺，不行，再喝一勺，还是不行，把米醋换成老陈醋，还是不行。不能喝了，再喝要反胃了。那吃饭团，一大口饭，差点没噎到，还是不行。算了，等下也许就好了，安慰大眼瞪小眼的父女俩说。

可是等到晚上还不好，每咽一口口水都痛。

第二天还不好，先生打电话来说到医院请医生把刺拔出来就好了。正疼得难受，放下电话马上就去医院。挂号，到诊室躺下来，一个医生，长着一张娃娃脸，吩咐张嘴，然后喷麻药，然后在喉咙里拨来拨去，糟糕的是麻醉药麻得不是地方，不痛的地方没有感觉，痛的地方还是痛。还好一向耐受力比较强，没有叫出声来。坚持到娃娃脸医生操作结束。刚松了口气，不料医生说没看到刺，开了漱口药水，交代说，如果后天痛没有减轻，建议去看喉科专科医生。再问，娃娃脸医生一字不差地重复了一遍，只好疑疑惑惑地回家。

结果是"明天"就去看专科医生了，因为还是痛，因为"后天"是周日。专科医生是个老医生，一头白发梳得整整齐齐，很绅士地说："Show me your tongue,please！"（请伸出你的舌头！）照办了，又说："Say'Ah'！"（说"啊"！）又照办了。老医生看了一眼，低头开了方子。还是没有刺！那，为什么这么疼呢？老医生回答说，割伤了，发炎了。

交钱取药，一共八百元。女儿惊奇，怎么这么贵？告诉不懂家政民生的女儿，三百元是药费。那五百元呢？五百元就是那两句"请伸出你的舌头。""说'啊'。"的费用。

不听圣人话的代价是花了一千三百港元（包括第一次的费用），加上喉咙疼痛了六天。有了一次沉痛的教训，之后该"食不语"了吧？

当然不。不过还是可以注意一下饭桌礼仪，例如咀嚼不要出声，饭咽下去才说话，说笑话前考虑做个预告，免得有人喷饭有人被刺到喉咙。等等。

圣人的话固然有理，只不过圣人之所以是圣人，在于有超出凡人的境界，冷眼旁观看世界。“六合原是个情世界，故万物以之相苦乐，而圣人不与焉。”（明·吕坤）说得很透彻！

凡人如我，不能忍受沉默的饭桌，即使要冒着偶尔割伤喉咙的风险，也要“食语”。凡人如你我，于六合情世界沉浮，亦苦亦乐，才是真生活。

2007 年写于香港

初五的饺子

今天初五，据说是财神爷的生日。民间有接财神的风俗，好像很复杂，一直对繁琐的风俗习惯抱着求简的心态，所以只记得和“发财”有关。香港初四就开工了。初三回到香港，所有见面的人第一句话就说：“恭喜发财！”在内地，大家过年见面第一句话多说：“新年快乐！”

其实也没有大的差别，相信没有人不愿意发财，发财总是好的，不发财未必不快乐，发了财一定更快乐。新年发财，比如中了六合彩，炒股票赚了一把，想不快乐都难。今天香港马会六合彩开出 1100 万奖金，香港股市也红盘高收，快乐的人一定不少。

初五吃饺子是北方人的习俗。北方人讲究破五吃饺子，据说是因为饺子扁扁圆圆，模样接近金元宝，破五吃饺子，也有寄托发财愿望的意思。

一早起来先生就说晚上要吃饺子。我是南方人，先生是一半北方人，但是先生从小在部队大院长大，部队里过的都是北方日子，所以先生虽然生长在南方，但北方口味根深蒂固。曾经问过这类问题：问为什么部队都过北方日子？答因为正规军都是从北方南下的。问南方兵怎么办？答过北方日子。问炊事班难道没有南方兵吗？答首长是北方人炊事班敢做南方菜吗？又问南方人首长怎么办？答熬到当首长，胃已经变成北方的了。再问首长夫人是南方人怎么办？答勤快的自己做，懒惰的就只好过北方日子了。听起来也挺有趣的。当年的大军南下已经五十多年了，北方的口味还坚如磐石地占据在伙房里。江山易改，本性难移，这个本性应该把这只胃也算进去。

因为在北京住过不少日子，北方的饭菜也能做，所以早起就泡发香菇和海米，上市场买了鲜肉、芹菜、白菜、小葱、韭黄。回来和了面，剁馅，搅馅，切姜末，切菜……准备了白菜馅和芹菜馅两种，白菜馅的加了香菇末和韭黄汁，芹菜馅的加了海米末、香茅椒盐，等等。

晚上一个擀皮一个包，我负责包，尽力捏得像元宝，整整齐齐地排在桌上，一共包了六十个饺子，暗想要真是六十个金元宝就好了，可金元宝来得这么容易恐怕就不值钱，这么一想就释然了。然后先生自告奋勇煮饺子，拜托他不要搞得满灶台都是碗碟都是水，就心安理得地坐在桌边等元宝上桌。

这一顿吃了好多菜肉元宝，打破了我吃饭只吃八分饱的习惯。大概是想发财心切吧。希望在新的一年里发多多的财，发了财先捐一笔给世界儿童基金会，然后在假期出门旅行。

2007 年写于香港

小寒时节大闸蟹

寒流来临，气温骤降，香港没有暖气，里外一个温度，感觉冬天真的来了。

小寒时节，晚上裹上大衣出去吃饭，在酒楼意外看见门口的橱窗里还摆着大闸蟹。现在还有大闸蟹啊？于是很高兴地点了一只。

蒸熟了送来，打开一看，不由得喜出望外。本以为会壳空肉少，意思一下滋味便罢了，不料膏脂饱满，蟹肉鲜美，于是大快朵颐一番。吃罢还想问问，为什么现在还有这么好的大闸蟹，看着领班忙得一塌糊涂，就打住了。想想今年吃了好些个大闸蟹，好像这只冬天的蟹最为饱满鲜美。临走时多看了一眼橱窗里的蟹，盘算着哪天再来吃一次。

不料到了半夜，胃就开始不安分，如白居易笔下的那只琵琶，嘈嘈切切错杂弹，翻来翻去，一夜没有睡好，吵得先生也不得安宁。早上起来，挨了一顿埋怨，什么都小寒时节了，还敢吃大闸蟹，什么不懂得时令养生，什么这么老了还不会照顾自己（原话是“到这年纪了”），等等。

还好，没有胃痛（打这几个字的时候敲敲书桌），回想起来，大约是顾了聊天，忘了要点绍兴酒喝的缘故吧。

上网查资料，又一个意外，有资料说：在盛产螃蟹的上海市崇明县，流传着“小雪大雪，雌雄搭吃；小寒大寒，吃蟹勿看”的说法。一般说，螃蟹总要待到“小雪”以后、“大寒”以前的两个月内，才能长到“蟹脚硬得掐无迹，蟹黄壮得撑破壳”。此时雌蟹的“黄”（即卵巢）和雄蟹的“膏”（指生殖腺）都成熟饱满，肥而不腻，鲜香可口，所以也就不必“厚雄薄雌”，可以吃蟹勿看，随便拣只都是好的了。呵呵，怪不得我说那只蟹怎么那么饱满鲜香呢？真是孤陋寡闻，由此也可见凡事没有定例。

那天过生日，先生正好有重要的客人，说改日庆祝。于是和朋友吃饭，无人拘着，又想既是生日，何不借机放纵一下自己，于是又吃了只大闸蟹，越发觉得鲜美无比，不同的是记得多喝了好几杯花雕，于是晚上那支琵琶偃旗息鼓，一夜睡到大天亮。

席间问过领班，何以现在还有货卖，过去是早就没有了。领班说，今年闰月，加之天气暖和，有客人点，所以一直有进货。

原来和暖冬也有关系。想起来今年是全球暖冬，据说滑雪胜地阿尔卑斯山一带花香鸟语，春风拂面，粉丝们无雪可滑。香港也说是多少多少年以来最暖的冬天，暖得花草都晕了。种的一株花叶芋，竟然不肯休眠，蓬蓬勃勃地发着新叶，一株牵牛花，现在还开得兴高采烈，蟹爪兰，酝酿着开第二次花，种下的风信子球，迟迟不肯发芽。大自然给的信息乱了，花草鱼虫无所适从。大闸蟹据说要冬天天冷了才繁殖，天气暖洋洋，它们就准备得结结实实地傻等着，我这嗜蟹的人，也因此多了一番口福。

暖冬对我这怕冷的人来说是一件好事，但对全球生态却不是好事。前些天看 IHT.com，上面有专家说，全球变暖的危害，要比恐怖分子的破坏来得可怕得多。只是人们只注意防范看得见的身边的恐怖活动，对缓慢发生的全球变暖的危险却视而不见。就像电影《明天之后》那样，大自然的忍耐是有限度的，可是只有最后一根稻草压塌了骆驼，人们才会警觉。这大约是短视、懒惰的人性弱点根深蒂固的缘故吧。

小寒时节吃大闸蟹，吃出一番感慨，也算别有收获。

2007 年 1 月写于香港

海鲜和鲁菜
——一个人的青岛

海鲜

在香港在厦门，吃海鲜是平常事。不过浏览关于青岛海鲜的介绍，都会提到花蛤，据说在宋以前，这一带的花蛤就是贡品了。这恰是我最爱吃又最不容易吃到的一味海鲜。不容易吃到，是因为花蛤性寒，吃了容易胃痛，所以被家人拘住。想到是一个人出门，不禁暗自高兴，行装还没有准备，食指已经蠢蠢欲动，跃跃欲试了。

到了青岛，在酒店里安顿好，挨到天黑，打车直奔云霄路美食街。那些霓虹灯闪闪的渔村渔港，就不进去了，一个人吃不多，不必到那么辉煌的地方。找了半天，找到一家不大不小干干净净的粥店，粥店一般不会太大，但也不能太小，否则也许食物因周转慢而不新鲜。粥店也卖海鲜的，只不过品种不多，这正合我意，刚从海边来，老实说对其他的海鲜没多大兴趣，尤其是本来就不喜欢的鲅鱼和鱿鱼。

就为了吃花蛤。点了一斤辣椒炒花蛤，交代要微辣，多放姜。另外点了一个青岛大包，素馅，一碟卤豆腐，一杯啤酒。花蛤的味道果然极鲜极美极嫩极肥极滑，怪不得皇帝老儿也会喜欢呢。本来打算只吃一半，可吃了一半，犹豫片刻，就说服自己吃四分之三，再后来就不用说服，一斤全吃完了。一结账，几乎不相信自己的耳朵，花蛤一斤才 12 元。一边付款一边想，青岛真是太可爱了，是不是可以考虑一下移居的问题。

回到酒店，先生打电话来，一听说吃了花蛤，立刻下令明天不许再吃。我一边答应一边想起那句叫作“将在外君命有所不受”的话。果然，第二天，美食当前，君命便被抛到爪哇国那边，忍不住又吃了一斤美味的花蛤，一边吃一边给自己下结论：一个意志薄弱的人！然后再安慰自己：皇帝都喜欢吃的东西，当属有情可谅。

没有胃痛，或许是吃了很多姜，或许是青岛的花蛤性情比较温和也未知。这么美味的花蛤，胃痛也值了。当然，不能大痛！

鲁菜

中山路的某某楼是百年老店，据说是正宗的鲁菜。于是在弥漫的大雾中慕名而去。

餐厅略显老旧，整洁度不高，仿佛从前印象中的国营餐厅般。服务员推荐招牌菜，油爆螺片，葱烧蹄筋，火爆腰花……我疑疑惑惑地问，油爆螺片是鲁菜吗？服务员看我一眼，怎么不是？这是我们店的头牌菜，看看墙上！我赶紧抬头，墙上果然有一大排闪闪发光的镜框。心里暗说惭愧！服务员一笑，宽容地原谅我的无知，刷刷地写下菜单。三盘菜，一扎鲜啤酒。我赶快说价钱照付，但是分量不要多，吃不完就浪费了。

菜飞快地上来了，满满的三大盘，心里不禁感叹，山东人，不不，青岛人真实在啊。

一个人占一张桌子，三大盘菜，一大扎生啤酒。边上的人走来走去，都要看一下。能不看吗？单身的，瘦瘦的，女老饕。

不过菜一入口，老饕就做不成了。螺片的火候过了，韧而不嫩。蹄筋发得不够，也还没有完全入味，火候差一大截，远不如北京的萃华楼，立刻怀念起北京。腰花居然有点点腥味，没法入口。每一道菜都放很多笋片，每一道！青岛盛产笋吗？这是正宗的鲁菜吗？我抬头仔细看墙上的镜框。这一看才发现，原来得奖的年代是上世纪末的事情了。

这就可以理解了。这么长的时间，得奖的大厨也许跳槽了，也许退休了，也许再传弟子天分不够，也许……反正都有可能，反正发奖也没保证年限这一说。不像那个著名的美食权威机构米其林评级，人家给餐厅和厨师评星级了，还时时派员暗访，什么时候访出漫不经心，立刻摘掉星星，铁臂铁腕，毫不客气。据说就有某某法国厨师被摘星后羞愤而自杀，法国厨师的职业荣誉感由此可见一斑。所以米其林星级餐厅，一定把水准保持得极好。咱们就不一定了，一般是评一次奖，镜框可以挂到下一个镜框来替换的时候，如果没有替换，就任劳任怨地挂在那里，水准大概就没人认真了。想到这里也无话可说，结账吧，一看账单，立刻放弃移居青岛的念头。

唯一值得称赞的是青岛啤酒，清凉爽口，柔和清醇，很有点德国淡啤酒的风味。

2007 年写于香港

诗一般的味蕾和情趣
——《吃来吃去》序

伊尹曾谓："味之精微，口不能言也。"美味佳肴，味觉和体验人各不同。我一向以为，以文字描写饮馔，最考较作者的功力，一个不小心就会写成流水账式的吃喝记录，或者写成菜谱式的文章。但是黄橙的《吃来吃去》却另辟途径，令我刮目相看。

诗人出身的黄橙，酷爱旅行，云游四方而不忘享受美食，《吃来吃去》以饮食为写作的缘起，进而用文化俘获读者。换句话说，黄橙会吃，能吃，讲究吃，还能吃出风情，吃出文化。随着黄橙吃来吃去而读来读去，在杯盘碗盏、觥筹交错之中，我不仅在美食世界遨游，还读到历史，读到人物，读到地域文化，读到作者丰富的情感世界。他的老饕享受记录，行文流畅，文笔优美又富于幽默，读来不仅令人口舌生津，还一而再再而三地莞尔，这样的阅读真是莫大的享受。

黄橙会吃，讲究吃。上至北京羊角胡同 11 号厉家宫廷美味，下至潮州城中山路口的肠粉摊，大江南北的美食佳肴无不一网打尽。名迩京城的厉家菜，在作者笔下，呈现的是"胡同与宫廷美味的距离"，白扒鲍鱼，软炸鲜贝，浇汁活鱼，秘诀就是用的是"熬鸡为汤，用汤吊味"，不用任何味精和色素。厉家老少三人"从早忙到晚，才能做出一桌好菜"。这就是距离，平民和皇家的距离。可能是期望值太高的缘故吧，作者离开羊角胡同 11 号，发现其实并没有留下"惊若天味"的印象，要求之高、口味之刁由此可见一斑。“千里追蟹”，写的是作者千里迢迢专门赶到阳澄湖与大闸蟹“一夜情”，由厦门而上海，上海而昆山而巴城，再一叶扁舟摇向阳澄湖中央，黄橙不可谓不痴情。吃大闸蟹，是“黄酒和湖蟹如国画一样摆上桌面”，剥开蟹壳，“里头金色的蟹膏十分耀眼，恰如从舷窗射入的那一缕阳光”，谁能于这样的美食面前不食指大动呢？于是那碟“飘着姜丝的香醋迅速地见了底”。读此文的头天晚上，我也正吃了大闸蟹，余兴尚存中，想起作者有色有香的吃蟹情景，会心地莞尔。

黄橙还特别能吃，这里所谓能吃，是指善于从平实的食材中品味美食。潮州的美食闻名天下，但很少人留意街头的小摊。黄橙则不然。中山路口的肠粉摊，“磨好的米浆蒸出来，再倒入混有菜丝的鸡蛋浆，用铝片刮起来卷起来”，就是美味的肠粉了，可以吃得心满意足。还有广州西关奶品小店的“双皮奶”，作者称之为“甜品中的尤物”。“半凝固，洁白膏状，口感不可思议的滑腻香甜”。在淮南八公山下大泉村，作者醉心于村民做的啤酒豆腐，麻球豆腐，寿州豆腐，在“滋味似鸡豚”中流连忘返。从平平常常的民间饮食中吃出美味，黄橙已经具备了美食家的味蕾和素质了。

黄橙品味美食又如品味美人，西湖莼菜，在作者眼中，如湖边“二八少女”，清纯可人；富春茶社的三丁包子的美味，“不亚于诱人的花容月貌的靓女”；西塘的酒，“酒味醇润如江南女子。稍不留心就深陷其中”。作者到钱塘人家吃饭，小桥流水，木楼杏花，点上蝉衣肉卷、炒螺蛳、蚬子汤、椒盐鳑鱼、雪菜土步鱼、清炒马兰头等等。美景美食，独缺美人，这时候作者不无遗憾地写道：“这样的菜要是在自己家里吃，也就是果腹之物，如今能映着水波吃，就着灯影吃，望着古桥吃，就吃出古典的诗意。倘如对面还坐着西施般的灵秀女子，浪漫的味道也出来了。”对诗人美食家来说，美食加秀色，恐怕才是真正的美味了。最精彩的是作者在杭州知味观品尝酒酿丸子：“酒酿丸子，犹如‘春天小炒’一样，名气不大却让我印象深刻。只见白嫩的丸子挤在枸杞的飘红中，含到嘴里就情不自禁地纷纷滑入食道，那份感觉令人春情荡漾。”舌尖味蕾能吃出这样的万种风情，是再没见过比这更独特的美食品味了。我读至此又不禁莞尔，一个多情浪漫的诗人老饕跃然纸上。

黄橙又善于在品尝美味的同时，为我们描绘当地的风土人情画卷。福州安泰楼旁古色古香的安泰桥，当年曾经被人以“舟楫云排，两岸酒肆歌楼，萧关从柳枝溶叶中出”描写过繁荣，如今作者在安泰楼享毕古韵犹存的锅边糊和虾酥，领着我们拐入著名的三坊七巷，悠闲于“灰泥高墙、青色小巷、木楼斜晖中”，缅怀林则徐、林觉民、冰心、严复等名人志士。在明清风貌的西塘古镇，如诗的美味，是笼罩在“风韵无限的烟雨长廊”，和“那萦绕吴歌的小楼，那插满杏花的瓷瓶，那挂满蓝花布的染坊”的烟花三月的飘渺美景里。在作者的笔下，我们仿佛看到诗人柳亚子和他的南社诗友，“在橹声桨影中，在廊棚滴雨时，享受着生命浓郁的春色”。广州西关，我们看到的是古老街区里，达摩禅师上岸的绣衣坊码头，古老的西来庵，如今成了华林寺，而离西来庵只有百米之遥的文昌庙和洪圣庙，如今已变成了名扬四海的广州酒家，“曾经的烛光香火都用来烹调飘香的珍馔佳肴了”。为了吃，文昌洪圣也不得不移尊就步，这不能不说是“吃在广州”的最好写照了。

黄橙在后记中写道：“‘读万卷书，行万里路’，后面要是不加上‘品万家味’，这个人生就不圆满了。”此句甚合我意，读了不禁拍案叫好。读书，旅行，品尝美食，人生的快意莫不如此。一本《吃来吃去》，写出了在色香味里饮食及文化的体验，写出了作者的个人性情和魅力。一本《吃来吃去》，令我沉湎于人生的快意中不能自拔。

2007年写于香港

牧场，鱼、薯条和小酒馆

湖区的早晨，凉风习习，绿草如茵，羊儿悠闲地吃着草，远处山色如黛，近处田园如画。

这里靠近英格兰边境，黛色的山峦起伏，逶迤宛转，再往北，就是苏格兰高地了。牧场里的羊都是黑头黑腿，身上雪白。主人家为了易于辨认，喜欢在羊身上用颜料做记号，这群羊的记号是红十字，让人想起那个救死扶伤的国际组织。当然只是联想，这块美丽的土地，已经安宁幸福很久了。

因为牧场的草质量好，这里的羊毛制品和羊肉也是有名的。剪下来的羊毛做成的长毛地毯，雪白蓬松，用手伸进去抚摸会产生一种困意袭来迷迷离离的感觉。这么好的东西产量却很少，牧民们像羊儿一样悠闲，安居乐业，并不为多赚钱而拼命奔波。这种羊据说肉味鲜美，烤羊腿是本地的一道名菜。我不怎么吃红肉，所以没有品尝过。

早就听说英国著名的食物“鱼和薯条”（Fish and Chips），或者说是著名的英式快餐，却一直没去品尝。英国有许多小餐馆，门口玻璃上或菜牌上都专门注明“Fish and Chips”以招揽顾客。世上几乎所有的人都说英国没有美食，我几次到英国，吃的都是西班牙菜意大利菜日本菜什么什么的，这鱼和薯条还是在湖区才第一次吃，觉得味道还行，没有传说中的那么恐怖，也可能因为我喜欢吃香脆的东西的缘故吧。

在湖区小镇寻觅到一家小酒馆。里面的摆设很乡村很古朴，架上的小瓷瓶都有些年头了，我一边欣赏一边不无贪心地想，要是这些小瓷瓶肯卖我一个就好了。墙上还有一些老照片，有张桌子看上去仿佛是老式的可以翻盖的缝纫机架。很喜欢这样的乡村小酒馆，来来去去的大都是本地乡民，喝酒聊天，富足安宁的神态溢于言表。时不时也有游客进来，拿起菜单研究半天，挑拣一些本地特色的菜肴。小酒馆还兼有餐馆的功能。

我们在这里吃了一顿午餐，正好当天小酒馆没有当地羊肉，先生要了一盘本地肉肠加土豆沙拉，一边吃一边抱怨："这么难吃的东西也能端上来，彼得·梅尔说得不对，英国人杀羊何止杀两次，五六次都不止了。"我们都笑，还好主人听不懂中文，任由客人糟蹋他的心血。我要的是素食酿青椒，两个切成一半的青椒，里面酿的是什么还真没有吃出来，不过上面一层烤奶酪还是挺香的，令我对这小酒馆保持了相当的好感。

伦敦城里有很多非英国的美食，但在英国乡村不能对美食有奢望，不像在法国，那一年我们自驾游，在比利牛斯山深处一家小餐馆吃饭，记得点了一罐牛肉汤，清汤里加点胡椒和小香葱末，美味极了。后来我经常提及，不知那汤是怎么炖出来的，朋友听了总是说：法国人嘛！的确，法国人和英国人互相瞧不起，但是在饮食上，英国人只能被瞧不起。

2007年写于香港

英国人、美国人和中国人的味蕾

伦敦是我最喜欢的城市之一，悠久的历史文化，美轮美奂的建筑，丰富诱人的美食，精致的生活方式，每每令我一想起伦敦，便心驰神往。尤其伦敦以美食都市著称的一面，丰富精致要超过另一个美食之都香港。在伦敦可以大快朵颐或浅尝细品，觥筹交错之中和老饕朋友切磋交流，还可以提高烹饪技术，为生活平添许多快乐。

在伦敦享用美食是一大快事，尤其从美国来。伦敦的美食餐馆遍布全城，据说囊括了全球各国各系的美食。不过要说英国菜本身，就不敢恭维了。最喜欢对此冷嘲热讽的是法国人。记得那年英国和法国争夺奥运会举办权，法国总统希拉克居然公开说："英国食品是世界上除了芬兰饭以外最糟糕的食品，你怎么能相信饭烧得这么差的人？"英国人闻言大怒，结果引起一场不大不小的风波。另一个例子是英国人彼得·梅尔在他的《普罗旺斯一年》里写道，在他家做泥水工的法国工匠，对美食颇有心得，提起英国菜的时候，说了一句后来流传开来的话："英国人杀羊杀两次，一次夺去羊的生命，一次夺去羊的滋味。"令彼得·梅尔面上无光，讪讪而去。

英国菜比较有名的是"鱼和薯条"，属于风味快餐，做得好，还是可以一尝的。有一年去湖区，在一家乡村小酒馆吃过一道烤青椒酿奶酪，浇上店家自做的酱汁，颇有点意大利风味，是我吃过的最好的英国菜，算不算英国风味则不得而知，在伦敦一些本地餐厅也有这样的感觉，如果去Pub（英式酒吧），里面的食物基本上就可以说是英国风味了。去年去爱丁堡，在皇家英哩大街一家餐馆，特地点一道苏格兰传统风味菜Haggis（哈吉斯），据说是把羊的内脏粉碎后和燕麦一起放在羊胃里烤熟，然后切出来吃。菜端上来后，只尝了一口就不由得发呆，心想如果每天要吃这种东西，那可真正叫作："直面惨淡人生"了。

英国人不善烹饪，但英国人善于收集美食餐厅。伦敦拥有的顶级餐厅是全球最多的，米其林星级餐厅就有45家，《美食》杂志有一次评选全球TOP50餐厅，伦敦囊括14家。但这些顶级餐厅多半是法式、意式、日式等，中餐馆也有跻身米其林一星的，就是没听说有英式的。除了高档餐厅，中低档次里，也能找到有水准的美食餐厅。这次去伦敦，见到几位好久不见的朋友，他乡遇故人，高兴之余，大家相约在小威尼斯河边一家中餐馆聚会，后来又在机场附近的一家有名的中餐馆聚了一次。这两家餐馆的菜肴都颇具水准，尤其是后者，可以说和香港的一流酒楼几乎没有区别。

中餐在海外能够做得丝毫不走样，并不容易，一是厨师必须是中国人，这和味蕾的基因有关。二是食材要保证正宗新鲜。三是不能迁就当地人的口味。尤其是后者，记得有一次去瑞士卢塞恩，到中餐馆吃饭，点糖醋排骨，端上来是排骨浇番茄酱。点糖醋里脊，端上来是里脊肉浇番茄酱，令人哭笑不得，可是老外朋友吃得不亦乐乎，啧啧称赞。这种例子可能比较极端，在中国人少的地方，入乡随俗大概是不得已而为之了。

在伦敦遍尝各种风味，心满意足之外有时不免困惑，想起袁枚《随园食单》里录有《典论》曰："一世长者知居处，三世长者知服食"。英国人的居处美且讲究，英国人的生活方式也称得上精致不输法国人，何以“三世”的N倍了，英国菜还令人不敢恭维？

除此之外还有美国，美国和英国是有渊源的。美国菜也是令人不敢恭维，汉堡薯条炸鸡牛排，实在乏善可陈。而且美国还不如英国，英国菜不好吃，但是在英国可以很容易地找到其他风味的美食。美国菜不好吃，但是在美国一般的地方很难找到其他风味的美食，纽约、旧金山及洛杉矶等大城市例外。其他地方，不是没有，而是很难找到。这里特指美食，一般的风味饭菜不在其中。

有一次提起这话题，有朋友一笑说：无他，盎格鲁-撒克逊人的味蕾不够灵敏而已。我对人种没有研究，不免将信将疑，但细细想去，也不无几分道理。英国人、美国人、加拿大人和澳大利亚人，大都是盎格鲁-撒克逊人种，这几个国家，是都不出美食的。一个好厨师一定得具备丰富和敏感的味蕾，这是好厨师的天分所在。有了好厨师，还得有好食客。例如中国菜名闻天下，中国人的味蕾也当然丰富敏感，没有好食客，好厨师无人欣赏，美食佳肴便无法代代相传且最终成为一个体系。

《中庸》曰：“人莫不饮食也，鲜能知味也。”大意是人没有不吃吃喝喝的，但是真正懂得美味的人很少，如果味蕾说能够成立，这句话大概就比较适合英美人。对中国人来说，整体上知味的，肯定要远高于英美人。

在海外待久了，虽然遍尝各种风味，但是累了，倦了，病了，最想吃的，也还是中餐，这就不光是味蕾的问题，而是中国胃的问题了。

2008年写于洛杉矶

常棣与烧鹅

常棣，花名，古代喻指兄弟，语出《诗经·小雅·常棣》有："常棣之华，鄂不韡韡。凡今之人，莫如兄弟。"烧鹅则是指香港著名食府"镛记烧鹅"。报载"镛记烧鹅"兄弟反目争股权入禀两年，至今调解失败，开打官司。双方到香港高院应讯，形同陌路，连眼神也不曾交集一次。很多人因此担心，香港是否会失去这家最为著名的食府。

知道"镛记烧鹅"，是在赴港后不久，有老饕朋友，专门在一些著名食府请客，"镛记烧鹅"就是其中之一。那时镛记在中环威灵顿街已有一幢大厦，金字招牌，老远就能看见。据朋友说去"镛记"吃饭要提早订位，当天又要确认，然后只保留十五分钟，十五分钟一过，那位置就是别人的了。可见镛记如何生意兴隆，财源广进。

镛记迄今已有 70 余年，当年主人甘穗辉以大排档起家，后儿子们加入打拼，两代人共同奋斗，发展成身家逾 20 亿港元的饮食王国，曾被美国《财富》(Fortune Magazine)，选为世界十五大食府之一，为其中唯一的中式食府。后来又获米其林一星荣誉。

镛记的招牌菜自然就是烧鹅，镛记的烧鹅皮酥肉香，入口回味无穷。香港人素喜烧鹅，我在香港，各处烧鹅尝过不少，有一次一朋友还老远拉去青马大桥附近一乡村中吃私家烧鹅菜，那烧鹅家设施简陋，但味道确实不错，大有酒好不怕巷子深的意味，但是和身居中环闹市的镛记烧鹅比较，镛记还是略胜一筹。

我素来不喜油腻，各种烧鹅，只是浅尝即可，镛记的烧鹅，却可以多吃几块。所谓肥而不腻，要真正做到其实不易。烧鹅肉香又是另一说，甘老先生当年配制秘方，应有食神相助，从街头大排档到闹市食府大厦，食客趋之若鹜超过半个世纪，米其林肯给它戴上一星，不是没有道理。

遗憾的是兄弟失和，殃及食府，米其林去年已经将镛记烧鹅的灿灿之星摘掉，改为“一般推介餐厅”，令人扼腕。如今“镛记烧鹅”尽管表面看起来生意仍然不受影响，但因内里纷争而故，烈火烹油之势已不复存在。兄弟官司，如果最终只有清盘一条路走，人们担心的镛记 70 年老店恐成为历史，不是没有来由的。

中国传统文化，有其特别之处，就是家庭观念中十分注重兄弟感情。民间有：“兄弟同心，其利断金”，“打虎亲兄弟，上阵父子兵”，此外又有“兄弟如手足，妻子如衣衫”之说，此说和当时妇女地位低下有关，但其中真意还是“血浓于水”。著名学者钱钟书论及《常棣》时说：“盖初民重‘血族’之遗意也。就血胤论之，兄弟天伦也，夫妇则人伦耳；是以友于骨肉之亲当过于刑于室家之好……”以人类文化学角度解说兄弟关系的重要性。

自古以来，兄弟阋墙，相煎太急，都是痛心之事。钱财之物，生不带来死不带走，人人皆知又都放它不下，盖因现代世界物质趋于丰富，利益诱惑增加，道德的约束减少，亲情逐渐淡漠，加以意气之争，故放眼看去，豪门家族，富家企业，兄弟为争财产分配反目的比比皆是。

据说当年镛记创办人甘穗辉曾拥有一个幸运车牌（141），寓意是兄弟两人团结辅佐父亲打拼。时过境迁，甘穗辉已过世，如在天有眼，见兄弟阋墙，不知会有多少伤心？有略懂风水的朋友指141其实并非幸运车牌，如今兄弟撕下脸争股权可为一证。香港人信风水到了痴迷的地步，试想甘老先生当年发迹后，如何不会请教智者，因此种种说法，见仁见智罢了，此为题外话，然而兄弟失和殃及美食似乎已是定论，不免令人叹息。

2012年2月写于洛杉矶

中国味蕾和美国食量

没搬到加州前，就听说在美国做老饕，西餐是纽约的好，中餐是洛杉矶的好。很多中国人到美国旅行，在各大景点城市兜一圈，就急乎乎地赶到洛杉矶吃中餐，抚慰一下“中国胃”。洛杉矶中餐馆繁星灿灿，不仅华人以此寄托乡情，美国本土人也近水楼台喜欢追捧，到处都看得到筷子拿得熟练顺溜的白人食客。

中餐好吃，和中国人味蕾发达有很大关系，味蕾发达，品尝得出各种细微的不同味道，才能做出美味佳肴。中国菜菜系很多，生发出来的分支菜系更是不计其数，和中国地大物博、食材资源丰富有很大关系，前不久看《舌尖上的中国》也有讲到这点。世世代代这样丰富下来，中国人的味蕾就越发敏锐发达，以此味蕾去尝试去烹调，中餐著名菜肴佳馔数以千百计，遍及全球广受欢迎，就不奇怪了。

所以请美国白人吃饭，中餐是很受欢迎的，但是在后院烧烤，就得迁就美国胃了：牛排、羊排、香肠等，还有一样是必备的，就是牛肉馅饼和对切一半的小圆面包。牛肉馅饼不是中国人吃的那种牛肉馅饼，而是牛肉馅做成饼状，放在烤炉架子上烤熟了，夹在切开的小圆面包里，加上奶酪、番茄片、酸黄瓜等等做成汉堡包。

在我的印象里，汉堡包只是一种快餐，在德国时，经常开车在欧洲各处旅行，不到万不得已，不肯吃麦当劳的汉堡包。不料到了美国，在高速公路上赶路休息的时候，吃得最多的就是麦当劳，因为觉得没其他的好吃东西，还不如吃麦当劳。

有时候是搞不懂，既然自己后院烧烤，为何不弄些精致或好吃些的菜肴，还念念不忘快餐的汉堡包？事实上美国人吃得确实比较简单，当然也有讲究的上法国菜馆意大利菜馆中国菜馆等，但美国本土菜，和英国菜一样乏善可陈。

美国人多数是英国人的后裔，英国历史文化悠久厚重，英国人讲究生活品质，可英国菜实在不敢恭维。网上舆论，有把英国饮食称为“黑暗料理”，可见英国菜的口碑不好世人皆知，我经常开玩笑说，多半是英国人把他们简单的味蕾传给了迁徙到新大陆的美国人。

有一次写文章，谈及英国人美国人的味蕾简单，就有朋友反驳说，工业发达国家人们如美国人英国人，因为把智慧和精力都放在其他领域，所以在科技等诸方面遥遥领先中国；中国人呢，聪明才智只放在吃上，只顾得享受美食，别的地方便落后了。这种说法，只要举法国的例子就不攻而破了。法国是美食美酒大国不需赘述，法国也是工业发达国家，不仅时装香水领先世界，法国的科技工业也很发达。

美国人味蕾简单，但是食量大，到美国餐馆用餐，一大盘沙拉上来，里面有生菜、炸面包块、小块鸡肉或者三文鱼或者吞拿鱼等等，我这样的食量，再喝一碗汤，再说还有另外给的面包，主菜已经吃不了了，更不用说餐后极甜的甜点，但是美国朋友会把沙拉面包主菜餐后甜点通通装进他们的胃里。所以，请美国人来后院烧烤，食材的量一定要准备充足。

每次请美国朋友来参加烧烤，都生怕朋友吃不好吃不饱，除了准备美国传统烧烤食材，还会做一些诸如排骨萝卜汤、油焖大虾一类的菜肴，朋友们大快朵颐后，会交口称赞，说一些“太好吃了”“太饱了”的话，最后酒足饭饱心满意足而去。

2012 年写于洛杉矶

美国的味道

对感觉灵敏的人来说，每个国家乃至每个城市都有不同的味道，如果只指味觉，那么这些国家或者城市的味道就是由美食而来。

美国的味道，似乎可以用汉堡包来代表。汉堡包的名字，来源于德国的汉堡市（Hamburg），最原始的汉堡肉饼的制作方式，是德国移民在1850年带到美国，岁月流逝几经变化，在1935年左右有人把它做成现在这个样子——两块小圆面包夹着牛肉饼以及蔬菜奶酪等。后来又随着美国文化的广泛传播，如今成为全球知名的美国快餐文化的主要代表。

美国人热爱汉堡包，汉堡包品种繁多数不胜数，远不是一般中国人知道的麦当劳可以代表。比较知名的有崛起于东岸的Five Guys, 和崛起于西岸的In-N-Out, 还有Burger King、Red mill Burgers、Jack in the Box等等，不知名的就更多了，包括街头小店或大学食堂或者后院烧烤自制的汉堡包。有一次问一个来美多年的朋友：美国人吃汉堡包是不是像中国人吃包子，答说比包子普及多了。

来美国之前，对汉堡包不很感冒，在欧洲的时候，出门旅行，高速上的汉堡包基本就是麦当劳，不到万不得已，是不肯吃的。来到美国以后，也不喜欢汉堡包，心里直接就把它归入垃圾食品类。

我承认这多少有点偏见。后来慢慢品尝了一些，觉得有的还是可以接受的，例如加州的In-N-Out。In-N-Out起源于加州又基本在加州经营，所以很多美国人也不知道这个品牌，现在除了加州，还有亚利桑那州有连锁店，听说得克萨斯州好像也有了，此外，据说上海也开了分店。

In-N-Out之所以受欢迎，其中一个重要的原因是他的牛肉很新鲜，据说In-N-Out店只开在屠宰后的牛肉可以当天运到的地方。食材新鲜，是做餐饮品牌的最重要的因素。这也是能够说服我去尝试的原因之一。

其他觉得值得尝试的原因还有，In-N-Out属于那种原教旨汉堡包，就是说，本土美国人喜欢的，肉多油多价格便宜。In-N-Out只卖牛肉汉堡，菜单上只有最简单的牛肉汉堡、奶酪汉堡、薯条、碳酸饮料。其他汉堡店那种多样性和各种花样噱头一概没有，譬如鸡肉、鱼肉、米饭、冰淇淋、小孩喜欢的玩具等等。听起来好像有点“术业有专攻”的味道，理论上说，如果专注一样，通常是可以做得好的。

In-N-Out就卖最原教旨主义的牛肉汉堡，爱吃不吃！可是很多美国人就是喜欢吃，捧场客很多，甚至有著名的大厨，例如出了法国餐菜谱的名厨Julia Child和热门的电视节目Hell’s Kitchen的主持人Gordon Ramsay，都喜欢In-N-Out。

有趣的是，In-N-Out还有“秘密菜单”，可以点餐单上没有的，又呈现某些变化的汉堡包。这个秘密菜单专供In-N-Out的粉丝，粉丝只要一提想吃的汉堡包名字，里面的员工就心领神会。不过因为大家传来传去的缘故，我这个不是粉丝的顾客也知道了秘密餐单，去的时候点了一份蛋白质风格（Protein Style），就是把外面的小圆面包改成生菜，符合女士们想保持体重的需要。

以我的味觉，In-N-Out 的汉堡包比麦当劳好吃，里面的牛肉排初看有点干，但是一口咬下去，汁液多而且鲜香，而且油其实不多，是我能接受的。另外面包是烤热的，生菜是用手撕的，薯条是现切现炸（当然是机器切），现切的薯条肯定比冷冻的薯条好吃，一切都指向两个字——新鲜！快餐能做到如此，不应该有别的奢求了。

In-N-Out 价格不很贵，一个人基本款式 7 美元打住了，不过对胃口好的男生来说，DoubleDouble（2 × 2）恐怕是不够的，那么可以点 4 × 4，从前还可以点 6 × 6，8 × 8，30 × 30……有铁杆粉丝开 Party 的时候疯狂地点过 100 × 100，长长的一大条，可供数人同时下嘴。据说现在已经不能点这么长的汉堡包了，最多只能点 4 × 4。

In-N-Out 扩张的速度不快，一个原因是需要保持牛肉新鲜，另一个原因是他们不搞特许经营，自己培养店长，从扫地板擦桌子开始做，成熟一个店长开一个分店，这也是一个有趣的话题，据说还是哈佛商学院的案例之一。In-N-Out 现任掌门是个美女赛车手，家族经营也有许多故事，这些和味道无直接关系，这里就不说了。

汉堡包是美国的味道，In-N-Out 则属于加州的味道。有来加州的朋友，如果希望品尝美国和加州的味道，那么就 In-N-Out 汉堡包吧！

2013 年 4 月写于洛杉矶

炒一盘“华容道”

到超市买菜，正好看见卖新鲜猪血豆腐，买回家炒豆腐。红白豆腐都切成块，用油盐加点生抽和青蒜，一盘红白绿煞是好看，当然味道也不错。想贴到自己编的新浪微刊“随园小厨”，不知取个什么名字好，有朋友说，这道菜有个名字叫“华容道”，一细想，不由得莞尔。

可不是吗，想当年，曹操在赤壁大战中被刘备和孙权打败，逃经华容道又遇关羽，红脸关公义薄云天，放走了白脸曹操。红脸白脸，如这盘菜，红的是关公，白的是曹操。菜盘权充作华容道，只不过最后关公也好，曹操也好，都被吃到肚子里去了。

说起华容道，想起小时候看父亲玩过的“华容道”游戏，那是和七巧板、九连环并称为三大中国智力游戏。华容道的难度，较七巧板要难得多。小时候也尝试着玩过，只是瞎玩，板上的曹操从来没有逃出去过，玩几次不得要领，也就兴致索然了。据说最少步骤的玩法，是美国人用计算机做出来的，可见难度之大。后来再也没尝试玩过，但是知道曹操，却是从这个游戏开始。

长大了一点，马马虎虎地读过《三国演义》，因为游戏“华容道”的缘故，倒是把相关的几回认真看过了。至于诸葛亮为什么要让关羽去守华容道，最简单的说法是“天不灭曹”，此外有说诸葛亮担心曹操被灭，自己便无英雄用武之地，甚至地位也岌岌可危。还有说诸葛亮观大势，唯有留下曹操，才能制衡孙权。等等。“天不灭曹”的说法无可讨论。而前一种说法显然有小人之心之嫌，与史上描写的诸葛亮有天壤之别。后一种，倒是颇合诸葛亮善于运筹帷幄和当时的形势。

简言之，赤壁之后，孙权势力大增，对刘备来说，最大的敌人已从曹操转而成孙权。如何牵制孙权，最好的办法是让曹操活着，所谓制衡。这种大国间的战略制衡，譬如当年中国美国前苏联的关系演变，很有点三国演义的味道。因此诸葛亮凭着对人性的了解尤其是对关羽性格的了解，才有了“关羽守华容，义释曹孟德”的在中国传统中被认为是千古佳话的故事。

中国戏曲里，曹操总是抹着个大白脸，这个白脸象征着奸臣。很长一段时间，一直认为曹操就是奸臣。直到后来读了曹操的诗。

曹操的诗，最喜欢的是那首《东临碣石》，诗中描写秋天“树木丛生，百草丰茂。秋风萧瑟，洪波涌起。”；描写大海“日月之行，若出其中；星汉灿烂，若出其里。”曹操笔下秋天的大海，一洗文人常见的感伤悲秋的情调，写得沉雄伟建，气象壮阔。这样踌躇满志、叱咤风云的大手笔和胸怀，和曹操的气度、抱负、品格乃至美学情趣有不可分割的联系。“文如其人”之说，在相当的程度上是对的。

因为喜欢曹操的诗歌而改变对曹操的看法。不过改变的是“许多”看法而不是“全部”看法，历史人物本来就是很复杂的，“成者英雄败者寇”更是大多数人评价历史人物的原则。从非学术角度对待历史人物，不免有其偏好，在复杂的人性中选择自己喜欢的片段。当然，最终不应忽视其整体，犹如炒一盘“华容道”，有人喜欢红色的血豆腐，有人喜欢白豆腐，而只有红白豆腐油盐青蒜俱全，才成其为“华容道”。

2013 年写于洛杉矶

洛杉矶的 biangbiang 面

晚上被拉去吃 biangbiang 面。在洛杉矶新开不久的一家西安小馆子里。此前去过好几家中餐小馆，失望的多，因此有点犹豫。家人说，没吃过就该去尝尝，你去苏格兰的时候，那么难吃的 Haggis（哈吉斯羊肚杂碎布丁）都非去品尝不可，还把人家形容成是“直面惨淡人生”。我说那还是不同，毕竟 Haggis 是当地食品，而西安饮食到了洛杉矶属于异地食品，由于食材限制，能不能正宗是一个问题。不过反正要吃晚饭，去尝尝也不妨。

此面是早已听说，但一直未能品尝。那年去过西安，只是吃过羊肉泡馍。biangbiang 面最早引起我注意是那个经过组合的字，走之旁上宝盖下心左月右刀，中间从上到下依次是幺言幺、长马长。这个字据说是汉中方言，现在汉语普通话没有这样的读音，因此网上多用拼音代替，也写作比昂比昂，连读起来也确是这样的发音，很有趣！

驱车前往，一路聊天中 biangbiang 声不绝。不会说汉中话，不过想来是保留了不少古汉语音，由此想起闽南话，也是如此。台湾人管陈水扁叫阿扁，闽南话读起来是 Abia，bia 读去声，这个也是现代汉语没有的语音。biangbiang 据说是拟声词，因为和面擀面煮面拌面吃面都会发出 biangbiang 的声音，所以叫做 biangbiang 面。这个没有考证过，虽然也和过面擀过面拌过面吃过面，但不记得有这种声音，尤其是吃面，在家自然不妨，如果外出吃面 biangbiang 出这么大的动静，恐怕就不适宜了。

小馆很小，十几张小四人桌，枣红的桌椅，餐具都是外黑里红，对比强烈，有点奇怪为什么没有绿色，印象中陕西凤翔的泥塑色彩鲜艳，红绿分明，以为就是陕西的颜色。拿了菜谱一看，以面食为主，似乎有点单调，但就面食本身，又很丰富，除了 biangbiang 面，还有肉臊面、炒面皮、烩麻食等等，墙上挂着一串大小各色的装饰碗，菜式的图片也几乎是一碗一碗的面食。

Biangbiang 面上来的时候盛在红色的碗里，三指宽的面条曲卷着，中间是油泼辣子，几分热闹又几分简单。我是南方人，对面条没多少研究，只是凭着味觉，吃出 biangbiang 面的宽厚筋斗和咸香酸辣，想来是照顾本地食客的缘故，只有微微的辣。这也是很多风味饮食异地就多少要变味的原因吧，毕竟像洛杉矶这样的地方，华人移民中陕西人不会很多。

老板和厨师都来自西安，多半是新移民。这些年大陆来的新移民快速增加，新移民中有一些选择做家乡风味菜餐馆，但洛杉矶中餐馆林立，竞争极其激烈，这些年，眼看着一个个小馆开张，一个个小馆关门。餐馆多是一个原因，经营不善拉不住回头客也是一个原因，等等。个中复杂，远不是外行人能够知晓。作为食客，我只知道倘若味觉不满意，就难再回头了。

吃完面条，一行人走出门外，只见天如水，月如钩。忽然想起那年游法门寺的夜晚，月色也是这样清冷，一弯明月悬在也是如钩的屋檐上……身在异国，这样的月夜最常举头，最易思乡。想老板和厨师从遥远的华夏古都移居到大洋此岸的天使之城，开一家小小的面馆谋生，一碗碗 biangbiang 面，不知浸透多少乡情？多少血泪打拼故事？

2013 年 8 月写于洛杉矶

拉斯维加斯美食之旅

拉斯维加斯，全球著名的赌城。关于赌城，可以形容的词很多：罪恶之都，快乐之都，自杀之都，结婚之都、美食之都……人性中的善善恶恶、"食色性也"，人生的死死生生，财星高照，洞房花烛，绝望弃世……在赌城都可以体验到，如果想体验的话。

去赌城玩，首选自然是赌博，赌博的花样繁多，可以拉老虎机，玩轮盘赌，玩 21 点……如果自诩头脑聪明过人，心理素质极佳，运气也不坏，那就去试试诸如德州扑克一类的玩法，赢钱的几率大得多。其他的小打小闹，基本就是给赌场捐钱的另一种方式了，捐完了，就打道回府。如果你是豪客，捐得更多，赌场会把你奉为贵宾，吃住不在话下，私人飞机、私人高尔夫球场也不过小菜一碟。

赌性是人性的重要一分子，来赌场，没有不怀着一份发财的愿望，但是靠赌博发财，实在是一种奢望，当然你是一流数学家可以例外，但是发过几次财，立刻就会上全球赌场的黑名单。大家都发财，赌场老板吃什么？所以到赌城，最重要的是端正心态，好比花几百元去迪士尼乐园，花钱就是买个开心，做好输钱的准备，输了是意料之中，赢了便喜出望外，这样才能高兴而来，开心而返。

除了赌博还有看秀，看秀是最提不起我的兴致的活动，所以略过。此外不应该错过的就是赌城的美食了，以前常常批评美国缺少美食，这个批评在纽约旧金山波士顿及洛杉矶部分地方、加上拉斯维加斯基本无效。拉斯维加斯美食餐馆林林总总，每次去可以轮换不同的餐馆品味佳肴，但是顶级的餐馆却是每回必去。

先说牛排。在美国，牛排老饕们肯定都吃过 Fleming’s, 较之再上一层楼的牛排可以去 Mastro’s, 如果还想吃顶级牛排，那么去拉斯维加斯的时候，就必去 Cut。Cut 坐落于豪华酒店 Plalazzo 内，是世界级名厨 Wolfgang Puck 旗下 Fine Dinning 的著名顶级牛排餐厅。到 Cut 用餐，餐前面包、前菜无一不精致，但最令人垂涎的是它的顶级神户牛排和美牛牛排。

上菜之前，侍者会推来一辆车，上面是各种牛排原料的横切面，侍者会详细解说各种牛排的特性，令人食指大动，于是点了神户牛肉，要了 Medium Rare（四分熟）。端上来的牛排看上去扮相不甚好，表面有点黑乎乎的，但那是一层调味盐，并非烤煳了。一口咬下去，就完全体会到侍者之前介绍的，细细的油花在还没开始咀嚼的时候就恰到好处地融化了，这样的融化使牛排肥而不腻，格外香嫩可口，再佐以 2001 年的 Corison 红葡萄酒，美酒美食，人生佳境，Cut 一餐方觉得不虚赌城之游。

另外值得推荐的是 Scarpetta，名厨 Scott Canant 主理的意大利餐厅，和 Cut 一样，在纽约洛杉矶拉斯维加斯都有餐厅，那天点的是松露蘑菇玉米浓汤，墨鱼汁鱼籽意粉，以及焦糖炖蛋，几道菜味道扮相都属上品。Scott Canant 颇有创意，菜式属新派意大利菜，传统中有变化，很受欢迎。Scott Canant 和 Wolfgang Puck 一样，都是先做名厨，然后自己开餐厅，成功了再在各个美食都城开连锁餐厅，以名厨手艺打出名声，再用名声开餐厅打出自己的一片天地。

其他的还去了 Comme Ca, 法式餐厅，点了烤蜗牛和香煎鹅肝，加州法律禁止销售鹅肝，所以到了拉斯维加斯，喜欢鹅肝的老饕一定不要错过。鹅肝煎得不错，汁液封得恰到好处，入口即化，回味无穷。烤蜗牛以小烤锅烤就，配以油酥饼，鲜嫩又有嚼头，比在其他地方吃的用小圆格烤出来的入味。

最后是赌城的永和豆浆，那里的豆浆油条都属上乘，油条香脆，豆浆浓郁，平心而论，比我在北京吃的要正宗。永和豆浆本来也只算小餐馆，但是美国吃到好味的中餐不是一件很容易的事情，香脆的油条更不容易，所以每次去赌城，必去永和豆浆吃油条豆浆，每次去，都是人满为患，老板娘笑得合不拢嘴。其实大餐厅小餐馆，只要用心去做，都能招徕老饕和喜欢美食的客人。

2014 年写于洛杉矶

在洛杉矶吃上海菜

张爱玲在《倾城之恋》中，写范柳原请流苏去吃上海菜。流苏说，在香港吃上海菜，好像有点傻。……张爱玲不知道，从那几十年后，在香港，已经能吃上很正宗的上海菜了。上世纪大变迁的那些岁月，很多上海富豪逃到香港，于是上海菜在香港落地生根，至今尖沙咀那里还有一些上海小馆，不过随着时光的浸侵，略有走味。如今香港正宗的上海菜，大都留存在那些奢华的私人会所里。

据说上海菜出自本帮菜，过去以浓油赤酱为特点。而四面来风的特殊时代和地域，善于兼收并蓄成了上海文化的特点，因此上海菜又很精致典雅，读一本上海菜谱，吃一桌上海菜，足以令人感受上海滩的风花雪月，以及掺杂其中的市井风情。王家卫拍《花样年华》，故事发生在香港，风情却是上海的，据说王家卫专门请来上海厨师，定制一份上海菜单，日复一日地做给演员吃。可见饮食于文化的渗透，可以影响心情和氛围。

张爱玲晚年居住洛杉矶，想必吃不到上海菜，这或许是她的一大遗憾。但晚年的张爱玲，受困于心路，以避世为主，已经不复再有从前对生活细节的讲究了。美国早先的华人移民，以广东人为主，洛杉矶至今到处可以吃到广东菜，上海菜馆很少，好的就更少了。

好厨师是做好菜的基本保证。但有好厨师，如果没有好食材也是枉然，二者缺一不可。香港离上海不远，空运方便，富豪老饕也有实力消费。洛杉矶就不同了，远隔万里大洋，空运谈何容易，中餐馆又都是小本经营，因此在洛杉矶只吃得到普通上海菜，就算有一二较大的上海餐馆，也备受食材限制，更不用说质量不稳定，故往往不能尽兴。

常去住处附近的一家上海小馆，夫妻两人经营，老板娘为人热情，有时候朋友聚会去她那儿订菜，会根据不同客人推荐不同菜式。到她家吃饭，不用特别点菜，只说老一套，老板娘就知道了。老一套就是雪菜黄鱼羹、苔条黄鱼、上海炒年糕，有时再加点别的时令蔬菜。之所以总是老一套，是因为别的菜式就没什么上海味了。

还有个小馆，去她家总是点葱油拌面、熏鱼、油豆腐粉丝汤。这家老板娘是真正的上海人，烫着短发，圆圆脸上化着几乎看不出来的精致的淡妆，墙上挂着几张老板娘的旗袍照，活脱脱就是从弄堂石库门走出来的上海小家碧玉，洛杉矶版的花样年华，世俗而亲切。

这两家小馆都经营得不错，2008 年那阵大批中餐馆倒闭，她们也都生存下来了，和老板娘们聊天，据说多是靠回头客，颇为不易。其他稍大的上海餐厅，有家兼做广东菜，于是餐厅里的上海菜和广东菜，便你中有我，我中有你。都说术业有专攻，想想厨师也不容易，同时要攻两类菜式，话说攻的目标多了，兵力分散，自然就攻不上高峰。

另一家，开张时去了两次，先是大喜，又很诧异洛杉矶居然有这么正宗的上海菜，后来听说是老板做投资移民，从上海著名餐厅挖来名厨师，于是盘算着要定时前往。但好景不长，很快菜式的质量就如江河日下，据说主雇之间在经济方面有了意见，也算是中餐馆常见的事，再后来一朋友去吃饭回来报告说，点的东坡肘子，上来居然是温的，从此就不再去了。

所以在洛杉矶吃上海菜，不能有奢望。

那些仿佛在煤球炉上嘟嘟滚出来的腌笃鲜，灶披间稀饭旁边的一碟酒意袭人的黄泥螺，浓香扑鼻肥而不腻的走油蹄髈，鲜美诱人的油爆虾、红烧划水……还有大闸蟹！大闸蟹！……都变成“此情可待成追忆，只是当时已惘然”……

张爱玲曾经说过人生三大遗憾：海棠无香，红楼未完，鲥鱼有刺。这些遗憾怕都要成永恒的遗憾。现在在大陆上海也几乎吃不到正宗的鲥鱼了，何况在浩瀚大洋这边的洛杉矶！有次看网上有人说美国有鲥鱼，立刻去搜索，然后是失望，Shad 其实不是鲥鱼，是一种美洲西鲱，这就差了很远。

还有大闸蟹，美国海关允许旅客带水产品，只有大闸蟹除外，据说是为了保护美国蓝蟹，美国蓝蟹的味道虽不敢恭维，但人家为了保护自然资源，无可非议。于是，每当秋风起秋意浓，空对菊黄桂香不得把酒持蟹，只能望洋兴叹。

2014 年写于洛杉矶

食有鱼
——阿拉斯加游记

林语堂先生说过这样的话："人世间如果有任何事值得我们郑重其事的，不是宗教，也不是学问，而是吃。"这话如果不随便上纲上线，是很符合人生实际的，老祖宗"食色性也"，大抵也有这个意思。饮食和繁衍是人生的最基本的需要，宗教等则属于在此之上最高的层次，丹麦哲学家齐克果关于人生三境界的哲学阐述，某种意义上可以旁证一下林语堂先生的观点。

林语堂先生的话，老饕们或用时下网络流行语说的"吃货"们，最爱听了！

因此每到一地，必要四处寻找当地美食，然后做出计划，一一品尝过去。这是旅行的重要内容之一，如果以为旅行就是观光拍照，那实在是大错特错。饮食是一种文化，不品尝当地饮食，就不能很好地领略当地文化。例如英国，不去品尝当地食物，就不懂得什么叫"黑暗料理"，不懂得彼得·梅尔为什么会被人说英国人杀羊杀两次（一次夺去羊的生命，一次夺去羊的滋味）。然后如果愿意再深入一点，就会知道被称"黑暗料理"的英国菜也曾经短暂地"光明"过，历史会告诉你为什么，于是饮食就变成很有趣的旅行体会。

阿拉斯加得天独厚的自然条件决定在阿拉斯加旅行，一定要放开肚皮吃海鲜，那是真正的海里的鲜货，不是速冻之后坐船坐车坐飞机遥遥运到洛杉矶的阿拉斯加海鲜。阿拉斯加海鲜，广为人知的便是阿拉斯加帝王蟹和三文鱼。阿拉斯加帝王蟹在别处也吃过，当然不如在本地吃的来得新鲜。

在阿拉斯加，大蟹腿小蟹腿价格不一样，味道也不一样，有时候不同的餐馆价格也有很大的差别。例如有一晚餐的价格比另一晚贵三分之一。贵出的价格是桌布、鲜花、窗外的海景，还有若有若无的轻音乐、侍者的轻声细语。便宜的部分，是餐馆的不加修饰的原木桌椅，电视机里放的美式足球，节奏强烈的流行歌曲，大碗喝酒大块吃肉大声说话（小声听不见）。其实二者各有风骚，都体验一下也很有意思。

不过在阿拉斯加，生蚝、帝王蟹腿、三文鱼都不是最令人惊喜的，最令人惊喜的是大比目鱼腮肉。世界上许多海域都生产大比目鱼，例如加州也有，但生活在阿拉斯加寒带洋底的大比目鱼，其肉质、味道、营养与生活在其他海域中的大比目鱼相比，堪称极品，而大比目鱼的腮帮肉，则是极品中的极品。

Anchorage（安克雷奇）的一家海鲜馆有一道专用大比目鱼腮帮肉做的烤菜，其味道不同凡响。慕名前往，大比目鱼的腮帮肉一如想象般地鲜嫩味美，又带有点鲜贝的韧劲，这个韧劲是可以想象的，鱼鳃是呼吸工具，时时刻刻一张一合，肌肉千锤百炼自然很有韧劲。而鲜嫩和韧劲同时有的美味是不多的，就好像柔软和刚强，各有长短，但一旦有机结合起来，柔中有刚，境界高下就立见了。

品尝完毕，在余味绵绵中继续大比目鱼腮肉的话题，想起上菜的时候是吃了一惊，一条腮帮肉，一切三，还有鹅蛋那么大，腮帮肉这么大，那大比目鱼该有多大啊？据说最大的有一人多高，最重的可达 325 公斤。于是就想起 Barrow（巴罗），那个远在北极圈里的爱斯基摩人小渔村，想起在安克雷奇博物馆看到的巴罗爱斯基摩人捕鱼的图片。立刻耳边就仿佛风声浪涌起来，要是能去巴罗，乘一只小船，在寒凉的北冰洋放长线鱼钩，拖起一条一人高的大比目鱼……

这种胡思乱想照例遭到家人的否决。坐老旧的本地小飞机飞三个半小时去看巴罗？巴罗真不是你想象的富有风情的爱斯基摩人小渔村，也没有多少历史文化可研究。再说那里没有大比目鱼，北冰洋没有大比目鱼！……本来把巴罗视为阿拉斯加旅行的一个未遂的念想，就因为没有大比目鱼，那念想竟慢慢淡去了……

阿拉斯加归来，便添了一个小毛病，每每食鱼，无论大小，必要掀开鱼鳃看有无腮肉及腮肉大小。有时便会对着小指甲般大小的腮肉，遥想安克雷奇那家颇有历史的餐馆，窗下的那张点着小蜡烛的桌子和桌上的那盘烤得淡黄色的美味的大比目鱼腮肉。那晚的那碟烤比目鱼腮肉，堪称阿拉斯加之旅的美食顶峰。食有鱼，长铗不必归来，食有鱼腮肉，此行可以无憾。

难忘阿拉斯加！

2014 年秋写于洛杉矶

南纬 17 度的美味

塔希提（Tahiti，又名大溪地）是法属，岛上主要的餐厅以法餐为主。我们入住的酒店是法国人最早建立的酒店之一。最早建立，自然就占据了最好的地方，后来的那些尽管是世界知名酒店，在风景美食方面也不免要稍逊一着。

晚餐在酒店里的法国餐厅，据说是波拉波拉（Bora Bora）各酒店中最好的法国餐厅。拣了水边的桌子，点了一杯鸡尾酒，名字就叫 Bora Bora，酒液蓝中带绿又带点乳白，那种珊瑚礁里潟湖的颜色，杯边插着一朵醒目的大红扶桑花，在烛光和潋滟水光的映照下，酒中的冰块变幻着美丽的颜色，令人心情大好。主菜点的是煎鸭肝，一小片香煎鸭肝拌一小块馄饨皮大小的薄饼，下面是烤的碎蘑菇。鸭肝煎得恰到好处，入口即化，香醇腴美。

这么好吃的东西在加州是吃不到的，加州法律禁止鹅肝鸭肝的销售，因为动物保护组织认为法国鹅的饲养不人道。但不能让老饕们心服的是，其实动物保护组织也知道，在美国，几大某某食品公司鸡猪牛羊的饲养，不人道的程度是法国饲鹅方式望尘莫及的，当然，动物保护组织撼不动大资本利益集团。

回到波拉波拉的晚餐话题，这样的晚餐最合我意，精致美味量小，既满足味蕾需要又不用担心会发胖。刚吃完便讨论明天的晚餐，目标是波拉波拉主岛上南太平洋最负盛名的血腥玛丽餐厅，不过很快就被告知该餐厅关门休假。这太令人惊讶了，现在不是圣诞旅游季节吗？在这样天堂般的地方生活同时又能赚大钱，这是多少人想要的工作？想想有什么地方能够对冲这一切，也许只有巴黎和留在巴黎的家人。

主岛也有其他不错的餐厅，但这几天都被阳光海风熏得慵慵懒懒，想想还要来回坐 50 分钟的快艇，就打消了念头。

除了法国菜，还要尝试本地的风味，这是旅行度假的重头戏之一。塔希提的本地菜，最著名的菜肴是玛阿（ma'a），用香蕉叶包裹食物，再用石头和火山岩烤出来，还有酸橙椰奶吞拿鱼等等。不过我最喜欢的还是那道烤吞拿鱼伴酸渍木瓜片，雪白的盘子，淡黄的腌渍木瓜片或卷或平地躺着，相伴的是淡红的烤吞拿鱼片，几片大红的番茄参差立在其间，再点缀几朵香菜、几粒香葱，搭配一个超大绿色椰子！看上去赏心悦目，吃起来美味清爽，解暑解腻。

平安夜也在酒店法国餐厅用餐，酒店通知时说是本地风味的晚餐，好几样菜滋味很好，印象最深的是烤小猪肉细嫩鲜美，很有几分像中国广东的烤乳猪，正想着本地菜的兼收并蓄，就看到春卷和炸饺子，有点诧异，这不是中餐么？一会儿，有很多中国游客进来，才明白过来是酒店的欢迎意思。这些中国游客很安静，取自助餐都按序排队，衣着也得体，给人印象不错。近年中国游客在国外常常受到批评，不文明的行为确实应该批评，但老祖宗说的衣食足知礼仪，也是需要一个过程。多给点时间多一点包容，相信大家都会好起来的。

最后一天决定去吃大排档，淘摸到一处海边美食广场，都是当地小食摊。出人意料之外的干净整齐，令人瞩目的是美食广场的每一个摊位桌布都不一样，有的是大红的，有的是绿竹叶，有的是蓝天白云，有的是橙色格子，有的是蓝底白色鸡蛋花……各种颜色鲜艳的桌布，隐隐有一种色彩的律动，让整个广场鲜活起来，本地人对色彩的感觉和对生活的热爱可见一斑，怪不得高更会选中塔希提。

我们选了个木炭炉烤肉摊，炭火烤南太平洋产的新鲜鱼虾和本地牛肉，喝着本地酿造的果酒，那样的美味只能以味蕾感受，文字已经无能为力。

高更曾经写道：南纬 17 度，夜夜都是美的……在这一个美的夜晚，在习习海风中享受美景美色美食，人生惬意莫过如此！

2014 年写于洛杉矶

附注：关于鹅肝禁令，让动物组织大跌眼镜的是，2015 年 1 月 7 日，加州联邦地区法院法官裁定加州禁止销售鹅肝鸭肝酱等的禁售令，与联邦关于管理家禽产品法律相抵触而违反联邦宪法，该法官永久禁止加州禁售鹅肝酱令。这个曾由业者上诉被驳回的案子，因原告律师改换理由得以成功。这就是美国，你高一尺，他高一丈，看谁有钱谁请的律师更会舌灿莲花。